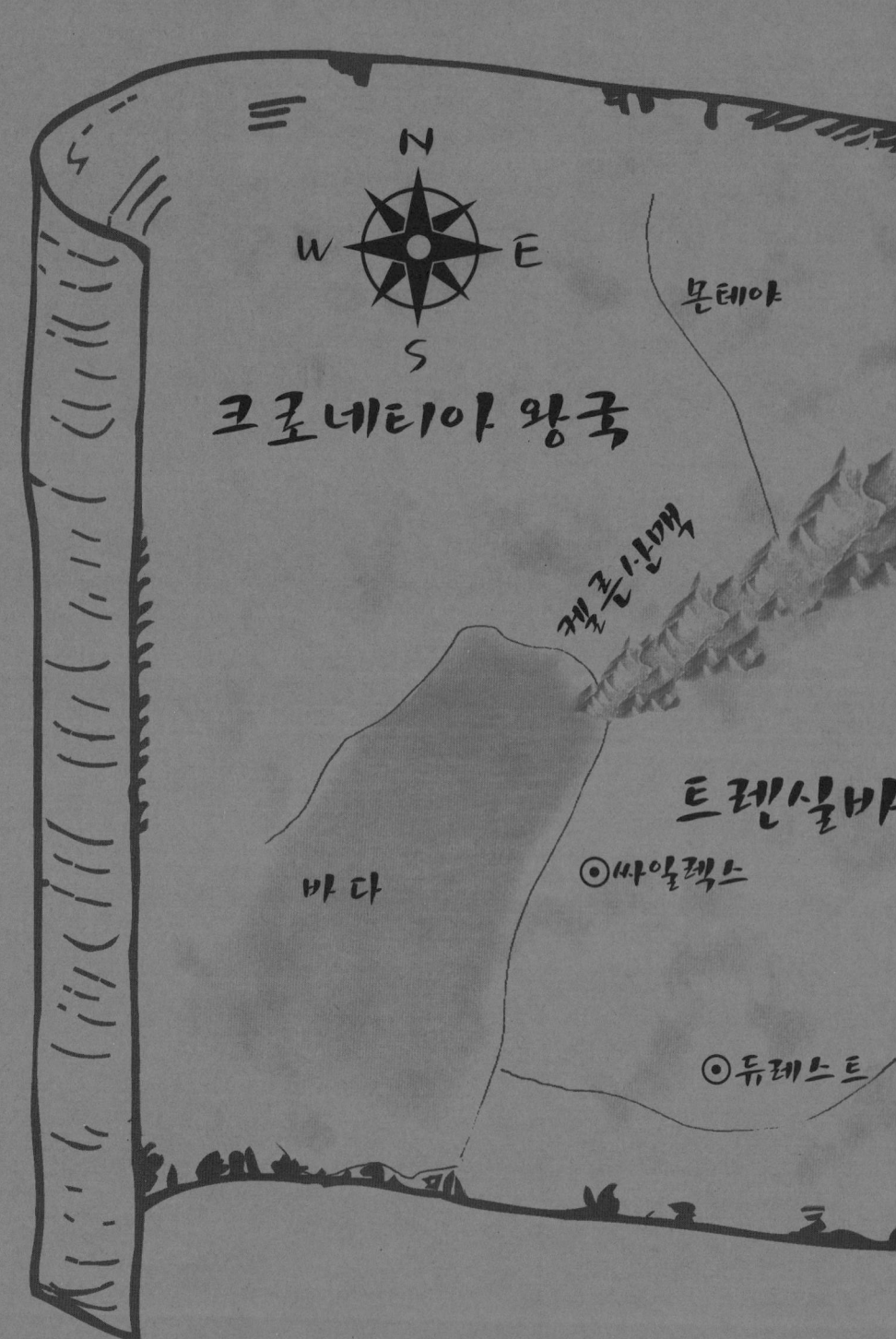

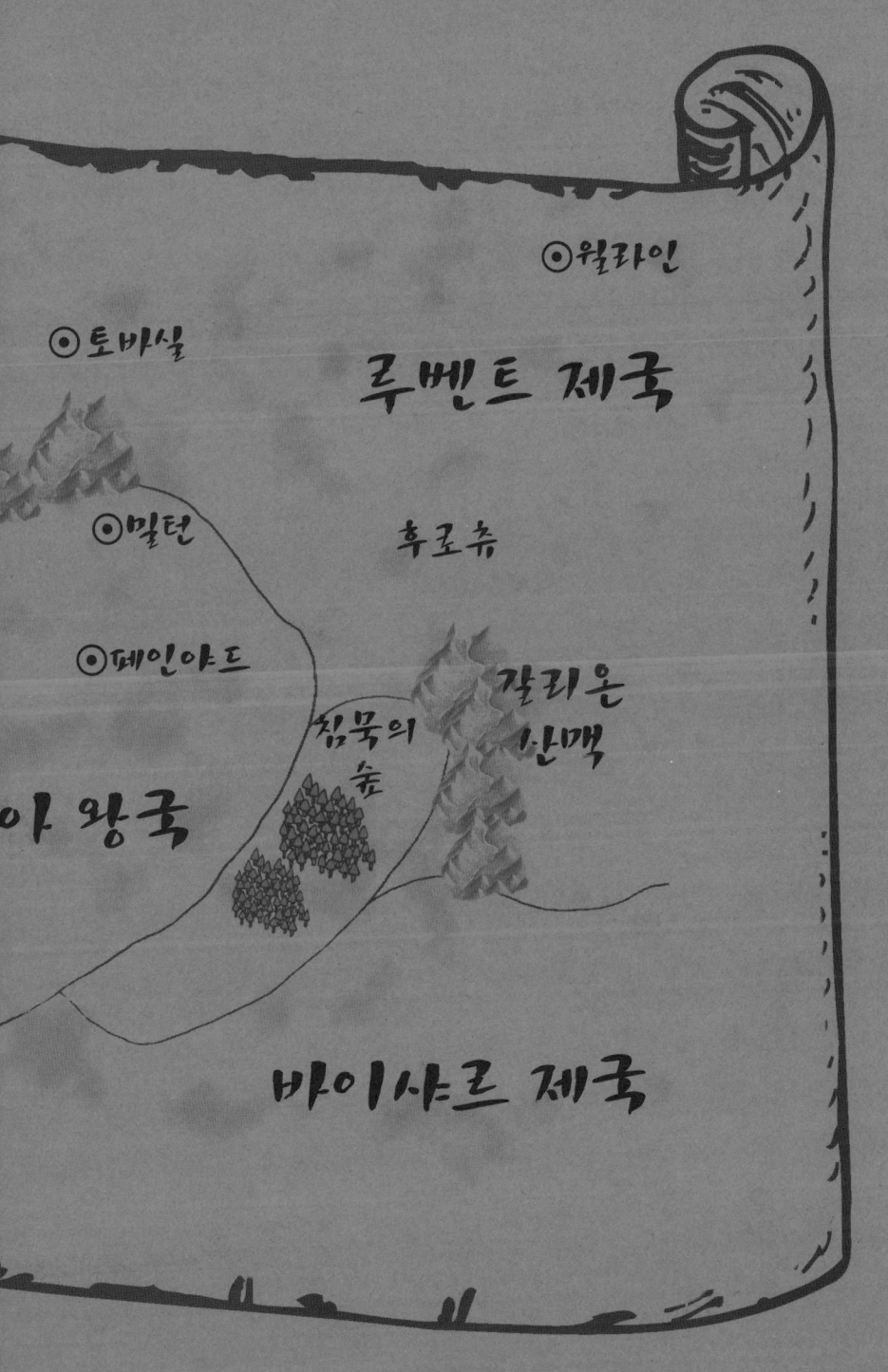

드래곤 체이서
1

드래곤체이서 1
최영채 판타지 장편 소설

초판 1쇄 찍은 날 § 2000년 7월 20일
초판 1쇄 펴낸 날 § 2000년 7월 25일

지은이 § 최영채
펴낸이 § 서경석
펴낸곳 § 도서출판 청어람

등록번호 § 제 1081-1-89호
등록일자 § 1999. 5. 31

주소 § 경기도 부천시 원미구 심곡1동 350-1 남성B/D 3F (우) 420-011
전화 § 032-656-4452   팩스 § 032-656-4453

ⓒ 최영채, 2000

값 7,500원

※ 잘못된 책은 바꿔드립니다.
※ 저자와 협의하여 인지를 붙이지 않습니다.

ISBN 89-88818-93-8 (SET) / ISBN 89-88818-94-6 04810

최영채 판타지 장편 소설

드래곤 체이서

1

왕립 아카데미

도서출판
청어람

목 차

작가의 말 / 6
프롤로그 / 7
제1장 스물한 번째 가출 / 9
제2장 열 받는 여행 / 37
제3장 노예 경매 / 73
제4장 왕립 아카데미 / 105
제5장 따분한 나날 / 135
제6장 무식한 수강 신청 / 165
제7장 신기한 마법 강의 / 195
제8장 두 개의 칼을 사용하는
       지옥의 검술 / 225
제9장 졸업 시험 신청 / 257
제10장 地獄二刀流의 첫 선 / 285

작가의 말

　글을 쓰는 것이 좋아서 시작한 일이 이제는 판타지 소설이라는 것을 쓰게 되었습니다. 본인의 머리 속에서만 존재하는 세계를 조금씩 글로 옮겨 구체화시키는 작업이 그리 쉽지만은 않았습니다.
　비록 글 속에서만 존재하는 주인공이지만 나름대로 성격을 부여하고 그가 해야 할 일을 정해주어야 하는 것이 본인이 해야 할 일이지만, 주인공을 조금은 특이한 인물(?)로 설정을 하다 보니 모든 것이 뜻대로는 되지 않았습니다.
　본인의 졸작이 여러분들에게 어떻게 읽혀질지 심히 걱정이 되기는 하지만 독자 여러분께서도 데미안이라는 조금은 특이한 인물을 애정을 가지고 봐주셨으면 합니다.
　이 책이 독자 여러분의 더위를 씻는 데 조금이라도 도움이 되었으면 좋겠습니다.

2000년 7월의 어느 날.

프롤로그

 황금색 머릿결을 가진 마법사가 북에서 내려왔고, 붉은 머리 여전사가 남으로부터 올라가다 인적이 드문 곳에서 하룻밤을 같이 보내게 되었다. 둘은 그날 밤 격렬한 토론을 벌였고, 같이 살기로 합의를 봤다. 그리고 얼마 지나지 않아 둘 사이에서 붉은 머릿결을 가진 사내아이가 태어났다. 그들 일가족은 사람의 발길이 닿지 않는 곳에서 살았고, 아들의 나이가 열다섯이 되었을 때 황금색 머릿결을 가진 아버지는 가족의 곁을 떠났다.
 붉은 머리를 가진 어머니 역시 어린 아들만을 남겨둔 채 얼마 후 집을 나갔고, 붉은 머릿결을 가진 아들의 모습이 그들이 살던 오두막에서 사라진 것은 그날 저녁의 일이었다.

 체이서(Chaser : 추적자)의 고독한 여행과 뮤란 대륙의 운명은 그렇게 시작되었다.

제1장
스물한 번째 가출

"데미안은 찾았느냐?"

위엄스러워 보이는 콧수염을 기른 50대 초반의 금발 사내가 화가 난 듯 내뱉는 말에 방안에 있던 여러 명의 사내들은 아무런 대답도 못 한 채 우물쭈물하고 있었다. 그런 사내들의 모습에 콧수염의 사내는 치밀어 오르는 화를 참지 못하고 자신의 앞에 있던 책상을 거칠게 내리쳤다.

쾅!

요란스런 소리와 함께 책상은 반쪽이 났고, 사내들은 자신들이 모시고 있는 콧수염의 사내가 보통 화가 난 것이 아니라는 것을 느끼며 자신도 모르게 몸을 움츠렸다.

"백작님, 곧 데미안님을 찾을 수 있을 겁니다. 영지에 있는 병사들이 모두 출동을 했으니 찾는 것은 시간 문제입니다."

한 사내가 조심스럽게 말하자 백작이라고 불린 사내가 그 사내를 노려보았다. 그 눈길이 얼마나 살벌했는지 눈길이 닿은 자리가 금방이라도 타버릴 것 같았다.

'빌어먹을! 그렇게 소중했다면 애초에 교육이나 똑바로 시키지 왜 죄 없는 우리들을 매일 들볶는 거야?'

하지만 사내는 '살아 있을 때 목숨을 소중히 하자'라는 가훈을 꿋꿋하게 지켜 속으로만 투덜거렸다. 그때 방문이 열리며 40대 후반으로 보이는 우아한 금발을 가진 아름다운 여인이 젊은 여인의 부축을 받으며 방안으로 들어왔다.

"아직도 데미안을 찾지 못했나요?"

"왜 나왔소? 내가 그 아이를 찾으면 당신에게 연락을 해줄 테니 방에서 기다리도록 하시오."

백작의 말에 여인은 갑자기 울음을 터뜨렸다.

"흑흑흑! 모두 당신 때문이에요. 아직 나이도 어린 아이에게 그토록 힘든 훈련을 시키는데, 그 아이가 어떻게 견디겠어요."

여인의 울음에 백작은 어쩔 줄 몰랐다.

"당신도 알겠지만 내가 그렇게 심하게는……"

"말대꾸하지 말아요."

여인의 말에 백작은 어색한 표정을 지으며 입을 다물었다.

"만약 데미안에게 무슨 일이 생긴다면 당신을 그냥 두지 않겠어요. 흑흑흑……"

여인은 그 말을 마지막으로 방을 나갔고, 백작은 부하들 앞에서 부끄러운 꼴을 보인 수치심을 억지로 눌러 참느라 한평생 동안 써야 할 인내심을 모두 소비해야 했다. 벌겋게 달아오른 백작의 얼굴을 발견한 사내들은 일제히 뒤로 물러나 벽 쪽으로 피했다.

"루안, 데미안의 탈출이 어떻게 매번 성공할 수 있는 거지?"

분노의 화살이 자신에게 향하자 벽 쪽으로 피신해 있던 경비대장 루안은 도살장으로 끌려가는 소처럼 힘없는 발걸음을 옮겨 백작 앞에 섰다. 그리고는 최대한 안쓰럽고, 불쌍한 표정을 지으며 보고를 했다.

"백작님께서도 알고 계시겠지만 데미안님께서는 이곳 싸일렉스 영지의 지리에 누구보다 정통하십니다. 어떻게 아셨는지는 모르지만 저희들도 모르는 비밀 통로나 지름길을 훤히 알고 계시기에 저희들이 데미안님이 없어진 것을 알고 그분을 찾으려고 할 때는 이미 영지를 벗어나 계신 적이 한두 번이 아니었습니다. 그렇지만 영지를 벗어나는 길은 두 곳뿐이고, 그곳을 지키고 있는 부하들에게 연락을 했으니, 곧 데미안님의 행방을 찾을 수 있을 겁니다."

루안의 궁색한 답변에 백작은 더욱 화가 치미는 것을 느껴야 했다. 왜 자신이 아들이 도망간 것에 대해 아내에게 시달려야 한단 말인가?

평소 봄바람처럼 부드럽고, 사랑스럽기 그지없는 아내가 왜 아들에 대한 문제만큼은 마치 빚쟁이에게 돈 뜯긴 사람처럼 난리를, 또 수선을 피우는지 영문을 알 수 없었다. 그래도 인내심을 발휘해 말대꾸를 하지 않았기에 최소한의 자존심을 지킬 수 있었지, 만약 조금이라도 말대꾸를 했다면 데미안이라는 원수 같은 아들 놈을 찾기 전까지 그녀의 온갖 하소연과 투정, 그리고 푸념을 들어주어야만 했을 것이다. 누구보다 다혈질인 백작에게 그보다 더한 고문은 없었다.

의자에 털썩 앉은 백작은 자신의 머리를 사정없이 쥐어뜯으며 신경질적으로 말했다.

"아니야. 이건 데미안이 똑똑해서가 아니라 내부에서 누군가 그

녀석을 부추기는 놈이 있기 때문일 거야. 그렇지 않고서야 어떻게 한 달에 한두 번씩 월례 행사처럼 이런 난리가 일어날 수 있지?"

백작의 말에 루안은 자신도 모르게 뒤로 물러섰다.

백작의 아들인 데미안이 탈출을 했고, 누군가가 그를 부추겼다면, 결론적으로 그 누군가를 미리 색출하지 못한 모든 책임이 경비대장인 자신에게 돌아온다는 괴상한 삼단논법이 성립한다는 것을 순간적으로 깨달았기 때문이다.

루안이 궁색한 변명을 하려고 할 때 방문이 열리며 누군가가 거의 뒹굴듯 뛰어들어왔다.

"백작님, 데미안님을 찾았습니다!"

병사의 말에 방안에 있던 사람들은 일제히 안도의 한숨을 쉬었다.

"그렇다면 지금 데미안은 어디에 있느냐?"

"지금 이곳으로 오고 계시는 중입니다."

병사의 대답에 백작은 그제야 안도의 한숨을 쉬었다.

약 10분 정도가 지나고 백작이 있는 방으로 들어서는 세 사람이 있었다. 여자라고 착각을 할 정도로 예쁘장하게 생긴 15, 6세쯤의 소년과 2미터는 넘어 보이는 근육질의 청년, 그리고 나이가 50쯤으로 보이는 평범한 얼굴의 사내가 방으로 들어와 백작 앞에 나란히 섰다.

백작의 눈이 붉은 머리 소년에게로 향하는 순간 백작의 얼굴은 소년의 붉은 머리보다 더욱 붉게 변했고, 불과 2, 3초도 지나지 않아 백작은 분통을 터뜨렸다.

"대체 네놈은 뭐가 불만이기에 한 달에 한번씩 가출을 해 이 난리를 일으키는 거냐? 어디 변명이라도 해봐라."

백작의 화난 음성에 소년은 주눅이 든 듯 머리를 숙이고 아무 말도 못 했다. 그때 방문이 열리며 백작부인이 들어왔다. 소년을 발견한 백작부인은 그야말로 번개 같은 속도로 소년에게 다가가 소년의 얼굴을 어루만지며 눈물을 흘렸다.

"흑흑흑, 얼마나 고생을 했기에 얼굴이 이렇게 핼쑥하게 변했니. 흑흑흑."

'제기랄, 겨우 반나절 떨어져 있을 뿐이었는데 뭐가 반쪽이라는 거야? 정말 아들 생각은 끔찍하게도 하는군. 당신, 나한테 그 반만이라도 신경 써본 적 있어?'

물론 이것은 백작이 자신의 안전을 위해 속으로 삭이는 그의 푸념일 뿐이었다.

"됐어요. 피곤해서 쉬고 싶어요."

"감히 어머니께 무슨 말버릇이야!"

"당신은 조용히 하세요."

"아니, 내 말은 그런 뜻이 아니라……"

"아버지, 잘못했습니다."

거의 동시에 터져 나온 세 사람의 말에 방안에 있던 사람들은 정신이 어지러울 지경이었다. 그럼에도 불구하고 그들이 멀쩡하게 서 있는 이유는 워낙 이런 광경을 자주 보다 보니 이제는 면역이 생겨 그런대로 참을 만했기 때문이다.

소년과 백작부인이 방을 빠져 나가자 백작은 정말 힘이 빠진 듯한 표정을 지었다. 백작은 조금 전 소년과 함께 들어온 중년의 사내에게 물었다.

"한스, 자네가 생각하기에 데미안이 대체 뭐가 부족하기에 이런 소동을 일으키는 것 같은가?"

백작의 힘없는 물음에 한스는 기다렸다는 듯이 대답했다.
"제 생각에는 원인이 백작님에게 있는 것 같습니다."
한스의 대답에 백작은 그야말로 미치기 일보 직전이었다. 그렇지 않아도 하나뿐인 아들의 잦은 가출로 머리가 복잡해 죽겠는데 그 모든 것이 자신 때문이라니?
"첫째, 백작님께서 지금 데미안님께 시키시는 훈련이 너무 고된 것을 들 수 있습니다. 물론 백작님께서는 한 자루의 검만으로 백작의 자리에까지 오르신 분이시니 가문을 이을 아들을 강하게 키우고 싶은 생각이 있으신 것은 당연합니다. 그렇지만 아직 데미안님께서는 열일곱 살의 어린 나이시니, 고되고 힘든 훈련에서 도망가고 싶은 것은 당연합니다."
데미안의 일반적인 교육을 담당하고 있는 한스의 말에 백작을 제외한 나머지 사람들은 모두 고개를 끄덕였다. 사실 말이지만, 백작이 데미안에게 시키는 훈련은 혈기 왕성한 병사들이라고 하더라도 견디기 힘들 정도로 무지막지한 것이었다.
"그리고 둘째, 책을 들 수 있습니다."
"책?"
"그렇습니다. 자렌토님께서 데미안님의 교육을 위해 트렌실바니아 전역에서 모으신 책 가운데는 각 지방의 풍물이나 언어, 전설, 신화에 관한 책이 상당수 있습니다. 지금 데미안님은 한창 감수성이 예민할 때가 아닙니까? 당연히 데미안님은 좁은 이곳 싸일렉스를 벗어나 자유롭게 세상을 여행하고 싶으실 겁니다."
자렌토는 한스의 말을 인정하지 않을 수 없었다. 아들의 심정이 이해가 가지 않는 것은 아니지만 그렇다고 이런 소동을 매번 두고 볼 수만도 없는 일이었다.

"그렇다면 데미안의 버릇을 고칠 방법은 없겠는가?"

자렌토의 말에 한스는 자신의 턱을 어루만지며 조심스럽게 대답했다.

"백작님의 뜻과 데미안님의 바람을 동시에 충족시킬 방법이 하나 있기는 한데 문제가 있습니다."

"무엇이 문젠가?"

"마리안느님이 문젭니다."

한스가 갑자기 자신의 아내인 마리안느를 들먹이자 자렌토는 다시 묻지 않을 수 없었다.

"마리안느가 왜?"

"제가 추천하는 방법은 데미안님을 수도에 있는 왕립 아카데미에 등록을 시켜 기사 수업을 받게 하는 것입니다."

"기사 수업?"

한스의 말을 듣는 순간 자렌토는 자신의 이마를 탁! 쳤다. 이렇게 간단한 방법을 왜 자신이 아직까지 생각하지 못했는지 한심하단 생각이 들었다. 어차피 가문의 뒤를 이으려면 국왕에게 실력과 공로를 인정받아야만 하니 이보다 더 좋은 방법은 없었다. 게다가 수도까지 이어진 도로는 커다란 도시만을 통과하니 특별한 위험도 없을 것이고, 여행을 원하는 아들의 바람도 들어줄 수 있으니 일석이조의 좋은 방법이었다.

"왕립 아카데미에서 수련생들을 뽑는 시기가 5월이던가?"

"그렇습니다. 아직 두 달 정도 시간이 있으니 데미안님께서도 충분한 여행을 즐기시고 입학하실 수 있을 겁니다."

한스의 대답에 자렌토는 보는 사람만 없으면 한스의 볼에 당장 키스라도 해주고 싶은 심정이었다. 그러나 사회적인 지위와 두 사람 사이를 의심할 타인의 눈을 의식해 꾹 눌러 참았다.

유일한 문제라면 자신의 아내인 마리안느를 설득하는 일이지만, 데미안이 원하는 것은 무엇이든 들어주는 그녀이기에 특별히 걱정을 하지는 않았다.

"알겠네. 그럼 자네는 간단하게 여행할 준비를 해주게."

"수행원은 누구로 정하시겠습니까?"

"자네하고 헥터, 둘이면 충분하지 않을까? 데미안이 입학을 하게 되면 헥터는 남아서 데미안의 시중을 들게 하면 될 것이고, 자네는 돌아오면 될 것 같은데, 자네의 생각은 어떤가?"

"그렇게 하는 것이 좋겠습니다."

한스의 대답을 들은 자렌토는 아내인 마리안느에게 할 말을 머리 속으론 미리 정리하며 방을 빠져 나갔다. 그때까지 숨을 죽이고 있던 백작의 부하들은 자렌토가 서재를 빠져 나가자 그제야 안도의 한숨을 쉴 수 있었다.

유난히 다혈질인 자렌토는 데미안이 가출을 할 때마다 어김없이 분통을 터뜨렸고, 재수없게 그 분노의 철권을 맞은 부하들은 영락없이 한두 달은 자리에 누워 꼼짝도 하지 못하는 신세가 됐었다. 개중에는 일 년이 넘도록 자리에서 일어나지 못하는 불행한 참사를 당한 사람도 다섯 손가락이 넘었다. 루안과 경비대원들은 하루라도 이런 공포 분위기에서 벗어나기를 신에게 두 손 모아 간절히 빌었다.

이층에 있는 데미안의 방으로 향하던 자렌토는 아들의 일을 생각하는 순간 머리 한구석이 지끈거리며 쑤시는 것을 느꼈다. 워낙 사고뭉치 아들이기에 아들에 대해 생각할 때마다 그의 머리 속에 떠오르는 것이라고는 그 동안 아들이 벌여놓은 사건과 사고밖에 생각나는 것이 없었다.

국왕이 직접 영지를 하사할 정도로 총애를 받는 자렌토 드 싸일렉스 백작이 자신의 아들 때문에 골머리를 썩고 있다는 것을 만약 남들이 알게 된다면, 이보다 더 수치스러운 일은 세상에 없을 거라는 생각이 들 때마다 자렌토의 머리는 사정없이 지끈거렸다.

전쟁터의 영웅 라이온경(卿)이라고 세상 사람들에게 불렸던 자신의 신세가 왜 이렇게 된 것인지 도무지 알 수 없었다. 머리를 흔들어 정신을 차린 자렌토는 아들의 방문을 열었다. 커다란 방의 중앙에는 둥근 탁자가 놓여 있었고, 퉁퉁 부은 얼굴을 한 아들과 아들을 달래기에 여념이 없는 아내 마리안느, 그리고 사랑스러운 자신의 딸 제니가 앉아 있었다.

자렌토가 안으로 들어서자 소년은 반사적으로 자리에서 일어섰고, 그가 자리에 앉기만 기다렸다. 자렌토가 자리에 앉자 소년은 그에게서 몸을 돌린 상태로 앉았다. 아들의 소행을 생각하면 당장이라도 엄청난 훈련을 시켜야 하겠지만 자신의 아내가 있는 자리에서 그런 말을 할 수는 없었다. 자렌토도 더 이상 아내에게 미움받는 것은 원치 않았다.

"데미안."

"예."

"그렇게도 세상 구경이 하고 싶으냐?"

자렌토의 물음에 돌아 앉아 있던 소년은 황급히 몸을 돌렸고, 마리안느는 자렌토가 무슨 생각으로 그런 말을 한 것인지 그 말의 저의를 생각하기 시작했다.

"예, 저는 정말 세상이 어떻게 생겼는지 구경을 하고 싶어요. 그래서 보다 많은 경험을 하고, 보다 많은 사람들을 만나고 싶어요."

"무엇을 위해 경험을 쌓고, 사람을 사귀겠다는 것이냐?"

"그거야 아버님의 평소 말씀대로 당연히 이 싸일렉스 영지에 사는 주민들을 잘 다스리기 위함이고, 또한 귀족으로서의 명예와 의무가 무엇인지를 알기 위함입니다."

데미안은 자렌토의 물음에 거침없이 대답했다. 그러나 아들의 대답이 마음에 들지 않는지 자렌토의 얼굴은 떨떠름한 표정을 짓고 있었다.

'그러면 그렇지, 너처럼 잔꾀가 많은 녀석이 그런 근사한 대답을 미리 준비하지 않았을 리 없겠지. 다스린다는 말의 의미도 모르는 녀석이…… 게다가 뭐, 귀족의 명예와 의무?'

더 이상 길게 이야기하고 싶지 않은지 자렌토는 고개를 흔들었다. 그러나 자렌토가 말을 꺼내기도 전에 마리안느가 선수를 쳤다.

"만약 당신, 데미안에게 허튼소리를 하면 절대 가만있지 않겠어요."

마리안느에게 자신의 속마음을 들킬 뻔한 자렌토는 찔끔하면서 자신의 생각을 이야기했다.

"마리안느, 당신도 알겠지만 백작가의 아들들은 모두 일정한 기간 동안 왕립 아카데미에서 수련을 하도록 되어 있지 않소? 해서 데미안을 보내는 것이 좋지……."

"안 돼요! 게다가 왕립 아카데미에 입학을 하는 것은 18세가 되어야 하는 거잖아요? 왜 데미안을 내 곁에서 떼어놓으려고 하는 거죠?"

자렌토의 말에 기쁨을 감추지 못하던 데미안은 마리안느의 말에 눈부시게 빠른 속도로 울상이 되었다. 그 모습을 본 자렌토는 어쩔 수 없다는 듯 데미안에게 말을 건넸다.

"데미안, 난 허락하고 싶은데 네 어머니가 저렇게 반대를 하시니 안 되겠구나. 5월초까지만 입학을 하면 되니, 그 동안 여행이라도 하면서 가면 될 텐데 말이다."

정말 애석하다는 표정으로 바람을 잡는 자렌토의 말에 데미안은 더욱 울상이 된 채 마리안느를 쳐다봤다. 하지만 마리안느는 교묘하게 아들에게 바람을 넣는 자렌토의 행동에 어이가 없었다.

"어머니, 어머니는 날 미워하시는 거죠?"

"내가 널 미워하다니, 그게 무슨 말이냐? 네가 원하기만 한다면 저 하늘의 별이라도 따주고 싶은 심정인데! 앞으론 그런 소리 다신 하지 말아라."

데미안의 말에 마리안느는 안절부절못했다. 그런 마리안느를 보며 데미안은 금방이라도 울 듯한 표정을 지었다.

"그럼 왜 제가 왕립 아카데미에 들어가는 것을 반대하는 거죠?"

"그거야 아직 네 나이가 어리니까 걱정이 돼서 그런 것 아니겠니."

마리안느는 데미안에게 대답을 하며 의미 심장한 미소를 짓고 있던 자렌토를 노려보았다. 아내와 눈길이 마주친 자렌토는 어색한 웃음을 짓더니 곧 시선을 천장으로 돌렸다.

"아니에요, 저도 이제 싸일렉스 백작가의 아들로 세상에 제 이름을 날리고 싶어요. 아버지처럼 말이에요."

데미안의 말에 흐뭇함을 느낀 자렌토는 아들의 얼굴을 보다가 마리안느와 눈이 마주치자 황급히 다시 눈길을 천장으로 돌렸다.

자신에게 뭔가를 간절히 호소하는 듯한 애절한 아들의 눈길에 마리안느는 약해지려는 마음을 애써 눌러 참으며 아들의 얼굴을 쓰다듬었다.

"네 생각이 정 그렇다면 일단 생각을 해보도록 하자. 그리고 당신, 앞으로 내 방 근처에 올 생각은 꿈에도 하지 말아요! 제니야, 가자."

"예, 어머니."

제니는 마리안느를 부축해 방을 나갔고, 데미안은 자렌토에게 궁금한 것을 물었다.

"아버지도 왕립 아카데미를 나오셨나요?"

"그래, 나도 왕립 아카데미에서 기사 과정을 수료하고, 수련 기사 생활을 한동안 했지. 네 어머니를 만난 것도 그때였고 말이다."

자렌토의 눈은 아련한 기억을 쫓았다.

"그럼 여러 가지 모험을 많이 하셨겠군요."

"당연하지. 오크Orc들의 습격을 받은 적도 있었고, 라이칸스롭Lycanthrope과 싸운 적도 있었지."

"라이칸스롭이라면 보름달이 뜨면 괴물로 변한다는 그 몬스터 말인가요?"

데미안의 눈이 샛별처럼 반짝였다.

"그래, 그때는 가증스럽게도 여행자인 척 흉내를 내고 있어 희생자도 꽤 많았단다. 그렇지만 이 아버지가 누구냐. 이 트렌실바니아 왕국에서 검술로 이 아버지를 이길 수 있는 사람은 거의 없는 무적의 사나이가 아니냐. 단칼에 그놈을 죽이고 일행들을 구했지."

"와! 정말 대단하셨군요."

"하하하! 그러니까 국왕 폐하께서 나에게 이 싸일렉스 영지를 내려주신 것 아니겠느냐?"

"저도 아버지처럼 뛰어난 기사가 될 수 있을까요?"

부러운 듯 자신을 바라보는 아들을 보며 자렌토는 힘차게 고개를 끄덕였다.

"당연하지, 네가 누구 아들인데. 너는 나보다 더욱 뛰어난 기사가 될 수 있을 것이다. 그리고 인연이 닿는다면 골리앗Goliath의 주인이 될 수도 있을 거다."

"골리앗이요?"

데미안은 난생처음 들어보는 소리에 골리앗이 무엇이냐고 물었지만, 자렌토는 그저 인연이 닿으면 알게 될 거란 애매한 대답으로 데미안의 궁금증을 부채질할 뿐이었다.

칠흑같이 어두운 밤, 그리고 그 어둠 속에서 은밀하게 움직이는 검은 그림자가 하나 있었다. 보통 사람의 허리만큼 자란 수풀 뒤에 숨어 조심스럽게 움직이던 검은 그림자는 싸일렉스 백작가의 후면에 있는 숲을 향해 신중하게 움직였다. 한참의 시간이 지나고 울창하게 우거진 숲에 도착한 검은 그림자는 그제야 조심스럽게 숙이고 있던 허리를 폈다.

우두둑!

허리가 펴지며 뼈마디 부딪치는 소리가 요란하게 들렸다. 늦은 밤이기 때문일까? 그 소리는 꽤나 먼 곳까지 울려퍼졌다. 검은 그림자는 흠칫 놀라며 나무 뒤에 숨어 주위의 인기척을 살폈다. 그러나 한참이 지나도록 아무런 소리도 들려오지 않자, 검은 그림자는 안도의 한숨을 쉬었다.

"휴우~ 큰일날 뻔했군."
"그러기에 도망은 왜 가십니까?"
"누군 가고 싶어 가는 줄 알아? 어머니가…… 헉!"

정신없이 대답을 하던 데미안은 그제야 어둠 속에 자신말고 다른 사람이 있다는 것을 깨닫고는 재빨리 허리에 차고 있던 롱 소드Long Sword를 뽑아 들었다. 그리고는 목소리의 주인을 찾았다.

커다란 나무 곁에 나무만큼이나 커다란 사람이 자신을 바라보고 서 있는 것을 발견한 데미안의 입에서는 실망한 음성이 흘러나왔다.

"설마, 헥터?"
"그렇습니다, 데미안님."

커다란 근육질의 사나이 헥터가 대답을 하면서 천천히 걸어나왔다. 어두운 탓인지는 모르지만 그렇지 않아도 큰 키의 헥터가 더욱 커 보였다. 상대를 확인한 데미안은 천천히 롱 소드를 검집에 꽂으며 퉁명스럽게 말하곤 헥터를 노려보았다.

"왜 자지 않고 여기에 있는 거야?"
"그야 오늘쯤 데미안님께서 가출을 하실 것 같은 예감이 들었기 때문입니다."

평소에도 별로 부드럽지 못하다고 느꼈던 헥터의 음성이지만 오늘처럼 듣기 싫었던 적은 없었다. 자신이 저택을 빠져 나간 지 반나절도 안 돼서 번번이 잡혀온 것도 모두 저 징그럽게 덩치가 큰 헥터 때문이었다.

개코를 가졌는지, 아니면 사람을 찾는 어떤 마법이라도 익혔는지 항상 너무도 간단하게 자신을 찾아냈다. 게다가 자신의 반항쯤은 아랑곳하지 않는 굉장한 검술까지 익히고 있어 도무지 상대가 되지 않았다. 게다가 뭐니뭐니 해도 신경질이 나는 일은 지금처럼 탈출을 미리 알고 기다렸다가 희망에 찬 탈출을 무참히 원천 봉쇄할 때였다.

"대체 내가 탈출할 거라는 건 어떻게 알았지?"

"그거야 붕어 정도의 지능만 있다면 알 수 있지요."

'뭐? 붕어?! 그럼 내 머리가 붕어보다도 못한단 말이야? 이 자식, 어디 두고보자.'

데미안은 속으로 이를 바드득 갈았다.

"데미안님은 탈출하는 날엔 꼭 점심때 낮잠을 주무시는 버릇을 갖고 계시더군요. 그러니 제가 어떻게 모를 수 있겠습니까?"

"빌어먹을, 나도 모르는 버릇을 알고 있다니……. 정말 분하다는 생각밖에 들지 않는군."

울분을 토하던 데미안은 자신의 몸이 갑자기 흔들리는 것을 발견하고는 발 밑을 보았다. 어느새 자신의 몸이 허공에 붕 떠 있는 것이 아닌가? 정신을 차려보니 지금 자신은 헥터에게 뒷덜미를 잡혀 그의 손에 대롱대롱 매달린 채 저택으로 가는 중이었다.

"이 손 안 놔!"

"못. 놓. 습. 니. 다."

최소한의 체면이라도 차리려고 데미안이 버둥거리는 사이 데미안과 헥터는 환하게 밝혀진 저택에 도착했다. 데미안의 탈출로 경비를 서던 병사들이 사방으로 흩어져 데미안의 행방을 찾고 있던 중이었다.

헥터의 손에 들려온 데미안의 모습을 확인한 마리안느는 폭포수 같은 눈물을 쏟으며 달려와 데미안을 품에 안았다. 자렌토는 헥터에게 고맙다는 눈인사를 했고, 헥터는 가볍게 허리를 숙여 답례를 했다.

"데미안, 며칠만 있으면 내가 보내줄 텐데 꼭 이렇게 밤중에 도망을 쳐야겠니? 너는 이 엄마가 그렇게 싫으니?"

마리안느가 눈물을 흘리며 묻자 데미안은 대답이 궁색해졌다. 그렇지만 자신이 아무런 대답을 하지 않는다면 마리안느는 보나마나 밤새 울 것이 분명하기에 그녀를 달래야 했다.

"어머니, 하루라도 빨리 떠나야 빨리 돌아오지요. 제가 부축해 드릴 테니까 어서 들어가세요."

그렇게 해서 데미안의 스물한 번째 탈출극은 또다시 실패로 막을 내렸다.

다음 날 아침 식사를 하려던 데미안은 어머니인 마리안느의 모습이 보이지 않는 것을 발견했다. 그녀는 어젯밤에 탈출을 감행하려다 잡혀온 아들 때문에 놀랐는지 자리에서 일어나질 못했던 것이다. 마리안느가 식당에 나타나지 않은 이유가 자신 때문이라는 것을 안 데미안은 미안한 마음이 들어 간단하게 요기를 마친 다음 하녀에게 음식을 들게 하고는 마리안느를 찾아갔다.

어젯밤 충격이 아직 가시지 않았는지 잠들어 있는 마리안느의 안색이 조금 초췌해 보였다. 데미안은 하녀에게 조용히 음식을 내려놓게 한 후 나가라고 손짓을 했다. 하녀가 나가자 데미안은 마리안느의 이마 위에 흐트러져 있는 머리카락을 한쪽으로 쓸어주었다. 그리고는 그녀의 손을 조심스럽게 잡았다.

"어머니, 미안해요."

그녀의 손이 움찔거렸다. 데미안의 시선이 그녀를 향하자 마리안느가 어느새 잠에서 깨었는지 부드러운 미소를 지으며 자신의 얼굴을 올려다보고 있었다. 그리고는 손을 뻗어 데미안의 붉은 머리를 쓰다듬었다.
"그래, 네가 그렇게 가고 싶다면 허락하마."
마리안느의 말에 데미안은 기쁜 마음과 미안한 마음이 동시에 들어 어떤 표정을 지어야 좋을지 몰랐다. 데미안의 뺨을 어루만지는 마리안느의 손길에는 따스함이 묻어 있었다.
"내가 직접 네 짐을 챙겨주고 싶으니 이틀 뒤에 떠나는 것이 어떠냐?"
"알았으니까 어머니는 건강부터 찾으세요."
걱정스러움이 잔뜩 배인 아들의 말에 마리안느는 작은 행복과 함께 부쩍 커버린 아들을 느꼈다.
"아버지를 찾아가도록 해라. 네게 할말이 있으신 것 같더구나."
"어머니, 아버지를 너무 미워하지 마세요."
"귀여운 녀석."
데미안은 마리안느의 뺨에 가볍게 입맞춤을 하고는 자렌토의 서재를 찾았다. 자렌토는 한스와 무슨 심각한 이야기를 나누는지 잔뜩 굳은 표정이었다. 데미안이 들어서자 두 사람은 대화를 멈추고 데미안을 쳐다보았다.
"이리 오너라."
자렌토의 말에 데미안은 한스 옆에 앉았다.
"우리 싸일렉스 가문은 너도 잘 알고 있겠지만 너의 할아버지와 내가 전쟁터에서 세운 공로를 인정받아 백작이 되었다. 이제 이 가문을 이어받을 사람은 너다. 네가 왕립 아카데미를 수료하고, 수련 기사(Knight-errant)가 되어 뛰어난 검술 실력과 기사로서 선행을 쌓고, 기사도를 지켰다는 사실을 인정받아야만 국왕 폐하로

부터 작위를 수여받을 수 있다."

그 말을 하는 자렌토의 얼굴에는 자부심이 가득했다.

"이제부터 네가 무슨 일을 하든 싸일렉스라는 가문을 대표한다는 것을 잊지 말도록 해라. 알겠느냐?"

"명심하겠습니다, 아버지."

데미안의 신중한 대답에 자렌토는 만족스러운 듯 고개를 끄덕였다.

"어디 네 검술 실력이 얼마나 늘었는지 보자."

자렌토는 힘찬 발걸음으로 검술 훈련장으로 향했고, 그 뒤를 따라가는 데미안은 100살은 넘은 노인의 발걸음처럼 힘이 없었다. 잠시 후 부자는 서로에게 목검을 겨눈 채 상대를 바라보고 있었다.

옆에서 그 모습을 지켜보는 한스의 눈에도 데미안의 자세는 어딘가 모르게 어설퍼 보였다. 근육으로 이루어진 자렌토의 몸은 가냘픈 데미안의 몸에 비해 거의 두 배는 더 커 보였다.

그리고 말이 목검이지, 목검 속에는 묵직한 철근이 들어 있어 일반 검의 무게와 별 차이도 없었다. 이런 목검으로 한 대 맞으면 대낮에도 별을 보는 것은 그야말로 문제가 아니었다. 그러니 자주 별을 목격한 당사자인 데미안이 자렌토에게 겁을 먹는 것은 어찌 보면 당연한 일이다. 게다가 일단 대련에 들어가면 인정 사정 두지 않는 자렌토의 성격을 잘 알기에 데미안으로서는 더욱 공포스러울 수밖에 없었다.

데미안이 좀처럼 공격을 하지 않자 자렌토가 싱긋 웃었다.

"나 정도는 공격할 필요도 못 느낀단 말이냐? 그럼 하수가 공격을 하도록 하지."

그 말을 들은 데미안의 두 다리는 사시나무 떨듯 와들와들 떨리고 있었고, 그 모습을 발견한 한스는 고개를 흔들었다.

'세상에! 그래, 겁을 줄 사람이 없어 하나뿐인 아들을 겁주나?! 정말 못 말릴 분이군. 저렇게 놀리면 재미있나?'

그저 자렌토의 어깨가 잠시 움찔한 것 같은데 그의 목검이 데미안의 머리를 향해 사정없이 떨어졌다. 데미안은 거의 무의식적으로 목검을 들어 자렌토의 목검을 막았다.

딱!

요란한 소리가 울리는 순간 데미안은 자신의 두 손이 저려 목검을 계속 잡고 있기가 힘든 것을 느꼈다. 그러나 자렌토의 목검은 어느새 허공에서 한 바퀴 돌아 데미안의 옆구리를 사정없이 공격했다. 데미안은 있는 힘을 다해 뒤로 물러서며 감각이 사라진 손으로 목검을 휘둘렀다.

딱!

"사랑하는 아들아! 내 사랑의 매를 두 번이나 막다니, 장족의 발전을 했구나. 그렇지만 너를 공격하는 적들은 아마 네 그 귀여운 머리통을 박살내기 위해 안달을 할 텐데, 어디 그렇게 방어만 해서야 되겠니?"

따딱!

요란한 소리와 함께 밑에서 쳐 올려진 자렌토의 목검에 데미안의 목검은 허공 높이 날아갔고, 무방비 상태인 데미안의 머리를 향해 자렌토는 거침없이 목검을 휘둘렀다.

"아버지가 주는 사랑의 매다. 받아라."

딱!

데미안은 머리에 목검을 맞는 순간, 이번에는 평소 자주 보던 별이 보이는 것이 아니라 아예 세상이 까맣게 변하는 것을 느끼며 정신을 잃었다. 기절한 데미안이 땅에 쓰러지기 전 데미안을 붙잡은 자렌토는 데미안을 어깨에 둘러맸다.

가볍게 눈살을 찌푸리던 한스가 자렌토에게 다가가 데미안을 받아 들려고 했다. 그러나 자렌토가 고개를 흔드는 것을 보고 발걸음을 멈췄다.

"아들을 이렇게 안아보는 것도 이게 마지막일지 모르니 방해하지 말게."

자렌토의 말에 한스는 괴팍하기만 한 그의 행동을 조금, 아주 조금은 이해할 수도 있을 것 같았다. 사람마다 애정을 표현하는 방법이 모두 같을 수는 없는 것이 아니겠는가?

"아까 말하다 만 것이네만, 자네는 데미안을 왕립 아카데미에 데려다 주면서 자세한 정보를 수집하도록 하게."

"그런데 정말 백작님께서 말씀하신 대로 그런 상황이 일어날까요?"

"우리로서야 그런 일이 발생하지 않기를 바라지만, 어디 그것이 우리 마음대로 되는 일인가?"

"그렇지만 만약 그런 일이 일어난다면 지난 십여 년 동안 이어져 왔던 평화가 깨지는 것은 시간 문제가 되겠군요."

"내가 아는 그분의 성격상, 일이 터지면 온 나라 안이 시끄러워지겠지. 또 많은 사람들이 목숨을 잃을 테고 말이야."

"만약 그런 일이 일어난다면 백작님께서는 어떻게 하시겠습니까? 그분을 따르실 겁니까?"

"누구보다 독점욕이 강한 분이니 나를 그냥 두지는 않겠지. 그렇지만 설사 그분이라고 해도 나에게 부당한 것은 요구할 순 없는 일이야. 적어도 내 가슴에 기사도가 살아 있는 한."

저택 안으로 사라지는 자렌토의 뒷모습을 바라보는 한스는 가슴속이 왠지 뿌듯해지는 것을 느꼈다. 비록 성격이 급해 화도 잘 내는 자렌토였지만, 단 한 번도 옳지 않은 일을 한 적이 없다는 것을 잘 알고 있기에, 그에게 충성을 맹세한 자신의 현명함이 더욱 만족스러웠다.

머리 속에서 전해지는 지독한 통증과 뺨에서 느껴지는 부드럽고 따스한 기운을 동시에 느끼며 데미안은 천천히 눈을 떴다. 지독한 통증 탓인지 잔뜩 인상을 쓰던 데미안은 가볍게 금발을 찰랑거리며 뺨을 쓰다듬던 사람이 하나뿐인 누나, 제니라는 것을 깨달았다.

제레니 싸일렉스. 그러나 그녀를 아는, 그리고 그녀와 가까운 사람들은 모두 그녀를 제니라고 불렀다. 엘프Elf라고 착각할 만큼 아름다운 그녀가 지금 조금은 걱정스런 눈길로 데미안을 쳐다보고 있었다. 데미안은 머리에 전해지는 지독한 통증에 다시 한 번 인상을 썼다.

"아직도 많이 아파?"

"응? 지금은 괜찮은데, 혹시 어디 찢어진 곳은 없어?"

"조금 붓기는 했지만 다행히 찢어진 곳은 없구나."

"젠장, 그렇게 세게 맞았는데 조금 붓고 말다니. 나도 정말 엄청난 돌머리야."

데미안의 푸념에 제니는 가볍게 입을 가리고 웃었.

자신의 가족이기 때문에 하는 말이 아니라 제니는 정말 아름다웠다. 또, 그 아름다움에 어울리는 미소와 따스한 마음씨를 가진 여자였다. 그녀 또한 아름다운 동생을 자신의 목숨만큼이나 사랑했다.

"아버지도 너무하셨어. 세상에, 기절할 정도로 때리시다니. 왜 그렇게 심하게 훈련을 시키시는지 모르겠어."

조금은 화가 난 듯한 그녀의 음성에 데미안은 왠지 흐뭇한 기분이 되었다.

"앞으로 이 싸일렉스라는 영지와 가문을 지킬 수 있을 정도로 강해지라고 훈련을 시키시는 것이니까 누나가 그렇게 걱정하지 않아도 돼. 그것보다, 누나는 언제 결혼할 거야?"

"어머, 얘는."

데미안의 갑작스러운 질문에 제니는 꽤나 당황한 듯 얼굴을 붉혔다. 허둥지둥 자리에서 일어난 제니는 한마디를 던지고는 재빨리 방을 빠져 나갔다.

"식사 준비가 됐으니 어서 식사하러 내려와."

창 밖을 보니 이미 날이 어두워져 있었다. 그러니까 꼬박 반나절동안 기절해 있었던 것이다. 데미안은 투덜거리며 천천히 침대에서 일어나 조심스럽게 머리를 만졌다. 제니의 말대로 작은 혹이 하나 생겼을 뿐, 다행히 별다른 상처는 없었다. 욱신거리는 통증을 참으며 식당에 도착한 데미안은 엄청나게 많은 음식이 차려진 식탁을 보고 깜짝 놀랐다.

싸일렉스 일가는 가끔씩 싸일렉스 영지 인근에 있는 귀족들을 불러 무도회를 즐기거나 연회를 베풀 때가 아니면 언제나 검소한 식단을 고집해 왔다. 그런데 갑자기 이렇게 엄청나게 많은 음식이 차려지다니, 자신이 기억하지 못하는 무슨 기념 행사가 있나 싶어 생각을 해보았지만 기억나는 것은 하나도 없었다. 그러나 안타까운 표정을 짓고 있는 마리안느의 얼굴을 보니 무슨 일인지 쉽게 짐작할 수 있었다.

"이리로 앉거라."

도저히 거부할 수 있는 분위기가 아니었다. 데미안이 자리에 앉자 마리안느가 직접 아들의 식사 시중을 들었다. 식사 시중을 들기 위해 대기해 있던 하인과 하녀들의 마음에도 아들을 멀리 떠나보내야 하는 슬픈 어머니의 마음이 잔잔히 전해져 왔다.

데미안은 자신 앞에 조금씩 음식을 덜어주는 마리안느의 모습에 코끝이 찡해져 오는 것을 느꼈다. 이미 배가 불렀지만 마리안느의 사랑을 받아들일 수밖에 다른 방법은 없었다. 물론 그 때문에 제대로 소화를 못 시켜 밤새 고생은 하겠지만, 그래도 어머니의 사랑을 듬뿍 느낄 수 있는 저녁이었다.

드디어 왕립 아카데미가 있는 트렌실바니아의 수도 페인야드로 출발하는 날의 아침이 밝았다. 밤새 두근거리는 가슴을 진정시키느라 한숨도 자지 못했던 데미안은 결국 태양이 어김없이 동쪽에서 떠오른다는 만고불변의 진리를 자신의 눈으로 직접 확인한 그런 새벽이었다.

간단하게 몸을 씻고는 간밤에 미리 준비한 여행복을 입었다. 그리고 롱 소드를 옆에 차고는 전면의 거울을 바라보았다.

거울 속에는 아직 소년 티를 완전히 벗지 못한 아름답게 생긴 나이 어린 청년 하나가 서 있었다. 그러나 데미안은 자신의 아름답게 생긴 얼굴이 도무지 마음에 들지 않았다. 사나이는 사나이답게 생겨야 한다는 것이 그의 생각이었다. 그렇지만 아름답게 생긴 자신의 얼굴도 왕립 아카데미를 졸업하는 몇 년 후에는 자신의 아버지인 자렌토 드 싸일렉스 백작처럼 사나이답게 변할 거라 믿으며 자신의 방을 가볍게 한번 둘러보고는 방을 빠져 나갔다.

들떠 있는 데미안과는 달리 자렌토와 마리안느, 그리고 제니는 조금 가라앉은 표정이었다.

평소와 달리 침묵 속에 식사를 마쳤다.

한참 동안 말이 없던 가족들은 데미안이 마차에 오를 때까지 한마디도 하지 않았다.

헥터가 마부석에 앉고, 한스가 짐을 마차의 지붕 위에 단단히 묶는 동안 데미안은 가족들의 얼굴을 마치 자신의 가슴에 새기듯 한 사람씩 쳐다보았다. 출발할 준비가 끝나자 데미안은 자렌토와 마리안느에게 작별 인사를 했다.

"그럼 왕립 아카데미의 수련을 마치고 돌아오겠습니다."

데미안의 인사에 마리안느의 눈에서는 마침내 그 동안 참고 참았던 눈물이 기어이 흐르고 말았다. 한번 터진 눈물은 끝도 없이 흘러나왔다.

"그래…… 부디…… 조심…… 하거라……."

마리안느의 인사는 그녀의 울먹임 때문에 거의 알아듣기 힘들었다. 자렌토는 데미안의 어깨를 가볍게 두들겨주며 답례를 했다.

"나는 네가 훌륭한 기사가 될 것이라고 믿는다."

제니 역시 흐르는 눈물을 감추지 못하고 손에 들고 있던 물건을 데미안에게 건네주었다. 붉은 보석 주위를 금으로 섬세하게 세공한, 상당히 귀해 보이는 목걸이였다.

"그 목걸이는 주인이 위험할 때 위험을 알려주는 마법의 목걸이래. 그리고 네가 무사히, 빨리 돌아왔으면 좋겠어."

"멋있는 기사가 돼서 돌아올 테니 너무 걱정하지 마."

데미안은 일부러 유쾌한 듯 대답을 했다. 자신도 모르게 콧날이 찡하고, 가슴이 답답해지는 것을 느끼고는 재빨리 마차 안으로 들어갔다. 그리고는 헥터에게 소리쳤다.
"다녀오겠습니다! 헥터, 빨리 가!"
데미안의 고함 소리를 들은 헥터는 마차를 몰았고, 데미안을 태운 마차는 천천히 싸일렉스 백작의 저택을 떠났다. 마차가 떠나는 모습을 끝까지 지켜보던 마리안느는 마차의 모습이 보이지 않자 자렌토의 가슴에 얼굴을 묻고는 하염없이 울었다. 제니 역시 흐르는 눈물을 감추지 못했다.

제2장
열 받는 여행

데미안은 싸일렉스 백작가를 벗어날 때까지 침울한 얼굴을 하고 있었지만, 얼마 지나지 않아 곧 다시 밝아졌다. 처음에는 사랑하는 가족들 곁을 떠난다는 것이 마음에 걸려 우울한 생각이 들었지만, 태어나 처음으로 세상 구경을 한다는 흥분 때문에 그 마음을 곧 잊을 수 있었다.

높이 솟은 산과 넓은 들, 그리고 간간이 마주치는 사람들.

데미안은 그 모든 것을 신기해했다. 비스듬히 의자에 기대어 모자란 잠을 청하던 한스는 그런 데미안의 모습을 곁눈질로 보며 슬며시 미소를 지었다.

"그렇게 좋으십니까, 데미안님?"

"한스, 그것보다 얼마나 가야 영지를 벗어나는 거지?"

"영지를 벗어나려면 아직 하루는 꼬박 더 가야 합니다."

"와아! 아버지께서 다스리는 영지도 엄청나게 넓구나."

한스는 눈도 뜨지 않은 채 대꾸를 했다.

"싸일렉스 백작님께서는 이 트렌실바니아 왕국의 수많은 백작 가운데 가장 넓은 영지를 다스리는 분이십니다."

한스의 말을 듣는 둥 마는 둥 데미안은 밖의 풍경을 보기에 여념이 없었다. 그러나 그것도 잠시뿐, 데미안은 곧 지루함을 느껴야 했다.

한가로운 풍경이 끝없이 계속되자 데미안은 뭔가 자신이 생각했던 여행과는 상당히 다르게 진행되는 것을 느꼈다. 적어도 이런 것은 자신이 생각했던 여행이 아니었다.

데미안의 얼굴이 뭔지 모를 불만으로 가득 찬 것을 눈치챈 한스는 미소를 지었다. 고개를 돌리다 한스의 웃는 얼굴을 발견한 데미안은 심심하던 차에 잘됐다는 생각과 함께 의미를 알 수 없는 야릇한 미소를 지었다. 한스는 데미안의 미소를 발견하는 순간 눈을 질끈 감고 자는 척을 했다.

"한스~"

마치 사랑을 속삭이는 여인처럼 데미안은 부드러운 음성으로 한스를 불렀다. 한스는 찔끔 놀라면서도 눈을 뜨지 않았다.

"데미안님, 저는 지금 자는 중입니다."

"그럼 계속 자면서 대답해."

"휴우~ 왜 그러십니까?"

"책에서 보면 여행을 하면 모험가나 수련 중인 기사, 성직자나 몬스터들을 만난다고 쓰여 있던데, 왜 아직 아무것도 나타나지 않는 거지?"

"데미안님, 여행을 시작한 지 1시간도 지나지 않았습니다. 마음을 느긋하게 가지고 기다려보십시오. 수도인 페인야드에 도착하기 전까지 아마 질리도록 만나실 수 있을 겁니다."

"그럼 한스는 마법사를 본 적이 있어?"

"휴우~"

계속되는 데미안의 질문에 한스는 도저히 잠을 청할 수 있는 분위기가 아님을 느끼고는 어쩔 수 없이 일어났다.

"물론 몇 번 본 적이 있습니다."

"진짜 마법사는 불도 만들어내고, 바람도 만들어낼 수 있는 거야?"

"그렇습니다. 마법사들은 세상에 퍼져 있는 마나Mana를 움직여…… 참, 데미안님께서도 마나가 무엇인지 정도는 알고 계시겠지요?"

"알고 있으니까 설명이나 해봐."

"마법사들은 바로 그 마나를 움직여 균형이 깨질 때 발생하는 힘을 일정한 격식에 따라 사용할 줄 아는 자들입니다."

한스의 설명에 데미안은 그저 눈을 껌뻑거리고 있을 뿐이었다. 상대가 아무것도 이해하지 못했다는 것을 알았지만 한스는 다시 설명할 생각을 하지 않았다.

"아마 데미안님께서도 곧 마법사를 만나실 수 있을 겁니다. 그럼 그때 확인하십시오."

"그럼 마법사와 기사들 가운데 누가 더 강해?"

"그야 물론 기사들이 강하지요. 6싸이클 정도의 마법사라도 마스터Master의 경지에 도달한 기사들에게는 어림없습니다."

"그럼 우리 아버지도 마스터야?"

데미안의 질문에 한스는 선뜻 대답하지 못했다.

"정확한지는 모르지만 자렌토 백작님께서는 아직 마스터의 경지까지는 이르지 못하신 것으로 알고 있습니다."

"그럼 마스터가 가장 높은 경지야?"

"간단하게 검을 예로 들어 말씀드리지요. 일단 처음으로 검술을 배우는 검사나 기사를 소드 스컬러Sword Scholar라고 부르고, 조금 능숙하게 검을 다루며 검의 기운을 이용할 줄 아는 기사나 검사를 소드 익스퍼트Sword Expert라 부릅니다. 그리고 검의 기운을 외부로 표출시키는 방법을 터득한 사람을 소드 마스터Sword Master라고 부릅니다. 방금 질문하신 소드 마스터 위의 단계는 '위대한 자'란 뜻의 그렌저Grandeur라 부르는 단계가 있습니다. 물론 이것은 검뿐만이 아니라 모든 무기에 통용됩니다. 그리고 각 단계는 초급, 중급, 상급, 최상급의 네 단계로 구분을 합니다."

한스의 조금은 느릿한 설명에 데미안은 호기심 어린 눈으로 그를 바라보았다.

"그러니까 한스의 말은 아버지가 검을 익히셨으니 소드 익스퍼트고, 그 소드 익스퍼트 중에서는 최상급에 속하는 실력을 가지고 계시다는 말이야?"

"그렇습니다."

한스는 데미안이 자신의 말을 쉽게 이해하자 비록 겉으로 드러내지는 않았지만 속으로 감탄했다.

"한데 말이야, 아버지가 소드 익스퍼트에서 최상급의 실력을 가지고 있다면 소드 마스터라고 불리는 사람의 실력은 대체 어느 정도지?"

"이것을 잠시 보시겠습니까?"

한스는 품에서 똑같이 생긴 두 자루의 단검을 꺼냈다. 일반적인 대거Dagger보다 크기는 작았지만, 새파랗게 날이 서 있는 것이 무척이나 날카로워 보였다.

 한스가 대거를 양손에 나누어 쥐고 조금의 시간이 지나자 한스의 오른손에 든 단검이 파란빛으로 빛나는 듯한 착각이 들었다. 그 순간 한스는 오른손의 단검으로 왼손에 들고 있던 단검을 가볍게 내리쳤다. 분명 단검끼리 부딪치는 소리가 들려야 정상인데 데미안은 그런 소리를 전혀 듣지 못했다. 한스의 오른손에 든 단검은 왼손의 단검을 마치 삶은 호박 자르듯 가볍게 잘랐고, 그 모습에 데미안은 깜짝 놀랐다.

 "어떻게 단검을, 아니, 쇠를 쉽게 그렇게 자를 수 있지?"

 얼마나 놀랐는지 데미안의 말에는 두서가 없었다. 한스는 단검을 다시 품에 넣으며 설명했다.

 "이것이 소드 익스퍼트의 실력입니다. 물론 저는 소드 익스퍼트 가운데에서도 가장 떨어지는 초급 정도의 실력이니까 소드 마스터나 그랜저의 실력이 어떨지는 데미안님이 한번 상상해 보십시오."

 한스의 설명보다 데미안은 한낱 자신의 가정 교사로 알았던 그의 실력이 엄청나다는 것에 그만 기가 죽고 말았다. 자신을 보면 언제나 실없는 미소나 짓고, 집사가 없는 싸일렉스 가문에 집사 노릇을 하는 한스를 평소 데미안은 은근히 무시하고 있었다. 그런데 이렇게 뛰어난 실력을 가지고 있었다니……. 데미안의 속마음을 짐작한 한스는 다시 비스듬하게 의자에 기대며 하품을 했다.

 "아함~ 데미안님, 세상은 넓습니다. 그리고 세상에는 알려지지 않은 뛰어난 실력자들이 정말 많습니다. 그러니 항상 조심하시고, 상대를 얕보지 않도록 하십시오. 기사는 명예를 소중히 여기지만 약한 자를 무시하지 않습니다."

그 말을 마지막으로 한스는 잠을 청했고, 데미안은 그가 막 잠에 빠지려는 순간 질문을 했다.

"묻고 싶은 것이 있는데……."

데미안의 음성은 조금 전과는 달리 조심스러워졌다. 한스는 자신이 잠들려는 순간마다 방해를 하는 데미안의 머리통을 대장간에서 망치질하듯 내리치고 싶은 생각을 꾹 참으며 퉁명스럽게 대꾸했다.

"뭡니까?"

"골리앗이 뭐야?"

데미안의 물음에 한스는 잠이 싹 달아났다.

"누구에게 그런 이야기를 들었습니까?"

"아버지가 말씀해 주셨어. 만약 인연이 닿는다면 골리앗의 주인이 될 수 있을 거라고 말씀을 하셨는데, 골리앗이 뭔지 알아야 주인이 되든 말든 할 것 아니야?"

"……데미안님은 뮤란 대륙의 역사에 대해 알고 계십니까?"

"뮤란 대륙의 역사?"

묻는 말에는 대꾸하지 않고 그게 무슨 뚱딴지 같은 소리냐고 신경질을 부리려던 데미안은 그의 얼굴이 심각한 것을 보고 슬그머니 꼬리를 내렸다.

"언제를 말하는 거야?"

"제가 설명을 드리는 것이 빠르겠군요. 뮤란 대륙이 처음 생기고 이 뮤란 대륙에는 신들과 악마들이 살았답니다. 그들은 오랜 세월 동안 이 뮤란 대륙과 뮤란 대륙에 사는 모든 생명체를 차지하기 위해 처절한 싸움을 벌였습니다."

데미안은 세 살짜리 꼬마도 믿지 않을 그따위 허무맹랑한 소리를 심각하게 말하는 한스의 얼굴을 계속 보고 있어야 하는 것인가에 대해 심각하게 고민했다.

"장장 수천 년 동안 계속된 전쟁에서 마침내 신들은 악마들을 땅 속에 봉인하는 데 성공을 했다고 합니다. 그렇지만 악마들과의 전쟁으로 신들도 심각한 피해를 입었기에 신들 역시 눈물을 머금고 이 땅을 떠나야 했다고 전해집니다."

데미안은 하품이 나오려 했지만, 그 말을 하는 한스의 얼굴은 너무나 심각했다.

"그런 이유로 세상에 살아남은 수많은 생명체들은 비로소 평화와 자유를 찾게 되었다고 전해집니다. 당시 이 뮤란 대륙에는 신들과 수많은 생명체들을 연결시켜 주는 신인(神人)이라고 불리는 사람들이 있었습니다. 신의 대리인인 신인들은 신탁(神託)을 받아 갖가지 생명체들과 공존을 하며, 이 뮤란 대륙 곳곳에 흩어져 살았지요. 그런데 그 평화를 위협하는 존재가 나타났으니, 그것이 바로 드래곤Dragon입니다. 드래곤들의 지배자이자 왕이었던 프레미어는 수많은 드래곤과 몬스터를 모아 신인들을 공격했고, 뮤란 대륙에 흩어져 있던 신인들은 한곳에 모여 드래곤과 몬스터들을 상대로 다시 한 번 처절한 전쟁을 치러야 했다고 합니다."

데미안은 자신이 질문한 골리앗에 대한 이야기는 하지 않고 엉뚱한 이야기를 하는 한스를 못마땅하게 생각하면서도 그의 이야기에 조금씩 빠져들었다.

"수적인 열세에 몰린 신인들은 자신들과 외모도 비슷하고, 비교적 의사 소통도 잘되는 인간들을 끌어들였습니다. 그렇지만 인간이 가지고 있는 힘이라는 것이 너무 보잘것없었기에 신인들은 인간들에게 몬스터나 드래곤들을 상대할 수 있는 강력한 무기를 만들어주게 되었습니다."

"그럼 그게 골리앗이라는 거야?"

데미안은 이야기가 그제서야 본론으로 들어갔다는 것을 느끼고는 한스에게 물었다.

"그렇습니다, 데미안님."

"대체 어떤 것이기에 지상에서 가장 강하다는 드래곤을 상대할 수 있다는 거지?"

"전체적인 외형은 두꺼운 철갑을 두른 기사의 모습을 하고 있다고 생각하시면 됩니다. 신체는 살아 있는 금속이라고 하는 라이덴사이트를 강철과 결합시켜 이루어졌고, 마법에 능통한 드래곤들의 공격에 대항을 하고자 강력한 방어 마법이 항시 작동이 되도록 되어 있습니다. 처음 사람들은 그것을 메탈 시터(Metal Seater : 금속으로 만든 탈 것)라고 불렀다가, 후일 골리앗이라고 부르게 된 것입니다. 잠시 이야기가 샛길로 빠졌습니다만, 결국 신인들은 인간이 움직이는 골리앗과 힘을 합쳐 드래곤과 몬스터들을 물리치는 데 성공을 했습니다."

그러나 한스의 얼굴은 여전히 굳어진 채였다.

"전쟁에서 패한 드래곤들과 몬스터들은 신인과 인간들에게 절대 세상일에 간섭을 하지 않겠다고 맹세를 하고 뮤란 대륙 곳곳으로 흩어졌습니다. 그 후 얼마 남지 않은 신인들과 인간들은 뮤란 대륙의 북쪽에 뮤란 제국이라는 거대한 나라를 세웠다고 전해집니다."

"뮤란 제국에 대한 이야기는 나도 책에서 본 적이 있어."

데미안의 대꾸에 한스는 씁쓸한 미소를 지었다.

"비록 입에서 입으로 전해지는 이야기이기는 하지만 추악하기

이를 데 없는 일이지요."

"무슨 소리야?"

"뮤란 제국에서 신인들의 통치를 받으며 살던 인간들은 세월이 지나면 지날수록 자신들을 간섭하고 통제하려는 신인들에게 강한 불만을 품었습니다. 그리고 어느 날 인간들은 수많은 골리앗을 앞세워 신인들을 공격했고, 신인들은 무참히 목숨을 잃어갔습니다. 그러나 신인들이 가진 힘도 엄청났기에 서로 막대한 피해를 입었다고 전해집니다. 다만 신인들의 숫자가 워낙 적었기에 신인들의 피해가 더욱 막심하다 할 수 있었지요. 불과 몇 명 남지 않았던 신인들은 인간들의 배신을 저주하며 죽어갔습니다. 그 후 뮤란 제국은 자연스럽게 분열되어 흩어졌고, 오늘날과 같은 수많은 나라들이 난립하는 어지러운 세상이 된 것이지요."

한스의 이야기를 듣는 데미안은 난생처음 들은 너무도 엄청난 사실에 정신을 차릴 수 없었다. 나름대로 머리 속을 정리한 데미안은 한스에게 다시 물었다.

"골리앗에 대한 이야기를 좀더 해줘."

"조금 전에도 말씀을 드렸지만 골리앗의 외형은 갑옷을 걸친 기사와 같습니다. 평균적인 키는 5미터에서 7미터, 무게는 천차만별이지만 대략 50톤에서 70톤 정도고, 보통 말 1,000마리 정도의 힘을 내니까 1,000마력HP(Horse Power) 정도라고 생각을 하면 거의 맞을 겁니다."

"1,000마력? 그게 대체 얼마나 강한 거야?"

"글쎄요? 사람으로 따지면 말 한 마리가 일곱 명 정도의 힘을 낸다니까 칠천 명이 동시에 내는 힘이겠지요. 그 정도 힘으로 성벽을 공격하면 웬만한 성벽은 그냥 무너질걸요."

한스의 설명에 데미안은 자신이 살고 있는 싸일렉스의 외곽을 둘러싸고 있는 엄청난 크기의 돌로 만든 성벽이 생각났다. 그걸 단숨에 부숴버릴 수 있는 괴물이라니…….

"그럼 트렌실바니아 왕국에는 골리앗이 모두 얼마나 있어?"

"글쎄요, 확실한 숫자가 밝혀진 것은 아니지만 대략 20대쯤 있는 것으로 알고 있습니다."

"20대? 아니, 왜 그것밖에 없어?"

데미안은 마치 어린아이처럼 호기심 어린 눈동자로 한스를 바라보았다.

"골리앗이 20대밖에 없는 이유는 여러 가지가 있지요. 우선 골리앗을 만드는 데 없어서는 안 되는 라이덴사이트가 이곳 트렌실바니아 왕국에서는 전혀 생산이 안 되는 것이 첫 번째 이유이고, 두 번째로 골리앗을 움직이게 하는 데 없어서는 안 될 무한히 움직이며 마나를 모아주는 골리앗의 심장을 만들 수 있는 실력을 가진 사람이 없기 때문입니다. 골리앗의 심장을 만들려면 6싸이클 이상의 마법사와 한평생 연금술만을 연구한 연금술사가 있어야 합니다. 그 둘의 힘이 하나로 합쳐져야 겨우 골리앗의 심장을 만들 수 있습니다."

"라이덴사이트야 다른 나라에서 사 오면 되고, 실력 있는 마법사와 연금술사는 키우면 되잖아?"

"물론 그렇지요. 하지만 마지막 이유만은 사람의 힘으로 어쩔 수 없는 일입니다. 마법사와 연금술사가 만든 골리앗의 심장을 움직이는 기본적이고 근원적인 힘이 되는 것이 바로 '영혼의 구슬'이라고 불리는 것인데, 그것을 만들려면 순결한 영혼을 가진 여자의 피와 생명이 반드시 필요하다는 것입니다."

"영혼의 구슬? 여자의 피와 생명?"

"그렇습니다. 인간의 여자들 가운데 신인의 피를 이어받은 여자만을 골라 그들의 생명을 빼앗아야만 만들 수 있는 것이 바로 골리앗입니다."

한스의 설명에 데미안은 갑자기 불쾌한 생각이 들었다.

"정확히 말하자면, 골리앗에 탄 사람은 신인의 피를 이어받은 여인의 영혼이 봉인되어 있는 영혼의 구슬을 통해 골리앗을 움직인다고 해야 옳은 말이겠지요. 그렇지만 신인의 피를 이어받은 여인들을 찾기가 워낙 힘들어 골리앗의 생산은 거의 이루어지지 않았습니다. 게다가 생명을……."

"거의 만들어지지 않았다는 말은 그래도 조금은 만들어졌다는 말이잖아?"

데미안의 날카로운 질문에 한스는 데미안이 호기심을 느끼는 부분에는 천재성을 발휘한다는 사실을 그만 잊고 놀라며 대답했다.

"제가 알기로 각 나라에서 모두 팔십여 대의 골리앗이 생산된 것으로 알고 있습니다. 그렇지만 그만한 숫자의 여인들이 강제로 영혼을 봉인당하고, 목숨을 잃었겠지요."

"알려진 것이 그만한 숫자라면, 알려지지 않은 것도 있을 테니 더욱 많겠군."

불쾌한 얼굴을 하고 있는 데미안을 보고 한스는 추악함으로 물들어 있는 세상을 살아가면서 데미안이 어떻게 변해갈지 어른의 한 사람으로서 염려가 되지 않을 수 없었다.

"한스님, 점심 때가 되었습니다. 어떻게 할까요?"

말을 몰고 있던 헥터의 말에 한스는 창 밖을 바라보았다. 따스한 햇살이 내리쬐고는 있었지만 그래도 바람이 불어 조금은 서늘한 날씨였다.

"가까운 곳에 식당이 보이는가?"

"예, 식당과 여관을 겸하는 곳이 보입니다."

"그럼 그곳에서 식사를 하며 잠시 쉬도록 하세."

"알겠습니다."

헥터는 대답을 하고 식당을 향해 마차를 몰았다.

데미안은 난생처음 식당과 여관이란 건물을 보았다. 그렇지만 그 모습은 데미안의 상상과는 너무 달랐다. 우락부락한 사내들이 서너 개의 탁자를 차지하고 앉아 험악한 표정으로 술을 마시며, 대화를 주고받거나 큰 소리로 노래를 부를 것이라고 생각을 했었는데, 탁자를 차지하고 있는 사람이라고는 허름한 복장의 농부 세 사람이 전부였다.

그들은 맥주를 곁들인 점심 식사를 하고 있다가 가게 안으로 들어오는 데미안 일행을 힐끔 보고는 다시 자신들끼리 이야기를 나누었다. 어이없을 정도로 평화스러운 분위기에 데미안은 정신이 확 돌아버릴 정도로 기분이 나빴다. 세 사람이 의자에 앉자 푸근한 인상의 뚱뚱한 주인 여자가 그들에게 다가왔다.

"식사는 뭘로 하겠소?"

"난 맥주와 고기 파이고, 데미안님은 뭘로 드시겠습니까?"

"생각 없어."

"데미안님은 생각으로 식사를 하십니까? 예전부터 알고는 있었지만 정말 대단하신 분이군요."

능글맞은 한스의 태도에 성질을 내려던 데미안은 자신을 만류하는 헥터 때문에 억지로 눌러 참았다.

"데미안님, 오늘 저녁에는 야영을 해야 할 것 같습니다. 내일 아침까지는 식당을 만날 수 없으니 조금이라도 식사를 하시지요. 난 뜨거운 수프와 구운 베이컨, 그리고 빵을 주시오."

"그럼 난 이 집에서 제일 독한 술 한 잔."

붉은 머리 소년의 주문에 뚱뚱한 주인 여자가 데미안의 얼굴을 한번 힐끔 보았다. 그리고는 당연히 거절을 했다.

"우리 집에서는 미성년자에겐 술을 안 팔아요. 그리고 여자가 무슨 술이에요, 술이! 남자 옷을 입고 있으면 누가 모를 줄 아나? 흥!"

주인 여자의 말에 한스는 터져 나오려는 웃음을 억지로 참느라 인내심의 한계를 느껴야 했다. 좀처럼 웃지 않는 헥터조차 입꼬리가 조금 위로 올라간 것이 웃고 있는 듯했다. 물론 데미안이 술을 시킨 것은 책에서 본 대로 그저 기분이나 내려고 한 것이었지만, 이렇게 무참하게 자존심이 짓밟힐 줄은 몰랐다. 데미안의 얼굴은 시뻘겋게 달아올랐고, 곧 폭발했다.

"내가 어디로 봐서 여자라는 거야? 난 남자란 말이야, 남자! 남자, 남자! 똑똑히 봐!"

흥분한 탓인지 데미안의 음성은 여자의 비명처럼 더욱 날카롭게 변했고, 그 모습을 지켜보던 주인 여자는 고개를 흔들었다. 한스는 데미안을 진정시키기 위해 얼른 주문을 했다.

"이분이 남자인 것은 틀림없으니까 술을 가져다 주시오. 그리고 작년에 성년식도 치렀으니 미성년자도 아니고 말이오."

한스의 말에 주인 여자는 고개를 갸우뚱거리며 데미안의 얼굴을 다시 보고는 주방으로 갔고, 데미안은 치밀어 오르는 화를 참지 못하고 씩씩거렸다.

"빌어먹을, 이게 무슨 재밌고 즐거운 여행이야?"

"푸하하하, 데미안님, 누가 여행이 재밌고 즐겁다고 했습니까? 그리고 이 여행도 데미안님이 너무 원하시기에 시작한 것이 아닙니까? 그것도 이제 여행을 시작한 지 4시간밖에 안 지났지만 말입니다."

한스는 데미안을 약올리기로 출발하기 전 각서라도 쓴 모양이었다. 자신이 원했기 때문에 시작한 여행이라는 소리에 데미안은 억지로 화를 눌러 참아야 했다.

"그럼 책에 쓰여진 모험담이나 여행에 관한 것들은 다 뭐야? 몽땅 거짓말이란 거잖아."

"푸하하하!! 그럼 순진하게도 그걸 다 믿으셨단 말입니까?"

데미안은 그렇지 않아도 화가 치미는데 계속 자신을 약올리는 한스를 노려보았다. 한스의 표정은 꼭 '애들은 정말 어쩔 수 없어'라고 말하는 것 같았다.

"데미안님, 그럼 집으로 다시 돌아가시겠습니까?"

웃음을 참지 못하며 자신에게 묻는 한스가 정말 죽이고 싶도록 미웠다. 그렇지만 마차 안에서 본 광경이 생각나 다시 한 번 화를 눌러 참았다. 그러는 사이 주인 여자가 데미안 앞에 투박한 컵 하나를 놓았다.

"식사는 잠시 후에 나오니 먼저 마셔요."

데미안은 자신 앞에 놓인 컵을 바라봤다.

자신의 주먹만한 컵에 성분을 알 수 없는 붉은 액체가 절반 정도 차 있었다. 가만히 냄새를 맡아보니 그리 독하지 않은 향기가 났다. 데미안의 술 경력은 작년 성년식이 끝나고 마신 한 잔의 포도주가 전부였다. 물론 그 한 잔만으로도 거의 인사불성이 될 정도로 취하긴 했지만, 지금 이 잔에서 나는 향기가 포도주보다 약한 것으로 보아 어쩌면 포도주보다 약할 것 같았다. 잔을 들고 조심스럽게 마셔보았지만 그냥 부드럽게 넘어가기에 단숨에 다 마셔버렸다.

데미안이 단번에 술잔을 비워버리자 이상하게도 식당 안에 있던 사람들이 모두 데미안의 모습을 유심히 살피는 것이 아닌가? 주위의 표정에는 아랑곳하지 않고 주인 여자에게 술의 이름을 물었다.

"술의 이름은 볼케이노라고 해요."

'볼케이노면 화산이잖아. 무슨 화산이 이렇게 약해?'

데미안이 술의 이름이 너무 거창하다고 생각하는 순간 왠지 뱃속이 뜨끈뜨끈해지는 것을 느꼈다. 이상하다고 느끼는 순간 갑자기 위가 불이 붙는 것처럼 화끈거리기 시작했고, 뒤이어 목이 따끔거리는 것을 느껴짐과 동시에 자신의 얼굴에 엄청난 열기를 느껴야 했다.

"으아악! 타, 탄다."

쿵!

데미안은 지독한 열기를 견디지 못하고 자신도 모르게 비명을 질렀다. 그렇지만 비명이 끝나기도 전에 기절해 버리고 말았다. 데미안의 모습을 지켜보던 농부들은 그러면 그렇지, 하는 표정을 짓고는 다시 식사에 열중했다. 주인 여자 역시 피식 웃고는 주방으로 가버렸다. 데미안을 편한 자리에 누인 후 돌아온 헥터가 한스에게 물었다.

"왜 말리지 않으셨습니까?"

"응? 뭐라고?"

"왜 데미안님께서 술을 시키셨을 때 말리지 않으셨는지 그걸 묻는 겁니다."

"아, 그거? 벌써 여행을 따분해하시는 것 같아 여행은 이런 것이다, 하는 것을 알려주기 위해서 일부러 말리지 않았네. 게다가 어제 잠도 설친 것 같기에. 또 궁금한 것이 있는가?"

"없습니다."

"자네는 없을지 모르지만 난 아니야. 나는 자네의 정체가 정말 궁금하거든."

한스의 말에도 헥터의 표정은 변화가 없었다. 주인 여자가 가져다 준 음식으로 식사를 하는 중에도 한스의 말은 끊이지 않았다.

"자네 정도의 실력이라면 국왕의 근위 기사는 충분히 되고도 남았을 텐데 어울리지 않게 데미안님의 시종을 자처하다니, 나로서는 이해할 수 없는 일이거든."

"그런 제 실력을 알아보시는 한스님의 안목 정도라면 지금쯤 수도인 페인야드에서도 꽤 높은 벼슬을 하고 계셔야 하는 것 아닙니까?"

"나야 백작님께 충성을 바치기로 결심한 사람이니 상관이 없지만, 자네는 어느 날 갑자기 나타나서……"

"어느 날 갑자기가 아닙니다. 정확히 21개월 전입니다."

"그래. 21개월 전에 나타나 데미안님의 부하가 되겠다고 스스로 자청하지 않았나? 게다가 자신에 관한 모든 것은 철저히 비밀로 하고 말이야. 난 자네의 이름이 헥터라는 것도 솔직히 믿지 못하겠어."

한스는 데미안이 한 잔 마시고 기절해 버린 볼케이노를 벌써 반 병 이상 마시고 있었다. 그렇지만 그는 조금의 흐트러짐도 보이지 않았다.

"물론 자네가 데미안님께 진심으로 충성을 바치고 있다는 것을 알기 때문에 모른 척하고 있지만, 그렇다고 자네를 완전히 믿고 있는 것은 아니라는 사실을 명심하게."

"앞으로 39개월 동안 데미안님의 신변을 목숨을 걸고 경호한다는 것, 그리고 내 이름이 헥터가 맞다는 것. 제가 지금 말씀드릴 수 있는 것이라고는 그것밖에 없군요."

대답을 한 헥터는 그대로 식당을 나갔고, 그 모습을 지켜보던 한스는 술잔을 내려놓으며 한마디했다.

"제기랄, 음식 값도 안 내고 그냥 가버리는군."

덜컹덜컹!

땅거미가 지기 시작한 들판을 가로지르며 한 대의 마차가 달리고 있었다. 마차의 흔들림 때문에 정신을 차린 데미안은 누군가 자신의 머리를 망치로 마구 내리치는 듯한 엄청난 두통을 느끼며 자신도 모르게 신음을 흘려냈다.

"윽! 아이고, 머리야."

이건 아버지와 대련을 하다가 목검으로 얻어맞은 것과는 비교도 되지 않았다. 목검으로 맞아봐야 그저 국부적인 통증과 머리에 살의 일부가 사과 반쪽 정도의 크기로 돌출되는 정도로 끝나지만, 지금은 누군가가 머리 속을 마구 두들기며 뇌를 잡고 흔드는 것 같았다. 그 덕분에 데미안은 흔들리는 머리를 똑바로 세울 수도 없었다.

데미안의 신음 소리 때문인지 마차는 곧 멈췄다.

"이제 정신이 드셨습니까?"

흐릿한 눈을 억지로 맞춰 상대를 확인하니 한스였다.
"여, 여기가 어디야?"
"싸일렉스 외곽에 있는 베른 평야입니다."
"베른 평야?"
"머리가 많이 아프시면 약이라도 드릴까요?"
한스의 말에 고개를 끄덕이려던 데미안은 술 한잔에 뻗어버린 자신을 그가 비웃을 거라고 생각을 하고는 억지로 참으며 고개를 흔들었다. 그 순간 머리 속의 골도 함께 흔들렸다.
"괘, 괜찮아. 차, 참을 수 있어."
"그러시면 간단히 요기부터 하시지요. 오늘은 여기서 야영을 해야 할 것 같습니다."
한스가 헥터와 함께 야영과 식사 준비를 하는 동안 데미안은 머리 속에서 흔들리는 뇌를 달래야 했다. 잠시 후 마차에서 내린 데미안은 꽤 쌀쌀한 바람이 부는 것을 느꼈다. 헥터가 피워놓은 모닥불 근처에 앉은 데미안은 억지로 태연한 척했다.
"일단 이 수프부터 드십시오. 속이 풀어질 겁니다."
데미안은 당연히 거절하고 싶었지만 그의 손은 주인의 명령을 철저하게 거역하고 그릇을 받아 들었다. 손으로 전해지는 따스함을 잠시 즐긴 데미안은 곧 수프를 마셨다. 쓰리던 속이 어느 정도 풀어지자 그제야 살 것 같았다.
"데미안님, 머리 위를 한번 보시겠습니까?"
한스의 말에 데미안은 무의식적으로 머리 위를 바라보았다. 어두워지기 시작한 밤하늘에 크고 작은 수많은 별들이 제각기 빛을 뿌리며 밤하늘을 밝히고 있었다. 그 모습을 발견한 데미안은 자신도 모르게 탄성을 터뜨렸다.

"와!"

정말 밤하늘에 별들이 이렇게 많은 줄은 상상도 못 했다.

"밤하늘에서 별들이 저렇게 빛나는 것처럼 사람들의 마음도 영원히 변하지 않았으면 좋으련만, 사람들은 뭐든 잘 잊어버리는 동물입니다. 자신이 무엇 때문에 살아가는지, 또 왜 살아가는지 시간이 지나면 모두 잊어버리니까요."

"그럴지도 모르지만, 잊어버리니까 새로운 일을 할 수 있는 거 아냐? 잊지 않는다면 언제까지라도 그 일에만 매달려 있어야 하잖아."

한스는 현자들에게서나 들을 법한 소리를 데미안에게서 듣자 너무 놀라 자신이 무슨 말을 하려고 했는지조차 잊어버렸다.

"결심하고 잊어버리고, 또 결심하고 잊어버리고…… 그렇게 사는 것이 나쁜 것일까? 기쁜 일이 잊혀지는 것은 좀 아깝지만, 슬프고 괴로운 일은 빨리 잊어버리고 새로 뭔가를 시작하는 것이 좋잖아. 한스는 그렇게 생각하지 않아?"

데미안의 말이 맞다는 것을 알면서도 한스는 데미안에게 세상에 그와는 생각이 다른 사람들도 살고 있다는 사실을 알려주고 싶었다.

"그렇지만 세상 사람들이 모두 데미안님처럼 선한 마음만 가지고 있지는 않습니다. 그들도 어쩌면 처음에는 착한 사람들이었는지도 모르지요. 그러나 세월이 흐르면서 조금씩 변해 결국 남을 불행하게 만드는 사람이 되는 것입니다. 데미안님께서는 지금의 그 마음을 부디 잊지 말도록 하십시오."

데미안은 팔베개를 하고 누워 눈을 감은 채 별들로부터 불어오는 바람을 느꼈다.

"난 뛰어난 검술 실력을 가진 기사보다 사람들과 잘 사귈 수 있는 그런 기사가 되고 싶어. 그래서 이 트렌실바니아 왕국, 아니, 뮤란 대륙 어디를 가도 아는 사람들을 만날 수 있고, 또 그들이 언제까지나 기억하는 친한 기사가 되었으면 좋겠어……."

낮에 마신 볼케이노의 취기가 아직 완전히 빠져 나가지 않았는지 데미안은 그 말을 끝으로 잠이 들어버렸다. 데미안이 조금 전 한 이야기를 생각하던 한스는 피식 웃음을 지었다.

"뮤란 대륙 어디를 가도 아는 사람을 만나고 싶고, 또 모든 사람들과 친할 수 있는 기사라……. 이봐, 헥터. 자네는 데미안님의 말을 어떻게 생각하는가?"

가져온 담요로 데미안을 덮어주던 헥터는 한스의 말에 데미안의 얼굴을 봤다. 가슴이 약간만 튀어나왔더라면 누가 봐도 미녀라고 침을 흘릴 정도로 정말 아름다운 얼굴이었다.

"모든 사람들과 친한 기사는 있을 수 없다고 생각합니다."

무뚝뚝한 헥터의 대답에 한스의 웃음이 짙어졌다.

"왜 그렇게 생각을 하나?"

"제가 살아오면서 강한 기사를 본 적은 있어도, 모든 사람과 친한 기사는 단 한 명도 보지 못했습니다. 가난한 사람과 친한 기사가 부자와 친해질 수 있겠습니까? 또 국민들과 친한 기사를 권력자들이 좋아할까요? 뛰어난 실력을 가진 기사를 그 동료들은 좋아하겠습니까? 싸일렉스가(家)에 오기 전 저는 뮤란 대륙의 꽤 여러 나라를 여행했습니다. 강한 기사에게 굴복하는 사람들은 봤어도, 그 기사에게 친근감을 나타내는 사람들은 본 적은 없습니다."

"그렇다면 싸일렉스 백작님은 어떻게 생각하는가? 그분의 영지에 사는 소작인들은 모두 그분을 믿고 따르지 않는가?"

"그건 그분이 강한 분이기에 그런 것일 겁니다. 만약 그분께서 아무런 힘도 없이 백작이란 작위만 가지고 계신 분이었다면 아마 아무도 그분을 따르지 않을지도 모르지요. 그리고 믿는다는 것은 그분의 힘을 믿는 것이지, 그분 자체를 믿는 것은 아니지 않습니까? 만약 내일이라도 그분께서 무슨 일이 생겨 작위를 잃어버리신다면 당장 싸일렉스 영지를 떠나는 소작인이 생겨날 겁니다. 바로 그 점이 그분께서 모든 사람들과 친하지 못하다는 증거가 되겠지요."

언제나 과묵하던 헥터가 오늘따라 꽤 많은 말을 했다. 한스는 낮에 산 볼케이노를 따서 한 모금 마시곤 다시 물었다.

"그렇다면 데미안님이 앞으로 그런 기사가 될 수 없을 거란 말인가?"

다시 한 번 데미안의 자는 얼굴을 본 헥터는 자신도 곧 잘 준비를 하며 말했다.

"데미안님은 저도 잘 모르겠습니다. 어떨 때는 어린아이처럼 장난을 좋아하시다가, 또 어떨 때는 나이에 걸맞지 않은 행동을 보여주시기도 하니까요. 데미안님께서 조금 전에 하셨던 말씀을 잊지만 않으신다면 정말 그런 기사가 될지도 모르지요. 미래는 모르는 것이니까요."

헥터는 그 말을 마지막으로 잠을 청했다. 데미안과 헥터가 한 말을 다시 한 번 곰곰이 음미하던 한스는 헥터의 마지막 말을 다시 한 번 따라했다.

"미래는 모르는 것이다? 가장 확실한 대답이군."

한스는 다시 한 번 밤하늘의 별을 바라보고는 잠을 청했다.

"별이 밤하늘에서 영원히 빛나는 것처럼 지금 그대의 마음도 언제까지나 변치 마시기를……."

 여행을 시작한 지도 벌써 15일이 지났다. 그러나 데미안 일행에게는 별다른 일이 없었다. 문제는 그 별일이 없었다는 것이 문제였다. 한스의 말에 따르자면 '조용하고 평화스러운 여행'이었고, 데미안의 말을 빌리자면 '미치고 환장할 것같이 따분한 여행'이었다.

 그 많다던 몬스터들은 단체로 여행이라도 떠났는지 구경도 해 본 적 없었고, 마주치는 여행자들의 모습도 또한 보지 못했다. 데미안이 지루하고, 심심해하는 마음을 한스도 짐작은 하고 있지만, 그렇다고 있지도 않은 몬스터나 여행자를 데려올 수는 없는 일이었다. 그날도 다른 날과 마찬가지였다.

 숲 근처를 지나다가 날이 어두워지자 데미안 일행은 야영할 준비를 했다. 하늘 높이 치솟은 침엽수림의 공터에 마차를 세우고 헥터는 식사 준비를 했다. 헥터가 조리할 음식을 꺼내자 데미안은 질렸다는 표정을 지었다.

 맛있는 음식도 한두 번이지 어떻게 똑같은 음식을 매일 매끼니마다 먹겠는가? 게다가 헥터나 한스가 할 수 있는 음식이 정해져 있다 보니 식당을 만나지 않는 한 매일 똑같은 식단이 반복되었다. 그런 데미안의 표정을 본 헥터가 사냥을 해 오겠다고 말했다.

 "헥터, 그럼 나도 가."

 "안 됩니다."

 헥터에게 물은 것인데 대답은 한스가 했다. 화가 나 얼굴이 벌겋게 된 데미안이 한스에게 따졌다.

 "난 헥터에게 물었는데 왜 한스가 대답해?"

"왜냐하면……."

한스가 말꼬리를 흐리자 데미안은 그의 얼굴을 노려봤다. 그러나 한스는 아주 만족스런 미소를 지으며 대답했다.

"제가 이 여행의 책임자니까요."

"대체 누가 한스를 이 여행의 책임자로 정했는데?"

"데미안님의 아버지이신 자렌토 백작님께서 출발하기 전 제 손을 꼭 잡고 간곡한 부탁을 하셨습니다."

자렌토가 한스의 손을 잡고 간곡한 부탁을 할 성격의 소유자가 아니라는 것은 아들인 데미안이 모를 리 없지만, 경험 많은 한스에게 이 여행의 책임을 맡겼다는 것은 짐작할 수 있는 일이었다. 그렇게 데미안과 한스가 말다툼을 하는 사이, 이미 헥터는 사라지고 없었다.

1시간 정도가 지났지만 헥터는 좀처럼 나타나지 않았다. 데미안은 헥터가 나타나지 않자 슬슬 걱정이 되었다.

"이봐, 한스. 헥터가 아직까지 나타나지 않는데 찾아봐야 하지 않아?"

"글쎄요, 저는 별로 그러고 싶지 않은데요?"

자신의 말에 꼭 토를 다는 한스가 미워 죽겠지만 얼마 전 마차 안에서 본 쇠를 자르던 그의 실력을 기억하고는 다시 한 번 부탁을 했다.

"헥터가 위험한 일을 당했다면 우리가 구해줘야 하잖아. 그러니까 헥터를 찾으러 가자, 한스."

데미안은 순진한 빛으로 초롱초롱 빛나는 그윽한 눈길로 한스를 봤다. 그 모습을 본 한스는 결국 자리에서 일어나지 않을 수 없었다.

"알았으니까 제발 그렇게 느끼한 표정은 짓지 마십시오. 그리고 데미안님께서 모르셔서 그렇지, 헥터 그 친구의 검술 솜씨는 저보다 훨씬 낫다고요."

투덜대는 한스와 함께 막 헥터를 찾으러 데미안이 일어서려는 순간 숲속에서 헥터가 누군가와 걸어나오는 것이 보였다.

"헥터, 걱정했잖아."

데미안의 말에 헥터는 자신과 함께 온 남자를 모닥불 가에 앉도록 하고는 어깨에 메고 있던 사슴을 내려놓았다.

"죄송합니다, 데미안님."

헥터의 대답에 마음을 놓던 데미안은 그제야 헥터의 옷에 무엇인가 붉은 것이 잔뜩 묻어 있는 것을 발견했다. 처음에는 사슴의 피인가 생각을 했었지만 맨손으로 잡은 듯 사슴에는 상처 하나 없었다.

"헥터, 옷에 묻은 것은 뭐야?"

"사냥을 하고 있는데 이 사람이 오크들에게 쫓기고 있어서 그놈들을 쫓아버리느라 조금 싸웠습니다."

헥터가 '조금 싸웠다' 라는 말을 하자 사내는 불을 쪼이다 말고 헥터의 얼굴을 멍청하게 쳐다봤다. 세상에, 20마리나 되는 오크들을 눈 깜짝할 사이에 몰살시켜 버리고도 조금 싸웠다니……. 그야말로 말도 안 되는 소리였다. 게다가 언제 오크들이 도망갈 시간이나 준 적이 있단 말인가?

헥터는 아무 일 없다는 듯 익숙한 솜씨로 가져온 사슴의 가죽과 내장을 제거하고는 몇 덩이로 잘라 꼬챙이에 꽂아 불에 굽기 시작했다. 기본적인 양념밖에는 하지 않았지만 사슴 고기는 향기로운 냄새를 풍기며 익어갔다.

데미안은 꼬르륵거리는 배보다 오크를 볼 수 있는 기회를 놓쳤다는 생각에 인상을 쓰고 있었다. 불을 쬐던 사내는 갑자기 생각이 난 듯 데미안 일행들에게 인사를 했다.

"죄, 죄송합니다. 전 뮤렐 로완스란 사람입니다. 목숨을 구해주셔서 감사드립니다."

뮤렐의 갑작스런 인사에 데미안도 적지 않게 당황했다.

"됐으니까 그만 자리에 앉게. 여기 계신 분은 데미안 싸일렉스님이시고 백작님의 자제분이시네. 그리고 난 한스 맥리버라고 하고, 저 친구는 헥터라고 하네."

한스의 대답에 자리에 앉는 뮤렐을 유심히 보던 데미안이 그에게 물었다.

"검을 안 차고 있는 것을 보니까 검사는 아닌 것 같은데, 혹시 마법사야?"

"아직은 아닙니다."

아니라는 뮤렐의 말에 데미안은 조금은 실망하는 표정을 짓다가 다시 그에게 물었다.

"아직 마법사도 아니라면 대체 뭘 믿고 몬스터들이 우글거리는 숲속에 들어간 거야?"

데미안의 물음에 뮤렐은 어두운 얼굴을 했다.

"스승으로 모실 분을 찾아가던 중이었습니다. 가진 돈도 다 떨어지고, 날도 어두워지고 해서 조금이라도 빨리 숲을 통과하려고 들어섰는데 그만 길을 잃어버렸습니다. 그러다 오크들을 만나 도망치다가 저분을 만나게 된 것입니다."

"누구를 찾아가는 길이었나?"

"차이렌이란 분을 아십니까?"

뮤렐의 대답 같은 질문에 한스는 인상을 찡그리며 그의 얼굴을 봤다.

"혹시 서쪽 국경 지대에 산다는 마법사 차이렌을 말하는 것인가?"

"그렇습니다. 그분을 찾아가는 중이었습니다."

"그렇다면 포기하도록 하게."

한스의 말에 뮤렐은 고개를 흔들었다.

"절대로 포기할 수 없습니다. 저는 반드시 해야 할 일이 있습니다. 그 일을 하려면 저에겐 힘이 있어야 합니다. 지금 제게 힘을 주실 분은 그분밖에 안 계십니다."

"아무리 힘이 필요해도 목숨을 잃으면 그만 아닌가? 자네는 흡혈귀 차이렌이란 소문도 못 들어봤나? 아마 자네 같은 사람은 그를 만나자마자 목숨을 잃게 될 거야."

"그 사람이 그렇게 위험한 사람이야?"

데미안의 물음에 한스는 고개를 끄덕였다.

"그렇습니다, 데미안님. 그저 위험한 정도가 아니라 이 세상에 살아 있어서는 안 될 사람입니다. 그자는 인간으로서 오를 수 있는 한계인 7싸이클의 마법을 익힌 유명한 마법사이지만, 그 한계를 깨기 위해 해서는 안 될 짓을 너무나 많이 했습니다."

"대체 무슨 짓을 했기에?"

"몬스터들을 잡아 이상한 실험을 한 것은 그만두고라도, 인간과 몬스터들을 결합시키는 금단의 마법 실험을 너무나 많이 했습니다. 나라에서도 그자를 잡으려고 군대를 보내기도 했지만, 그자의 마법이 너무 뛰어나 엄청난 피해를 입고 후퇴하기 일쑤였습니다. 게다가 궁정 마법사인 유로안 디미트리히님께서도 몇 번이나 그

자를 잡으려고 나섰지만, 그때마다 교묘한 방법으로 도망을 쳐 지금은 어디에 있는지 아무도 모른답니다. 그저 서쪽 국경 지대 근처에서 그자를 보았다는 소문만 퍼져 있을 뿐, 그자를 직접 본 사람은 없답니다."

한스의 설명에 데미안은 몸서리를 쳤다. 사람과 몬스터를 합체시키는 마법 실험이라니……. 생각할수록 화가 치민 데미안이 다시 물었다.

"그자를 잡을 만한 실력이 있는 기사가 아무도 없단 말이야? 이 넓은 트렌실바니아 왕국에서?"

"데미안님, 흥분하지 마시고 제 말을 들으시지요. 데미안님은 뛰어난 마법사를 본 적이 없기 때문에 그런 말씀을 하실 수 있는 겁니다. 소드 익스퍼트 가운데 가장 실력이 뛰어난 백작님이라고 하더라도 그 차이렌이란 자를 만난다면 조심을 하셔야 할 정돕니다. 그러니 다른 사람은 말할 필요도 없지요. 적어도 소드 마스터가 아니면 6싸이클의 마법을 익힌 마법사를 이기긴 힘듭니다."

우습게만 생각했던 마법사가 한스의 말처럼 아버지도 조심해야 할 정도로 강할 줄은 상상도 못 했다.

"그러니 자네도 포기하고 검사나 되게."

"그럴 수 없습니다. 제 나이가 벌써 스물아홉입니다. 지금부터 검술을 익혀 어느 세월에 소드 마스터의 경지까지 오른단 말입니까?"

"그렇다고 자네가 차이렌을 찾아 그의 마법을 배울 수 있을 거라 생각하는가? 보통, 마법사가 되려면 뛰어난 머리를 타고나야겠지만, 설사 타고났다고 하더라도 엄청나게 긴 세월 동안 마법을 익혀야 겨우 4싸이클이나 5싸이클 정도를 익힌 마법사가 된단 말이네. 그럴 바에야 차라리 체력을 단련시켜 검사가 되는 편이 훨씬 빠르다는 말일세."

한스의 말에 뮤렐의 얼굴은 더욱 어두워졌다. 마치 세상의 불행이란 불행은 모두 겪은 사람 같았다. 헥터는 익은 사슴 고기를 세 사람 앞에 조금씩 잘라놓았다. 데미안 일행은 식사를 했지만 뮤렐은 상심한 듯 그저 모닥불만 보고 있었다.

"내 생각에는 그래도 일단 차이렌인가 하는 마법사를 찾아가는 편이 좋다고 생각해."

"데미안님, 그렇지만……."

"한스, 우선 내 말을 먼저 들어봐. 그 사람이 좋은 마법사인지 나쁜 마법사인지는 뮤렐이 판단할 일이라고 생각해. 흡혈귀 차이렌이라고 불리는 그 마법사에게도 어쩌면 남들이 모르는 좋은 점이 있을지 모르잖아. 뮤렐이 직접 보고 판단을 해서 그가 나쁜 사람이라면 그 다음에 다른 방법을 찾으면 되잖아. 마법사가 되든, 기사나 검사가 되든 뭐든 뮤렐이 판단하고 결정 지을 문제라고 생각해. 그래, 한스는 무슨 말을 하려고 했어?"

자신이 할말을 먼저 해놓고는 무슨 말을 하려고 했냐고 묻는 데미안의 뻔뻔함에 한스는 속으로 주먹을 불끈 쥐었다.

"내 생각에도 그렇게 하는 것이 좋을 것 같군. 그리고 마법사가 되든, 뭐가 되든 일단 체력을 유지해야 할 것 아닌가? 어서 식사를 하도록 하게."

한스의 말에 뮤렐은 데미안에게 고개를 숙여 보였다. 무작정 차이렌을 찾아야 한다는 생각밖에 못 하던 자신에게 다시 한 번 생각할 수 있는 마음의 여유를 찾아준 데미안에게 고마운 생각이 들었기 때문이다. 식사를 마치고 뮤렐이 데미안 곁으로 왔다.

"데미안님, 좀 전의 말씀 정말 고마웠습니다."

"아니야, 별로 도움도 안 됐을 텐데 뭐."

"저도 데미안님께 뭔가 보답을 해드리고 싶군요. 데미안님은 자신의 미래가 궁금하지 않으십니까?"

"미래? 그럼 뮤렐은 점을 칠 줄 알아?"

"글쎄요, 점이라고 하기에는 좀 뭐 하지만 사람들의 미래를 조금은 볼 수 있습니다."

"어떻게 하는 건데?"

데미안이 자신의 말에 호기심을 보이자 뮤렐은 자신의 품에서 작은 단검 하나를 꺼냈다. 단검은 은으로 만들어진 듯 불빛을 받아 반짝였다.

"이 단검을 받으시고 단검 위에 피 한 방울을 떨어뜨려 저에게 주십시오."

뮤렐의 말에 한스와 헥터도 궁금한지 지켜보고 있었다. 데미안은 자신의 단검으로 새끼손가락에 상처를 내 은으로 만든 단검 위에 떨어뜨리고는 다시 뮤렐에게 주었다.

뮤렐은 단검을 조심스럽게 받아 들고 바닥에 간단한 마법진을 그린 다음 그 중앙에 은으로 만든 단검을 조심스럽게 놓았다. 그리고는 데미안이 알아들을 수 없는 주문 같은 말을 빠르게 중얼거렸다. 그러자 마법진이 밝은 빛을 뿌리기 시작했고, 은으로 만든 단검 역시 스스로 빛을 내기 시작했다.

"예언의 힘을 가진 트로니우스의 검이여! 네 그 위대한 능력으로 이 피의 주인이 가진 미래를 보여줄 것을 명한다. 어피어 이미지Appear Image!"

뮤렐의 외침이 끝나자 단검에 떨어진 데미안의 핏방울에서 눈부신 빛이 터져 나오며 허공에 뭔가가 보이기 시작했다.

전체적으로 푸른색의 깃털을 가진 독수리처럼 생긴 새의 모습이었다. 이마 부분에 세 개의 깃털이 꼿꼿하게 서 있었고, 깃털이 덮이지 않은 부리와 발은 짙은 검은색이었다. 그리고 누군가를 노려보는 듯한 두 눈은 붉은 보석을 박아놓은 것처럼 빨갛게 빛나고 있었다.

그 새를 발견하는 순간 한스와 헥터, 그리고 뮤렐 세 사람은 제각기 다른 이유로 놀랐다.

한스는 그 새가 선더버드Thunderbird란 사실을 알기에 놀랐다. 이유는 바로 왕가를 상징하는 문장(紋章)이 선더버드였기 때문이다. 그렇지만 천둥과 번개, 그리고 정의를 관장하는 신(神)인 선더버드가 왜 데미안의 미래와 무슨 연관이 있기에 모습을 드러낸 것인지 영문을 알 수 없었다.

그런 반면 헥터는 다른 이유로 놀랐다. 자신이 데미안을 만나기 전 자신이 원하는 복수가 성공할 수 있을지 궁금해 신탁을 받은 일이 있었다. 그때 받은 신탁의 내용이 트렌실바니아 왕국의 싸일렉스 지방으로 가서 붉은 머리 소년을 찾아 그를 5년 동안 보호하라는 것이었다. 그러면 자신이 원하는 복수를 해결해 줄 선더버드의 영혼을 가진 자와 만나게 될 거라고 했었다. 한데 지금 거짓말처럼 그 신탁의 내용이 들어맞은 것이 아닌가?

그러나 뮤렐의 경우는 조금 달랐다. 자신이 그 예언의 검으로 앞날을 보려고 할 때 나타나는 것은 대부분 구체적인 모습이었다. 그것도 불과 2, 3년 정도 앞에 일어날 일이 보이곤 했었다. 하지만 오늘밤처럼 추상적인 모습이 보인 것은 처음이었던 것이다. 대체 선더버드가 데미안의 피에서 모습을 드러낸 것에는 어떤 의미가 있는 것일까? 뮤렐은 곰곰이 생각을 해보았지만 머리 속만 복잡해질 뿐, 도무지 그 의미를 알 수 없었다.

태연하게 그 선더버드는 보는 사람은 오직 데미안뿐이었다. 마치 눈싸움이라도 하듯 데미안과 선더버드는 서로의 눈을 바라보았다. 데미안은 선더버드의 눈을 보는 순간 왠지 오랫동안 잊고 있었던 무엇인가가 생각날 듯했다. 그러나 불과 몇 초 후 선더버드는 사라졌고, 데미안은 자신이 소중하게 간직했던 물건을 잃어버린 듯 허전한 생각마저 들었다.

"한스, 좀 전에 그 새는 뭐지?"

"선더버드라고 불리는 신입니다."

"신? 무슨 신이 독수리처럼 생겼어?"

"선더버드는 천둥과 번개의 신으로 누구보다 빠르고, 누구보다 높은 곳에서 세상을 굽어보는 신입니다. 또한 온갖 부정한 것들을 천둥과 번개로 단죄하는 정의의 신이기도 합니다."

"뮤렐, 다시 한 번 볼 수 없을까?"

"죄송합니다, 데미안님. 제 마법 실력이 너무 떨어져서……."

뮤렐의 대답에 데미안은 아쉬운 표정을 지었다.

"한 번만 더 봤으면 좋겠는데……."

"데미안님, 뮤렐도 아까 오크들에게 쫓기느라고 상당히 지쳤을 겁니다. 그만 주무시지요."

한스의 말에 데미안은 고개를 끄덕였다. 네 사람은 모닥불 주위에 잠자리를 마련하고는 누웠다. 그러나 어느 누구도 쉽게 잠을 이루지 못했다.

'선더버드라고 했던가? 다시 한 번 볼 수 있었으면 좋겠는데…….'

데미안은 그 생각을 하다가 잠들었다.

다음날 데미안이 눈을 떴을 때 뮤렐은 이미 사라지고 없었다. 아침 식사 준비를 하던 헥터에게 물었다.

"헥터, 뮤렐은 어디에 있어?"

"새벽에 길을 떠났습니다."

"새벽에?"

데미안은 여행 중에 처음 만나 알게 된 뮤렐이 말도 없이 사라졌다는 헥터의 말에 실망을 감추지 못했다.

"돈도 없을 텐데……."

"제가 좀 주었으니 걱정하지 않으셔도 될 겁니다."

"한스가 돈을?"

대답을 하던 한스는 데미안이 무척이나 놀랐다는 표정으로 반문을 하자 상쾌하던 아침 기분에 먹구름이 잔뜩 몰려드는 것을 느꼈다.

"왜 제가 돈을 줬다는 말에 그렇게 놀라시는 겁니까?"

"그냥 심심해서 한번 그래봤어."

데미안의 퉁명스런 대답에 한스의 기분은 구정물에 빠진 사람처럼 완전히 엉망이 되었다. 아침 식사를 마치고 마차에 짐을 싣던 한스가 데미안에게 말을 건넸다.

"참! 데미안님."

"왜?"

"어제 저녁에 보신 것은 당분간 아무에게도 말씀하지 마십시오."

"선더버드를 본 것이 뭐 죄라도 되는 거야?"

"본 것이 죄가 되는 것은 아니지만 그 말을 들은 사람들이 그 일을 어떻게 생각하느냐에 따라 죄가 될 수도 있기 때문입니다."

"그러니까 한스의 말은 보는 사람의 관점에 따라 해석을 제각각이니까 조심하라는 거야?"

"그렇습니다, 데미안님."

"생각해 볼게."

데미안이 자신의 말을 쉽게 이해하자 한스는 안도의 한숨을 쉬다가, 데미안의 마지막 말에 속이 부글부글 끓어올랐다. 대체 누구를 위해 그런 말을 한 것인데 생각해 본다는 말인가?

한스가 필사적으로 열을 삭히고 있는 동안 데미안은 마차의 창문으로 머리를 내밀며 큰 소리로 외쳤다.

"한스! 아직도 안 타고 뭐 해? 한스는 정말 행동이 느려서 큰일이야. 쯧쯧쯧."

데미안의 말에 한스의 얼굴이 어떻게 변했는지는 과묵한 헥터가 웃음을 참기 위해 자신의 허벅지 살을 무자비하게 학대하는 것만 봐도 알 만한 일이었다.

제3장
노예 경매

 따분해서 미칠 것 같은 여행이 다시 계속되었고, 그 때문에 피해를 보는 사람은 다름아닌 한스였다. 따분함을 이기지 못한 데미안이 시시각각 자신을 괴롭히자, 한스는 데미안이 심심함을 느끼지 못하도록 그가 관심을 보일 만한 온갖 이야기를 해주어야 했다.
 그렇지만 그것도 한 달이 넘는 시간 동안 계속하다 보니 한스가 알고 있는 이야기도 거의 떨어져 요 며칠간은 '주방용 칼과 기사들의 검의 시대적 변천에 관한 고찰'이나 '마법사와 기사가 체스는 두었을 때 문명의 진화에 이바지하는 공헌도' 같은 무척 심도 있는 대화를 주고받았다.
 "그럼 한스의 말은 정령을 다루는 정령사들이 기사들보다 강하다는 말이야?"
 "꼭 그런 것은 아니지만 마스터에 해당되는 기사가 아니면 상대하기가 쉽지 않습니다. 정령사들은 마법사들처럼 주문을 외울 필요도 없고, 또 직접 마나를 소모하는 것이 아니기에 체력 소모도 적은 편이지요. 일반적으로 정령사들이 마법사들보다 체력적으로 앞서는 것만큼은 사실입니다. 소드 익스퍼트에서도 최상급에 해당되는 백작님 정도가 되어야 겨우 그들과 상대할 수 있습니다. 물론 그들도 최상급 정령을 부린다는 가정에서 드린 말씀입니다."

데미안은 한스의 설명을 들을 때마다 자신의 우상인 아버지가 특별한 실력도 없이 백작이 되었다는 소리같이 들려 상당히 기분이 나빴다.

"그러니까 한스의 말은 우리 아버지가 실제로는 별 실력도 없는데 운 좋게 백작이 되었단 말이야?"

한스는 자신이 한 말을 꼭 한번씩 꼬아서 알아듣는 데미안의 탁월한 청각 능력에 정말 존경심이 일었다.

"전에도 말씀드렸다시피 백작님은 이 트렌실바니아 왕국에 있는 백작들 가운데서는 가장 강하신 분이십니다."

"백작 가운데서는 그럴지 모르지만 아버지 위로 소드 마스터이신 다섯 분의 후작님과 두 분의 공작님이 계시잖아."

"데미안님, 제가 지금 말씀드리는 것은 마법사나 정령사가 가지고 있는 힘이 얼마나 강한 것인가를 말씀드리기 위해서 그 예로 싸일렉스 백작님을 든 것입니다. 백작님이 어떤 실력을 가진 분이시라는 것을 가장 잘 알고 계시는 분이 바로 데미안님이시지 않습니까?"

한스는 자신에게 시비를 거는 데미안을 설득하느라고 애를 먹어야 했다. 물론 데미안도 그런 사실을 모르는 것은 아니지만 자신의 아버지보다 강한 사람이 하나둘도 아니고 일곱 명씩이나 세상에 존재한다는 사실을 인정하기 싫었다.

"그런데 왜 꼭 왕립 아카데미에서만 수련을 해야 하는 거야?"

데미안이 말꼬리를 다른 곳으로 돌리자 한스는 안도의 한숨을 쉬었다.

"적어도 귀족가의 자제라면 기사가 되기 위해 반드시 거쳐야 하는 곳이지요."

"왕립 아카데미에서는 대체 뭘 배우는데?"

"뭐, 트렌실바니아의 역사라든가, 철학, 음악, 예절 등을 배우지요. 그리고 검술에 관해서도 배웁니다."

"철학이나 음악? 게다가 예절? 그런 것을 배워서 뭐 하게?"

"데미안님, 귀족들은 국민들을 지도해야 할 위치에 있는 사람들입니다. 당연히 국민들보다 아는 것이 많아야 그들을 올바른 길로 인도할 수 있지 않겠습니까?"

한스의 설명에 데미안은 여전히 툴툴거리며 자신이 궁금하게 생각하던 것을 물었다.

"그건 그렇고, 왕립 아카데미에 얼마나 있어야 하는 거지?"

"5월에 입학을 해서 3년 후에 졸업을 하게 됩니다."

"뭐? 3년씩이나 있어야 한단 말이야?"

데미안은 정말 몰랐는지 꽤나 놀란 표정을 지었다. 행여 왕립 아카데미에 가기 싫다고 할까 봐 재빨리 자세한 설명을 하는 한스였다.

"데미안님, 지금은 비록 3년이라는 시간이 무척 길게 느껴지시겠지만 귀족가의 여러 자제분들과 사귀시고, 또 새로운 학문을 익히시다 보면 3년이란 시간이 그리 길지만은 않으실 겁니다. 그리고 반드시 왕립 아카데미를 졸업해야만 수련 기사가 될 자격이 주어진다는 사실을 잊지 마십시오. 게다가 아름다운 아가씨를 만나 혹시 사랑에 빠지게 될지 누가 압니까?"

한스의 마지막 말에 데미안은 피식 웃음을 터뜨렸다.

"한스, 어머니께는 미안한 말이지만 한스는 누나처럼 아름다운 여자를 본 적 있어? 그 동안 내가 만나본 여자들 중에 누나보다 아름다운 여자는 없었는데 무슨 아름다운 여자를 만난다는 거야? 그리고 뭐, 사랑? 푸하하하~"

데미안은 마치 발작이라도 일으킨 사람처럼 온몸을 비틀며 웃음을 터뜨렸다. 데미안의 말에 제레니 싸일렉스의 얼굴이 떠올랐다. 엘프보다 더 아름다운 여자. 자신이 생각해도 그녀보다 아름다운 여인은 찾기 힘들 것 같다는 생각이 들었다. '건방지게 나이도 어린 것이 여자 보는 눈이 높아도 너무 높군' 하는 생각이 저절로 드는 한스였다.

"데미안님, 드디어 페인야드에 도착한 것 같습니다."

헥터의 굵은 음성에 데미안은 마차의 창문 밖으로 머리를 내밀고 주위를 둘러보았다. 산길을 내려서며 보는 수도 페인야드의 모습은 웅장하기 이를 데 없었다.

거대한 분지 위에 세워진 페인야드는 갖가지 색으로 칠해진 건물의 지붕들과 뾰족한 첨탑들이 끝없이 길게 늘어서 여행객들을 맞이하고 있었다. 페인야드의 중앙까지 연결된 도로는 여러 가지 색의 포석이 가지런하게 깔려 있어 보기에도 아름다울 뿐 아니라 서너 대의 마차가 지나쳐도 충분할 정도로 넓었다. 그리고 그 도로 위로 수많은 사람들과 마차가 왕래하는 모습이 보였다.

데미안은 갑자기 이렇게 많은 사람들을 보게 되니 왠지 흥분이 되었다. 물건을 사고 파는 사람들, 비싼 옷을 입고 거만스러운 표정을 짓고 있는 사람들과 커다란 짐을 들고 그들의 뒤를 따르는 하인들, 하나라도 많은 물건을 팔려고 큰 소리로 손님을 부르는 상인들, 그 모든 것이 데미안에게는 신기하게만 보였다.

싸일렉스 영지에 사는 소작인들이 일 년에 한번 추수가 끝난 후 모두 모여, 먹고 마시는 축제 때 본 것을 제외하고 이렇게 많은 사람을 한꺼번에 본 것은 처음이었다.

데미안을 태운 마차는 천천히 도로를 따라 성문으로 갔다. 성문 앞에는 번쩍이는 체인 메일Chain mail를 걸치고 날카로워 보이는 랜스Lance를 든 경비들이 근엄한 자세로 서 있었고, 통행하는 사람들의 신분을 일일이 확인했다. 날렵해 보이는 기사복을 입은 30대 후반의 사내가 헥터에게 질문했다.

"이 마차는 어디서 온 것이오?"

"싸일렉스 백작님의 아드님이신 데미안님께서 왕립 아카데미에 입학하기 위해 싸일렉스에서 왔소."

헥터의 대답에 사내가 고개를 돌려 마차를 보았고, 마침 창문으로 머리를 내밀고 있던 데미안과 눈이 마주쳤다. 데미안은 사내에게 가볍게 미소를 지었고, 그 미소를 발견한 사내는 갑자기 얼굴이 붉어졌다.

"부, 분명히 싸일렉스 백작님의 아드님(?)이라고 했소?"

"그렇소."

"험, 험! 좋소. 통과하시오."

사내는 헛기침을 하며 병사들에게 손짓을 했다. 마차 앞을 가로막고 있던 병사들은 그의 손짓을 보고 길을 비켜주었고, 마차는 그들을 지나갔다.

"수고하세요."

데미안의 인사에 겨우 정상을 찾아가던 사내의 얼굴은 다시 붉어졌다. 사내는 마차가 사라지고도 한참 동안 멍하니 바라보고 있었고, 그 모습을 본 병사들이 서로 귓속말로 소곤거렸다.

"우리 대장 말이야, 남자한테도 관심이 있는 모양인데."
"제기랄, 내 동생을 소개시켜 주려고 했는데 포기해야겠군."
"그건 그렇고 정말 잘생긴 소년이군."
"제기랄, 의사들만 돈 벌겠군."
"왜?"
"생각을 해봐. 저 얼굴을 보고 상사병 걸리지 않을 여자 있겠어? 그러니 당연히 의사들만 돈 벌게 되지."

마차는 포장이 잘된 도로를 따라 성안으로 들어섰다. 수없이 많은 건물들이 도로 양편에 빽빽하게 들어서 있었고, 그 사이를 오가는 수많은 사람들 때문에 마차가 빠져 나가기 어려울 정도였다. 아름답게 채색이 된 건물들과 갖가지 세련된 복장으로 길을 오가는 수많은 사람들의 모습을 데미안은 넋이 빠진 듯 멍하니 보고 있었다.

"데미안님, 트렌실바니아 왕국의 수도 페인야드의 모습이 어떻습니까?"

"나는 그저 내가 살고 있는 싸일렉스보다 조금 더 클 거라고만 생각을 했는데…… 이렇게 엄청나게 많은 사람과 건물들이 있을 거라고는 상상도 못 했어."

정신없이 사방을 구경하는 데미안의 모습에 한스는 가볍게 웃음 지었다.

"데미안님, 트렌실바니아 왕국은 작은 나라입니다. 이웃 나라인 루벤트 제국만 하더라도 트렌실바니아 왕국보다 6배나 큰 나라입니다. 또 그곳의 수도인 윌라인은 여기 페인야드보다 더욱 크고, 아름답습니다."

데미안은 고개를 돌리고 한스를 바라보았다.

"우리 나라보다 6배나 크다고?"

"그렇습니다. 그리고 그 루벤트 제국의 2배쯤 되는 바이샤르 제국도 있습니다."

한스의 대답에 데미안은 그 크기가 얼마나 넓은 것인지 전혀 감이 잡히지 않았다. 물론 여유있게 여행을 한 탓도 있지만 그렇게 넓은 땅을 가진 트렌실바니아 왕국보다 더 큰 나라가 있다니……. 데미안의 입에서는 가벼운 한숨이 흘러나왔다.

"일단 식사부터 하시지요. 이보게, 헥터. 가까운 식당으로 좀 가주겠나?"

"알겠습니다."

마차는 복잡한 도로에서 조금 떨어진 곳에 위치한 식당과 여관을 겸하고 있는 곳으로 갔다. 마차가 미처 식당에 도착하기도 전에 12살쯤으로 보이는 소년이 나타나 말의 고삐를 잡으며 인사를 했다.

"저희 식당을 찾아주셔서 감사합니다, 손님. 말은 제가 돌볼 테니 손님들께서는 어서 식당으로 들어가시지요."

허름한 옷과 꾀죄죄한 얼굴을 한 소년의 얼굴을 잠시 본 헥터는 여전히 마부석에서 내리지 않은 채 소년에게 말했다.

"마차는 내가 몰고 가겠다."

헥터의 대답에 소년이 잠시 머뭇거리는 사이 식당 안에서 누군가가 나오며 큰 소리를 질렀다.

"이런 못된 놈이 어디서 감히 사기를 치려는 거야?"

뚱뚱한 체격에 목이 거의 없는 50대 사내가 손에 몽둥이를 들고 뛰어오고 있었다. 사내의 모습을 발견한 소년은 재빨리 골목 안으로 도망을 쳤고, 마차 앞에 도착한 주인은 미안하다며 연신 허리를 굽혔다.

"아이고, 손님, 죄송합니다. 저희 식당을 찾아주셔서 감사합니다. 저희 식당은 150년 전통을 자랑하는……."

"됐으니까 말들이나 푹 쉴 수 있도록 해주시오."

"알겠습니다. 저를 따라오시지요."

뚱뚱한 주인은 앞장서서 마차를 인도했고, 데미안 일행이 마차에서 내리자 가게 안을 향해 크게 소리를 질렀다.

"한스, 한스! 대체 이 빌어먹을 놈은 어딜 간 거야? 어서 손님의 마차를 마구간으로 데려가지 못해?"

주인의 고함 소리에 데미안은 피식 미소를 지으며 뒤따라오던 한스를 쳐다보았고, 한스는 그야말로 구정물이라도 마신 사람처럼 엉망으로 인상을 쓰며 걸음을 옮겼다.

아직 저녁까지는 상당한 시간이 남았음에도 불구하고 가게 안은 손님들로 꽉차 있었다. 그들 대부분이 상인들로 보였는데, 아직 저녁 시간이 되지 않은 탓인지 음식보다는 술을 마시고 있었다.

데미안은 그 집에서 가장 맛있는 요리를 주문하고는 가게의 이곳저곳을 둘러보았다. 주인의 말처럼 150년이나 됐는지는 모르겠지만 상당히 오래된 것만큼은 사실인 것 같았다. 벽에 걸려 있는 커다란 마차 바퀴는 요즘 사용하는 마차 바퀴와는 다른 것이 세월의 흐름을 볼 수 있었다. 잠시 주위를 둘러보는 동안 음식이 나왔다.

구수한 향기를 내며 나온 요리는 데미안이 처음 보는 음식이었다. 돼지 고기에 여러 가지 양념을 해서 끓인 것 같았는데 느끼하게 보이는 모습과는 달리 깔끔한 맛이 났다. 데미안이 포만감을 느끼며 의자에 기대어 있을 때 주인이 마실 것을 가져왔다.

"40년 된 싸일렉스 특산 볼케이노입니다."

주인의 말에 화들짝 놀란 데미안은 자신 앞에 내려놓은 잔을 내려보았다. 작은 술잔에 담겨 있는 붉은 액체, 은은하게 풍기는 향기로 봐서 틀림없는 볼케이노였다.

"손님, 조금 전에는 죄송했습니다. 처음 보는 여행객들에게 사기를 치는 녀석들이 요즘 들어 부쩍 늘었답니다. 이 술은 제가 사죄의 뜻으로 드리는 것이니 드십시오. 그리고 볼케이노가 싫으시면 레이디께는 다른 것을 가져다 드리겠습니다."

주인의 말에 한스는 의미를 알 수 없는 웃음을 지었지만, 데미안은 심각한 얼굴로 볼케이노를 바라보고 있었기에 주인의 말을 제대로 듣지 못했다.

"레이디, 다른 술로 드릴까요?"

그제야 주인의 말을 들은 데미안은 술도 마시지 않았건만 얼굴이 빨개졌다. 탁자 위에 놓여 있던 데미안의 두 손은 주먹이 쥐어진 채 부들부들 떨리고 있었다.

"내가 어디로 봐서 레. 이. 디. 라는 거지?"

데미안의 얼굴색이 갑자기 변하자 주인은 다년간 장사를 하면서 익힌 경험을 되살려 재빨리 허리를 숙였다.

"아이고, 죄송합니다. 제가 나이가 들어 눈이 잘 보이지 않아서 그만 실수를 했습니다. 용서하십시오."

화가 난 데미안은 단숨에 볼케이노를 마시려다 그만두었다. 마

노예 경매 83

시는 것이 문제가 아니라 마시고 난 다음이 문제라는 것을 이미 경험을 통해 알고 있었기 때문이다. 두 번 다시 그런 고통을 당하고 싶지는 않았다. 그 모습을 본 한스가 한마디했다.

"데미안님, 마시기 힘들면 그만두십시오."

"그러는 한스는 언제 마굿간에서 돌아온 거야?"

어리둥절해하던 한스는 데미안이 조금 전 자신과 이름이 같은 심부름꾼 소년에 자신을 빗대서 한 말이라는 것을 눈치챘다. 영문을 모르는 주인은 열을 받아 얼굴이 벌겋게 된 한스의 얼굴을 열심히 쳐다보았다.

"데미안님, 조금씩 드셔보십시오."

헥터의 말에 데미안은 아주 조금 마셨다. 역시 처음과 마찬가지로 부드럽게 넘어갔다. 그리고 뱃속부터 은은한 열기가 전해지는 것을 느꼈다. 그렇지만 마신 양이 적어서인지 오히려 그 열기가 기분 좋게 느껴졌다. 또 피곤했던 몸의 근육이 조금씩 이완이 되며 편안한 느낌도 들었다. 게다가 입 안에는 향긋한 맛이 남아 즐거운 기분을 느끼게 했다.

데미안의 얼굴이 술기운으로 조금 붉어지자 그의 환상적인 미모(?)가 한층 살아났다. 여태껏 그의 얼굴을 보면서 지내왔던 한스조차 새삼스럽게 데미안의 아름다움에 취할 정도였다. 그러니 처음 보는 주인이야 두말할 필요도 없었다.

결국 데미안은 술 한 잔을 다 마셨고, 또 취해버렸지만 처음 마셨을 때처럼 기절하지는 않았다. 다만 술에 취해 눈까지 게슴츠레하게 뜬 데미안이 볼케이노를 더 마시겠다고 술주정하는 것을 헥터와 한스는 필사적으로 말려야 했다.

"어이, 이봐."

데미안을 말리는 동안 힘이 빠지는 것을 느낀 한스가 뒤를 돌아보았다. 키가 190센티미터쯤으로 보이는 건장한 체격을 가진 사내 둘이 도발적인 자세로 서 있었다.

"레이디께서 술을 원하시면 더 사드리는 것이 훌륭한 사내의 도리잖아."

사내의 수작에 주위에서 술을 마시던 다른 사내들도 일제히 호응을 했다.

"그럼그럼. 술을 더 사드리고 침대까지 호위를 하는 것이 믿음직한 사내라면 지켜야 할 도리지."

"또 레이디께서 원하신다면 그 이상의 봉사도 즐거운 마음으로 하는 것 또한 당연한 예의라고 할 수 있지."

주위의 호응에 기세가 등등해진 사내는 눈으로 '이젠 어쩔래?'라고 묻는 듯했다. 한스는 살아오면서 발휘했던 모든 인내심을 모아 모아서 조용히 타일렀다.

"괜히 까불다가 쿠피 터졌다고 엄마에게 이르지나 말고 어서 꺼져 버려."

술을 더 마시려는 버둥거리는 데미안을 잡고 있던 헥터는 어린 아이처럼 유치한 말을 하는 한스를 보고 어이가 없었다.

"왜, 너희 둘이서 덮치려고 했나? 그러지 말고……."

마침내 한스의 가슴속에서 펑! 하고 인내심이 폭발하는 소리가 울렸다. 그리고 한스는 한 마리 야수가 되었다.

앞쪽에서 깐죽거리던 사내의 턱을 주먹으로 날려버리고, 옆에 서 있던 사내는 상체를 회전시켜 팔꿈치로 코뼈를 부러뜨렸다. 그리고는 멍한 얼굴로 쳐다보고 있는 사내들에게로 몸을 날렸다.

생명은 누구에게나 소중한 것인지라 사내들도 필사적인 방어를 했지만, 한스의 애정(?) 어린 손길을 거부하기에는 한스와 그들의 실력은 차이가 나도 너무 났다. 주인은 카운터 뒤에서 오들오들 떨며 자신의 종업원과 같은 이름을 가진 한스가 빨리 이성을 찾기를 진심으로 빌었다. 결국 헥터가 나서 한스를 막아 서고야 한스는 이성을 찾을 수 있었다. 그러나 식당 안의 모습은 참혹하기 이를 데 없었다.

무슨 이유에서인지 한스는 그들의 코뼈를 모두 박살내 얼굴을 피범벅으로 만들어 버렸고, 팔이나 다리, 아니면 갈비뼈 등 신체의 일부분이 부러지지 않은 사람이 없었다. 특히 제일 먼저 한스에게 시비를 걸었던 사내는 그야말로 살아 있는 시체가 되어 기절해 있었다.

뒤이어 달려온 치안을 담당하는 병사들은 가게 안에 벌어진 참혹한 광경에 몸서리를 쳤다. 그리고는 사건을 일으킨 한스를 재빨리 포위했다. 헥터는 한스를 구하려 했지만 그렇다고 경비를 맡고 있는 병사들과 싸울 수는 없는 일이기에 그냥 지켜보는 수밖에 없었다. 정작 사건을 일으킨 당사자인 데미안은 술에 취해 탁자에 기댄 채 잠들어 있었다.

"세상에! 열여덟 명을 완전히 박살냈군."
"가게에서 난동을 부린 혐의로 당신을 체포하겠소. 반항을 한다면 그냥 두지 않겠소."

병사들은 겁이 났지만 자신들의 소임을 다했고, 한스는 비록 자신이 벌여놓은 일에 아무런 죄책감도 느끼지 않았지만 자신을 체포하려는 병사들을 어떻게 처리해야 할 것인가를 고민해야 했다. 그러는 사이 그들의 30대 중반으로 보이는 장교 복장의 사내 하나가 가게 안으로 들어왔다. 바닥에 참혹한 모습으로 쓰러져 있는 사람들의 모습에 인상을 쓰던 사내는 병사들이 포위하고 있는 중년의 사내, 한스를 노려보았다. 그러나 그의 얼굴이 곧 이상하게 변했다.

"저어, 혹시…… 한스 선생님이 아니십니까?"

사내의 말에 고개를 돌린 한스는 자신을 알아보는 사내에게 되물었다.

"나를 아는 당신은 누구시오?"

"접니다. 선생님께 검술을 배우던 이스마엘입니다."

사내의 대답에 놀란 사람은 오히려 한스였다.

"뭐? 이스마엘?"

"그렇습니다. 십여 년 전 선생님께 검술을 배웠던 울보 이스마엘입니다."

"그래, 생각나는군. 그런데 자네가 웬일로 여기에?"

"제가 페인야드 서부 지역의 경비를 맡고 있습니다."

자신들의 상관인 이스마엘이 잔인무도한 폭력배에게 선생님이라는 말을 하는 순간 병사들은 재빨리 창을 거두고 뒤로 물러섰다.

"경비? 그렇다면 자네, 경비대에 들어갔단 말인가?"

"그렇습니다. 저뿐만이 아니라 그때 선생님께 배웠던 친구들 가운데 꽤 많은 숫자가 경비대에 들어갔습니다. 이봐, 뭘 보고 있나? 어서 저자들을 데려가 치료해 주도록 해."

이스마엘의 명령에 엉거주춤한 자세로 서 있던 병사들은 피를 흘리며 기절해 있는 환자들을 신속하게 옮기고는 가게 안을 적당히 정리했다.

이스마엘과 한스는 성한 탁자에 앉아 그 동안의 일들을 주고받았다. 주인은 잊지 않고 이 무시무시한 손님과 경비대장에게 한잔의 술을 권했다.

"선생님, 그 동안 어디에 계셨습니까? 친구들이 꽤 찾았는데 전혀 행방을 알 길이 없더군요."

"후후후~ 자네들을 만나 검술을 가르쳤던 기쁨도 있지만, 이 페인야드에는 내게 괴로운 기억도 있지 않은가."

"불행한 일이 있었다는 것을 후일 저희도 알지만 그래도 저희들에게 작별 인사 정도는 해주고 떠나실 줄 알았거든요. 한동안 선생님을 많이 그리워했습니다."

"나같이 못난 사람을 기억해 주다니 영광이군."

"그러지 마시고 제가 과거 선생님께 검술을 배웠던 친구들을 모두 부를 테니까 함께 식사라도 하시죠? 선생님이 오셨다는 것을 알면 모두들 굉장히 기뻐할 겁니다."

거절을 하려던 한스는 헥터의 팔에 안겨 편안한 자리에 누워 있는 데미안의 얼굴을 보고는 고개를 끄덕였다. 한스의 얼굴을 따라 데미안의 얼굴을 확인한 이스마엘은 데미안의 아름다운 얼굴에 눈이 휘둥그레졌다. 그와 동시에 가게 안 사건의 내막에 대해 나름대로 시나리오를 구성할 수 있었다.

"선생님께서는 저 아가씨를 구하기 위해 아까 그 작자들과 다투신 거군요? 선생님은 옛날부터 여자를 괴롭히는 자들은 그냥 두신 적이 없으시니까요."

"대강은 맞지만 저분은 아가씨가 아니네. 내가 모시고 있는 분의 자제분이시지."

쓴웃음을 지으며 대답하는 한스의 말에 이스마엘은 다른 이유로 놀랐다. 누구에게도 굴복하기 싫어하는 한스의 성격을 잘 알고 있는 이스마엘로서는 한스가 누군가에게 충성을 바치고 있다는 사실에 놀라지 않을 수 없었다.

"모시는 분이라면?"

"자네도 이름은 들어봤을 거네. 자렌토 드 싸일렉스 백작."

"싸일렉스 백작님이라면 혹시 전장의 라이온경이라고 불리셨던 그분을 말씀하시는 겁니까?"

"맞네."

"그렇다면 저 레이디는 그분의 따님이십니까? 소문에 듣던 대로 정말 아름다운 레이디입니다."

"쯧쯧쯧, 내 말을 자세히 듣지 않는 것은 예나 지금이나 마찬가지군. 방금 말하지 않았나, 레이디가 아니라니까. 레이디만큼 아름다운 것은 사실이지만 분명 싸일렉스 백작님의 아드님이신 데미 안님이시네."

한스의 설명에 이스마엘은 그제야 자신이 착각을 했다는 사실을 깨달았다. 머리를 긁적이던 이스마엘은 다시 물었다.

"그럼 며칠 후에 있을 왕립 아카데미에 입학을 하기 위해 오신 겁니까?"

"맞네."

"그럼 아직 여유가 있군요. 그럼 오늘 도착해 피곤하실 테니 만나는 것은 내일로 정하는 것이 좋겠군요."

"나도 그렇게 하는 것이 좋을 것 같군. 모두들 어떻게 변했을지 무척 궁금하군."

"선생님께서 저희들을 가르치신 것이 벌써 15년 전 일이 아닙니까. 모두들 많이 변했습니다. 그럼 내일 마차를 보내드리겠습니다."

이스마엘은 가볍게 허리를 숙여 인사를 하고는 가게를 빠져 나갔다. 한스는 잠시 그 모습을 보더니 자신 앞에 놓여 있는 술을 단숨에 마셨다.
"빌어먹을! 잊을 만하면 꼭 기억하게 만드는군."
한스는 긴 한숨을 쉬었다.

데미안은 누군가 자신의 골을 꼬집는 듯한 통증을 느끼며 잠에서 깨어났다. 커튼을 통해 햇살이 은은하게 비쳤지만 데미안은 그 빛조차 눈에 통증을 일으키는 듯 잔뜩 눈을 찌푸린 채 자리에서 일어났다.
누군가 자신의 기억을 마구 휘저어 버린 듯 아무것도 생각나는 것이 없었다. 자신이 유일하게 기억하는 것은 볼케이노 한 잔을 다 마시고도 기절하지 않았다는 것. 하지만 자신이 어떻게 침대에 누워 있는지에 대해선 아무런 기억도 나질 않았다. 지난번과는 달리 속이 쓰리지는 않았지만 머리가 아픈 것은 여전했다. 아픔은 경험한 만큼 성숙해진다고 했던가? 이미 한번 경험을 한 탓인지 그때만큼 고통스럽지는 않았다.
잠시 눈을 감고 잠을 완전히 깬 다음 천천히 일어나 간단하게 세수를 마치고 아래층으로 내려갔다. 내려와 보니 한스와 헥터는 이미 식사를 거의 마친 후였다. 자신의 식사를 주문하고 자리에 앉은 데미안은 가게 안이 어제와는 조금 다르게 변한 것을 금방 알아챘다.
"가게 안이 왜 이렇게 어수선하게 변했지?"
데미안의 말에 한스는 쓴웃음을 지을 수밖에 없었다. 대체 누구 때문에 그 난리가 났는데…….

"어젯밤에 무슨 일이 있었는지 아무것도 생각나는 것이 없습니까?"

"뭐? 그럼 내가 술에 취해서 여길 때려 부쉈단 말이야?"

데미안이 놀라며 묻자 한스는 긴 한숨을 쉬었다.

"데미안님께서 여길 부수지는 않았지만 원인이 데미안님 때문인 것은 사실입니다. 그러니 앞으로는 제발 술 좀 그만 드십시오. 아니면 약한 것을 마시도록 하세요."

"알았어."

한스의 간곡하다 못해 애절한 말에 데미안은 그렇지 않아도 그런 생각을 하고 있었기에 곧 대답했다. 그렇지만 한스 입장에서는 너무도 쉽게 나온 데미안의 대답이기에 불안한 마음을 지울 수 없었다. 데미안은 가볍게 식사를 마치고 자리에서 일어났다.

"아침을 먹었으니 어디 구경이라도 할까?"

"아침이요? 벌써 점심 때도 지났는데요."

한스의 말에 데미안은 깜짝 놀랐다.

"벌써 오후가 됐단 말이야?"

"그렇습니다. 어제 데미안님은 볼케이노 한 잔에 완전히 정신을 잃었습니다. 이제라도 깨어난 것이 다행이지요."

한스의 말에 데미안은 헥터를 바라봤다. 헥터마저 고개를 끄덕이자 데미안은 약간 풀이 죽은 표정으로 가게를 빠져 나가려 했다.

"아니, 어디를 가시려고 하십니까?"

"트렌실바니아 왕국의 수도인 페인야드에 왔는데 그럼 계속 방안에만 있으란 말이야?"

"그렇지만 데미안님은 여기 지리도 잘 모르시지 않습니까?"

"그렇다고 여기만 있을 생각은 전혀 없어. 가까운 곳이라도 구경할 거야. 그런데 이 근처에 구경할 만한 곳 있어?"

데미안의 물음에 탁자를 치우고 있던 주인이 대답을 했다.

"그러믄요. 꽤 오랫동안 왕국의 수도였기에 사방에 유적이 많지요. 여기서 북쪽으로 쭉 가시면 커다란 분수대가 있고, 또 주위에 신전이 여러 곳 있으니 아마 구경하실 만할 겁니다."

주인의 말에 데미안은 뒤도 돌아보지 않아 가게를 빠져 나갔고, 헥터가 곧 그 뒤를 따라나갔다.

가게를 빠져 나간 데미안은 북쪽으로 향했고, 바로 뒤를 근육질의 몸을 가진 헥터가 따라갔다. 사람들은 엘프처럼 아름답게 생긴 빨간 머리 미소녀(?)와 엄청난 근육을 가진 청년이 자신들의 곁을 지나치자 저마다 갈 길을 멈추고 그들의 모습을 보기 바빴다. 수도인 페인야드에 전국에서, 아니, 세상에서 갖가지 종족들이 모여든다고는 하지만 저들처럼 어울리지 않을 것 같으면서도 어울리는 한 쌍의 커플은 좀처럼 보기 힘든 광경이었다. 엘프처럼 아름다운 레이디와 그녀를 보호하는 엄청난 근육을 가진 보디가드.

데미안이야 원래 주위가 산만하기로 싸일렉스에서도 내놓은 인물이고, 헥터 역시 주위의 눈에는 아랑곳하지 않고 자신의 일에만 열중하기로 정평이 난 인물이기에 주위의 눈은 아랑곳하지 않고 자신이 원했던 바를 충분히 이룰 수 있었다.

데미안은 구경을, 헥터는 호위를.

조금 넓은 광장의 중앙에는 커다란 분수대가 있었다. 거의 10미터 높이까지 치솟은 물줄기는 물보라를 만들며 떨어지고 있었다. 그리고 그 주위에 가벼운 외출 복장을 한 사람들이 삼삼오오 짝을 이루어 구경을 하거나 이야기를 나누고 있었다. 조금은 따가운 햇살을 받아 분수대 위의 물방울들은 희미하게 무지개를 만들어 환상적인 아름다움을 뽐냈다.

중앙에 있는 분수를 기준으로 정확히 사방으로 뚫린 도로 양편에는 몇 층이나 되는 건물들이 나란히 서 있었고, 그 사이를 오가는 사람들이 마치 물결을 치는 것처럼 보였다. 게다가 넓은 광장의 곳곳에서는 구경 나온 사람들의 이목을 끄는 것들이 많았다. 각 지방의 특산물을 팔러 온 상인들도 있었고, 간단히 손에 들고 먹을 수 있는 음식을 파는 사람들도 있었다. 또 한쪽에서는 광대들이 갖가지 재주를 부리며 사람들의 눈길을 모았고, 아이와 부모들은 그 모습을 보며 즐거워했다.

그런 평화스러운 분위기에서 유일하게 따분하단 표정을 짓고 있는 사람은 데미안뿐이었다. 무슨 이유에서인지 데미안은 이렇게 평화스러운 분위기만 대하면 온몸에서 힘이 쭉 빠지는 것이 도저히 참기 힘들었다. 어쩌면 그가 싸일렉스에서 그토록 벗어나려고 했던 것도 싸일렉스 영지 그 전체를 감싸고 있는 평화스러운 분위기 때문인지도 몰랐다.

따분함을 이기지 못하고 하품을 하던 중 데미안의 눈이 반짝였다. 그의 눈이 향하는 곳에는 무슨 일이 있는지 많은 사람들이 모여 있었다. 당연히 데미안은 그곳으로 갔고, 그 뒤를 헥터가 호위하며 걸음을 옮겼다.

그곳에는 강철로 만든 커다란 철책이 있었고, 철책 안에는 가슴과 하복부만 가린 분홍색 머리의 여자와 몸이 튼튼하게 생긴 30대 중반의 청년, 그리고 검은색의 긴 머리칼을 가진 소년 한 명이 각각의 철책에 들어 있었다. 그리고 각 철책에는 호인족(狐人族), 견인족(犬人族), 호인족(虎人族)이라는 푯말이 붙어 있었다.

철책 앞에는 한 사람이 서서 뭔가를 열심히 떠들고 있었고, 많은 사람들이 그 사람의 말에 귀를 기울이고 있었다. 데미안도 사람들의 틈을 비집고 들어가 그 사람의 설명을 들었다.

"자아, 여러분도 잘 알고 계시겠지만 수인족(獸人族)을 잡기란 무척이나 힘듭니다. 그럼에도 불구하고 여러분께 이런 양질의 수인족을 선보이게 되어 무척이나 다행스럽게 생각합니다. 그럼 오늘 나온 이 세 마리의 노예에 대해 간단하게 설명을 드리겠습니다."

전형적인 장사꾼 차림을 한 사내의 말에 철책 안에 갇혀 있던 사내와 여인, 그리고 소년의 눈에는 처절한 분노와 함께 어쩔 수 없는 절망감이 어렸다.

"먼저 이 호인족 계집은 저 먼 갈리온 산맥 깊은 숲속에서 살던 것을 잡아온 것으로, 나이는 이제 겨우 열두 살에 불과하지만 몸은 이미 성숙한 여자와 다를 바 없습니다. 노예로서의 용도 외에 침대를 차지 않게 하는 용도로 쓰일 수도 있다는 것을 잘 알고 계실 겁니다. 헤헤헤~"

상인의 말에 구경을 하던 대부분의 사내들의 눈이 철책에 손목과 목이 쇠사슬로 묶여 자신의 드러낸 몸매를 가리지도 못하고 있는 호인족 여자에게 향했다. 수치심을 이기지 못한 호인족 여자는 고개를 돌리고 눈을 감아버렸다.

"그리고 여기 이 견인족 사내놈은 루벤트와의 접경 지역에서 잡은 놈으로, 보시는 바와 같이 건장한 몸을 가지고 있습니다. 여러분들도 잘 알고 계시겠지만 견인족은 한번 충성을 맹세하면 설사 자신의 목숨을 버리는 한이 있어도 주인을 지킨다는 것을 잘 알고 계실 겁니다. 자주 여행을 다니셔야 하는 분이나 집안의 안전을 생각하시는 분께 이 견인족만한 노예는 없을 겁니다. 그리고 마지막으로……."

상인의 말에 구경꾼들의 눈은 자연스럽게 마지막 철책에 갇혀 있는 소년에게로 향했다.

"이 꼬마는 호인족입니다. 나이는 이제 겨우 두 살에 불과합니다만 앞으로 삼 년만 지나면 완전히 자랄 것이고, 그렇게 되면 여러분은 상대가 없는 막강한 호위병을 가지게 되는 것입니다. 호인족이 얼마나 강한 힘을 가졌는지에 대해서는 더 이상의 설명이 필요없을 겁니다. 그럼 노예들에 대한 설명은 이만 마치기로 하고 이제부터 경매에 들어가겠습니다. 먼저 이 견인족 사내놈부터 경매에 들어가겠습니다."

사내의 말에 구경꾼들이 웅성거리기 시작했다.

"헥터, 경매가 뭐야? 그리고 지금 뭘 하는 거지?"

"지금 이들은 노예를 경매하는 것이고, 경매라는 것은 가장 많은 돈을 낸 사람에게 그 노예를 넘기는, 사람들끼리의 경쟁을 가리키는 말입니다."

"노예?"

"그렇습니다. 노예는 소작인과도 다르고, 하인들과도 다른 말입니다. 그들은 영원히 어떤 사람에게 소속된 장식품 같은 입장에 처해지고, 부모가 노예라면 자식들도 태어나는 순간부터 노예가 됩니다."

무슨 이유에서인지 데미안은 '노예'란 말을 듣는 순간 격렬한 분노가 치밀었다. 특히 '태어나면서부터 노예'란 말을 듣는 순간에는 더 이상 참을 수 없을 정도였다. 무슨 이유 때문에 이렇게 화가 치미는 것인지 자신도 모르지만, 살아 있는 생명체를 마치 장난감처럼 돈을 주고 사고 판다는 것을 도저히 용납할 수 없었다.

견인족 청년에 대한 경매가 시작되자마자 몸값은 쉴새없이 올라가고 있었다.

"예, 250골드Gold가 나왔습니다. 더 없습니까? 예, 저기 계신 신사께서 300골드를 부르셨습니다. 또 없으십니까?"

"330골드."

"예, 330골드 나왔습니다. 이 튼튼하고 충성스러운 견인족 청년을 사실 분은 없으십니까?"

"400골드."

뚱뚱한 체격을 가진 중년 사내가 손가락 4개를 펴 보이자 상인은 반색을 하며 큰 소리로 외쳤다.

"400골드! 400골드가 나왔습니다."

"500골드."

상인의 말이 끝나기 무섭게 말상을 한 중년 사내가 외쳤다. 상인은 그에게 인사를 하며 큰 소리를 쳤다.

"지브럴스 드 세이브릴 남작님, 오셨군요. 500골드까지 나왔습니다. 더 없으십니까? 500골드 이상을 내시는 분께서는 이 견인족의 주인이 되실 수 있습니다. 다시 묻겠습니다. 500골드 이상 없으십니까? 그럼 이 견인족 사내놈은 세이브릴 남작님께 팔렸습니다."

상인의 말에 말상을 한 지브럴스는 만족스러운 듯 고개를 끄덕였고, 뚱뚱한 사내는 그에게 견인족 청년을 빼앗긴 것이 화가 난 듯 얼굴이 붉어졌다.

"이번에는 여기 있는 호인족 계집입니다. 여러분께서도 보시다시피 아직까지 사내의 손을 타지 않은 물건으로, 물건의 활용도는 여러분께서 마음대로 정하실 수 있습니다. 그럼 200골드부터 경매를 시작하겠습니다."

상인의 말에 다시 경매장은 후끈하게 달아올랐다. 전신을 부들부들 떨던 데미안은 묵묵히 자신을 바라보고 있는 헥터에게 물었다.

"지금 우리에게 남아 있는 돈이 얼마나 되지?"

"글쎄요? 여행비를 모두 한스님께서 가지고 계셔서 잘은 모르겠지만 한 200골드쯤 남았을 겁니다."

헥터의 말에 데미안은 계산을 해봤지만 한스가 다시 싸일렉스 영지로 돌아가는 경비를 제하면 얼마 남지 않는다는 것을 알 수 있었다. 그렇지만 어떻게든 저들에게 도움을 주고 싶은데 지금 그에게는 아무런 힘도 없었다. 데미안의 얼굴에 실망감이 어린 것을 본 헥터가 그에게 물었다.

"데미안님께서는 지금 저들을 사시고 싶은 겁니까? 아니면 구하고 싶은 겁니까?"

"구하고 싶어. 할 수만 있다면 저들 모두를 사서 그들이 원래 살던 곳으로 돌려 보내주고 싶어. 여기의 어느 누구도 저들을 사고 팔 자격을 가진 사람은 없어."

데미안의 말은 상인의 떠드는 소리와 구경꾼들이 내는 소리에 묻혔지만 헥터는 분명히 알아들을 수 있었다. 그리고 그의 음성을 또 들은 사람(?)이 있었다. 우연의 일치인지는 모르지만 철책 안에 들어 있던 수인족 셋도 데미안의 말을 들었다.

데미안이 잠시 고민을 하는 사이 호인족 여자의 몸값은 쉴새없이 뛰어 900골드까지 올라갔다. 처음 호인족 여자의 몸매에 눈독을 들이던 사내들은 대부분 떨어졌고, 예상대로 뚱보 사내와 말상 사내의 대결로 압축이 되었다.

뚱보 사내는 조금 전 자신이 상대에게 밀린 것을 복수라도 하듯 값을 올렸고, 말상의 사내는 여유로운 미소를 지으며 계속 값을 올려갔다. 뚱보 사내는 이를 악물었지만 말상의 사내를 이길 수는 없을 것 같았다.

"세이브릴 남작님께서 900골드를 부르셨습니다. 더 이상 없으십니까?"

마치 여러 사람에게 말을 하는 것 같았지만 상인의 얼굴은 분명 뚱보 사내를 바라보며 자극시키고 있었다.

"만약 모린트 남작님께서 더 이상 부르실 생각이 없으시면 이 호인족 계집은……."

"1,100골드."

뚱보 사내의 묵직한 말에 그 자리에 모여 있던 사람들은 모두 놀라지 않을 수 없었다. 물론 호인족 여자가 아름답게 생긴 것은 사실이지만 그렇다고 1,100골드나 들일 만큼 효용도가 있는 것은 아니었다. 그저 여주인의 시중을 들거나 주인의 성적인 노리갯감에 불과할 뿐이다. 그런 호인족 여자를 이렇게 엄청난 돈을 주고 살 이유가 하나도 없는 것이다.

지브럴스는 뜻하지 않게 비조앙 드 모린트가 엄청난 값으로 경매 금액을 올리자 처음에는 화도 났지만 가만히 생각을 해보면 자신까지 분위기에 휩쓸릴 필요가 전혀 없었다. 어차피 자신이 필요로 한 견인족 노예를 샀으니 자신의 목적은 충분히 달성을 한 것이다. 다만 비조앙과의 자존심 싸움 때문에 보통 때보다 50골드나 비싸게 사기는 했지만 그 정도는 자신의 재산으로 볼 때 먼지 같은 금액이었다.

지브럴스는 고개를 들어 비조앙을 보았다. 상대는 자신이 금액을 다시 올릴까 봐 상당히 긴장을 하고 있었다. 호인족 여자 노예가 제아무리 침대 위에서 아양을 잘 떤다고 하더라도 1,100골드나 주고 구입한다는 것은 확실히 미친 짓이었다.

"1,100골드 나왔습니다. 모린트 남작님께서 1,100골드를 부르셨습니다. 만약 누구라도 1,100골드에서 1코퍼Copper라도 더 내시는 분이 계시면 그분께 이 계집을……."

"난 포기하겠네."

지브럴스의 간단한 대답에 상인은 조금은 실망한 표정을 지었다. 그가 한 번만 더 가격을 올렸다면 상인으로서는 오랜만에 큰 돈을 만질 기회였기 때문이었다.

"그럼 이 호인족 계집은 모린트 남작님께 팔렸습니다."

상인의 말에 비조앙은 뜻밖에 상대가 쉽게 포기를 하자 어리둥절해했다. 그러나 비웃음이 섞인 상대의 표정에서 곧 자신이 무엇을 실수한 것인지 깨달았다. 단지 그에게 지고 싶지 않다는 자존심 때문에 엄청난 돈을 들여 쓸모없는 노예 계집 하나를 산 것이다. 그가 이를 뿌드득 갈 때 지브럴스는 그 자리를 떠났다.

"그 견인족 노예를 내 집으로 보내주게."

"알겠습니다."

지브럴스가 자신의 부하들과 돌아가자 비조앙도 이를 갈며 자신의 부하들과 돌아가 버렸다. 구경꾼들 가운데 절반 가량이 없어졌다. 상인은 자신의 최대 고객 두 사람이 동시에 돌아가 버리자 나직하게 한숨을 쉬었다.

"그럼 마지막으로 이 호인족 꼬마에 대한 경매를 시작하겠습니다. 경매 금액은 100골드부터 시작하겠습니다."

경매 대상이 소년이었기 때문일까? 구경꾼들의 대부분이 돌아가 버렸다. 천공에서 빛나던 태양도 어느덧 서쪽 하늘로 기울어졌고, 건물들도 긴 그림자를 드리웠다.

상인은 예쁘장한 소년과 근육 덩어리 청년, 그리고 허름한 복장을 한 청년, 세 사람만 남은 것을 확인하고는 다시 한 번 한숨을 쉬었다.

"손님들께서는 노예를 구입하러 오셨습니까?"

상인이 먼저 허름한 복장을 하고 있는 청년에게 묻자 청년은 고개를 흔들었다. 상인의 눈은 자연스럽게 데미안을 향했다. 그때까지도 데미안은 철책 안의 소년을 쳐다보고 있었다.

아까 상인의 말로는 두 살이라고 했지만 데미안이 보기에는 거의 열 살 정도 된 소년의 체격을 하고 있었다. 인간과 유일하게 다른 모습은 옆에 있어야 할 귀가 조금 더 위쪽에 붙어 있다는 점뿐이었다.

호인족 소년은 사로잡힐 때 반항이 심했는지 몸 곳곳에 크고 작은 상처가 많았다. 그러나 무엇보다 데미안의 마음을 슬프게 한 것은 호인족 소년이 짓고 있는 표정이었다. 체념한 듯 보이는 표정은 보는 사람의 마음을 아프게 했다.

"손님, 사실 겁니까?"

상인이 다시 한 번 묻자 데미안의 얼굴이 굳어졌다.

"얼마야?"

"손님께서 사시겠다면 특별히 80골드에 드리지요. 이놈을 사시겠습니까?"

"지금은 가진 돈이 없어. 헥터, 우리가 묵고 있는 여관의 위치를 저 사람에게 가르쳐 줘."

뜻밖에 데미안이 호인족 소년을 산다고 하자 상인은 입맛이 썼다. 상대가 살 것 같지 않았기에 20골드나 깎아준다고 했던 것인데 설마 이렇게 선뜻 살 줄은 미처 예상치 못했던 것이다.

방금 자신을 산 것이 데미안이라는 것을 아는 듯 호인족 소년은 고개를 들어 데미안의 얼굴을 보았다. 데미안은 될 수 있으면 밝은 미소를 지으려고 했지만 그의 얼굴 근육은 그의 의지를 배신했다. 호인족 소년은 안쓰러운 표정을 짓는 데미안의 얼굴을 한 번 보고는 다시 고개를 숙였다.

상인은 여관의 위치를 물은 후 호인족 소년을 실은 마차를 끌고 가버렸고, 데미안은 헥터와 함께 자신들이 머무는 여관으로 향했다. 그리고 그 뒤를 허름한 여행자 복장을 한 청년이 뒤따라왔다. 데미안은 당연히 그가 따라오는지 몰랐고, 헥터는 알았지만 그저 데미안의 호위에만 신경 쓸 뿐이었다.

데미안이 헥터와 여관에 도착했을 때 이미 상인이 도착해 데미안을 기다리고 있었다. 상인을 본체만체하고 여관 안으로 들어선 데미안은 한스를 찾았고, 구석에서 술을 마시고 있는 그를 곧 발견했다.

"한스, 우리 여행비 얼마나 남았어?"

"예? 그게 무슨 말씀입니까?"

"조금 있다가 내가 자세히 설명할 테니 일단 80골드만 저 사람에게 줘."

표정이 딱딱하게 굳은 데미안의 모습에 한스는 이유를 물으려다가 곧 품 속 주머니에서 80골드를 꺼내 상인에게 넘겨주었다. 돈을 받아 든 상인은 곧 밖에서 호인족 소년을 데리고 들어왔다.

소년의 목에는 가죽으로 된 목걸이가 채워져 있었고, 목걸이에는 다시 가죽으로 만든 긴 끈이 매달려 있었다. 손에는 쇠로 된 수갑이, 발 역시 족쇄가 채워져 있었다. 특히 무엇 때문인지 소년의 눈이 조금 전과는 달리 약간 흐릿하게 변해 있었고, 얼굴 표정 또한 멍청하게 변해 있었다. 상인은 헥터에게 끈의 손잡이를 넘기고는 한마디했다.

"앞으로 열흘 동안 이 수갑과 족쇄를 풀어주지 말도록 하시오. 그리고 무슨 일이 있어도 절대 이 목걸이를 풀어주지 말도록 하시오."

상인이 손으로 가리키는 곳에는 둥근 동심원이 여러 개 그려져 있었고, 각 동심원마다 기이한 문양이 새겨진, 은으로 만든 목걸이가 역시 은으로 만든 줄에 걸려 있었다.

"그 목걸이는 변신 방지 마법과 기억 봉인 마법이 걸려 있소. 그러니 절대 풀어주지 말도록 하시오."

상인은 목걸이에 대한 설명을 해주고는 여관을 빠져 나갔다. 여관 안에 몇 되지 않는 사람들은 하체만을 겨우 가리고 있는 그 소년이 수인족 노예라는 것을 쉽게 알아봤다. 다리 사이로 보이는 꼬리와 수갑을 보면 잡힌 지 얼마 되지 않았다는 사실까지 충분히 예측할 수 있었다.

데미안은 호인족 소년의 목과 손, 그리고 다리에 채워진 수갑을 보며 자신도 모르게 주먹을 쥐고는 부르르 떨었다.

"데미안님, 어떻게 된 일입니까?"

한스의 물음에 데미안은 조금 전 있었던 일을 이야기해 주었다. 이야기를 들은 한스는 자신도 모르게 한숨이 나왔다.

"왜 한숨을 쉬는 거야?"

그러나 한스는 자신의 속마음을 이야기할 수 없었다. 수인족을 노예로 부리는 것을 보고 충격을 받은 데미안에게 수인족을 사고파는 것은 고사하고 인간마저 사고 판다는 사실을 어떻게 말해 줄 수 있단 말인가? 그런 생각을 한창 하고 있는 한스에게 한 사람이 물었다.

"실례지만 합석을 해도 되겠소?"

낮고 굵은 음성에 한스가 고개를 돌려 상대를 확인했다. 그는 조금 전 광장서부터 데미안의 뒤를 따라왔던 청년이었다. 허름한 여행복은 꽤 오래 빨지 않았는지 상당히 지저분했고, 삼십대 중반으로 보이는 청년의 얼굴도 조금 지쳐 있는 것같이 보였다. 그렇지만 석양을 받아 반짝이는 그의 금발 때문인지 상당히 귀족적인 분위기를 가진 청년이었다.

한스는 여관 안을 둘러보았다. 오히려 자리가 찬 탁자를 찾는 것이 빨랐다. 그럼에도 불구하고 왜 자신들과 합석을 하려는 것인지 상대의 의도를 짐작하기 힘들었다. 그런 한스의 마음을 짐작했는지 청년이 대답했다.

"저 붉은 머리 소년에게 관심이 있기 때문이오."

제4장
왕립 아카데미

"무슨 말씀이오?"

"아까 저 소년이 광장에서 호인족 소년을 사는 것을 보았소. 그 모습에 갑자기 호기심이 생겨 따라왔소."

청년의 대답에 한스는 다시 한 번 그의 전체적인 모습을 살폈다. 역시 어디서나 흔하게 볼 수 있는 여행자의 모습이었다. 그러나 그런 외형적인 모습보다는 그가 풍기는 분위기가 왠지 신경 쓰였다.

"귀하는 누구시오? 난 한스 맥리버란 사람이오."

"난 오웬이라는 사람이오."

한스의 물음에 대꾸를 하면서도 오웬의 눈은 데미안에게서 떨어지지 않았다. 그러나 데미안은 멍한 눈을 하고 있는 호인족 소년에게서 눈을 떼지 않았다.

"헥터, 목걸이하고 저 소년의 몸에 있는 것을 풀어줘."

"데미안님, 위험할 수도 있습니다."

"괜찮아. 그리고 헥터가 나를 지켜줄 거잖아."

데미안의 말에 헥터는 잠시 그의 얼굴을 보더니 소년의 목걸이와 수갑, 그리고 족쇄를 풀어주었다. 헥터의 그런 행동에 놀란 사람들은 오히려 주위에서 그 모습을 지켜보던 취객들이었다. 수인족이 난동을 부리게 되면 웬만한 실력을 가진 용병이라고 해도 목숨을 잃을 수 있기 때문이었다. 크게 놀란 사람들은 재빨리 가게에서 도망을 쳤고, 주인은 받지 못한 술값 때문에 울상이 되었다.

그때까지 소년은 멍하니 앉아 있었다. 헥터가 천천히 소년의 목에 걸린 목걸이를 제거하자 흐릿하던 소년의 눈빛이 서서히 원래의 색을 찾아갔다. 잠시 후 정신을 차린 소년은 자신을 유심히 바라보는 네 명을 발견하고는 흠칫 놀랐다. 소년이 놀라는 모습을 하자 데미안은 어떻게든 그를 달래려고 했다. 최대한 음성을 낮추고 부드러운 음성으로 말했다.

"겁먹지 마. 여기 너를 해칠 사람은 없어."

그러나 소년은 의자 위에서 최대한 몸을 웅크린 채 불안한 얼굴로 연신 주위를 살펴보고 있었다.

"이것 좀 먹어봐."

데미안은 요리 가운데 고기를 집어 호인족 소년에게 내밀었다. 호인족 소년은 데미안이 갑자기 손을 뻗자 그 손을 뿌리치고는 미처 피하고 말고 할 시간도 없이 데미안의 팔을 물어버렸다.

"윽!"

데미안은 자신의 왼팔에서 느껴지는 통증 때문에 신음을 터뜨렸고, 헥터가 재빨리 달려들어 소년의 뒷덜미를 내리치려고 했다.

그러나 데미안의 제지로 멈추어야 했다.

호인족 소년은 데미안의 팔을 문 채 사정없이 머리를 흔들고 있었다. 그 모습은 영락없이 자신이 잡은 먹이를 뜯어먹는 맹수의 모습이었다. 데미안은 억지로 통증을 참으며 손을 뻗어 소년의 머리를 쓰다듬었다. 그 모습을 본 합석한 오웬이란 청년은 흥미롭다는 표정을 지었다.

호인족 소년은 데미안이 자신의 머리를 쓰다듬자 그제야 그의 팔을 놓더니 다시 뒤로 물러나 의자에 웅크리고 앉았다. 소년이 문 곳은 이미 옷이 너덜너덜해졌고, 어금니에 해당되는 곳은 깊게 패여 조금씩 피가 흘렀다. 자신의 팔에 가지런하게 생긴 이빨 자국을 보며 데미안은 호인족 소년을 어떻게 대해야 좋을지 몰랐다.

"휴우~ 너를 어떻게 대해야 좋을지 모르겠구나."

"데미안이라고 했던가?"

갑작스럽게 들린 사내의 음성에 데미안은 고개를 돌려 청년의 얼굴을 바라보았다.

"방금 저를 부른 겁니까?"

"그렇네. 자네는 저 호인족 꼬마를 어떻게 할 건가?"

오웬의 질문에 데미안은 조금도 망설이지 않고 대답했다.

"풀어줄 겁니다."

데미안의 대답에 오웬이나 한스는 뜻밖이란 표정을 지었다.

"풀어줄 거라면 뭣 때문에 샀는가?"

"풀어주기 위해서 샀다니까요."

데미안의 대답에 오웬의 입가에는 의미를 알 수 없는 미소가 지어졌다.

"풀어주기 위해 샀다? 자네 집안에는 그렇게 돈이 많은가?"

"한스, 우리 집안에 돈이 그렇게 많아?"

"부족한 편은 아니지만 그렇다고 많은 편도 아닙니다. 그리고 데미안님도 아시다시피 원래 백작님께서 재물에는 관심이 없으시지 않습니까?"

"맞아. 아버님은 검술 수련에나 관심이 있지 재물에는 조금도 관심이 없으신 분이시니까."

"혹시 자네의 아버님이 자렌토 드 싸일렉스 백작님이 아니신가?"

"맞는데요?"

데미안은 대답을 하며 오웬의 얼굴을 바라보았다. 자신도 아버지를 알고 있는 사람들을 대부분 알고 있지만 오웬의 얼굴은 처음 보았다.

"그럼 다시 묻겠는데, 왜 저 꼬마를 풀어주려는 거지?"

"어느 누구도 저 아이의 주인이 될 자격이 없고, 또 노예라는 것은 결코 있어서는 안 된다고 생각하기 때문입니다. 만약에 당신이 드래곤의 노예가 되어 그들에게 사고 팔리는 신세가 된다면 어떻겠습니까?"

데미안의 갑작스런 물음에 오웬은 말문이 막혔다. 한스 역시 가끔씩 데미안의 입에서 나온 말이라고는 믿을 수 없을 만큼 지혜로운 말에 감탄을 금치 못했다.

"내가 물론 그 입장이 된다면 상당히 기분이 나쁘겠지. 그렇지만 이 트렌실바니아 왕국이나 뮤란 대륙에 있는 대부분의 나라에서 수인족들을 노예로 부리고 있네. 그럼 자네는 그런 나라들의 제도에 불만이 있다는 말인가?"

"저는 지금 나이가 어려 그렇게 복잡한 문제는 모르겠어요. 그렇지만 왜 하필이면 인간과 비슷한 수인족이죠? 왜 오크나 트롤 Troll을 노예로 쓰지 않는 것이지요? 그렇게 잘났다면 왜 드래곤을 노예로 만들어 부리지 않느냔 말이에요. 이 소년의 몸에 난 상처를 봤어요? 아까 그 노예 상인이 그러는데 두 살 정도 됐다고 하더군요. 만약 누군가가 두 살 된 어린아이를 납치해 노예로 부린다면 아마 그 사람을 사람으로 취급하지도 않을걸요. 그런데 왜 다른 종족들에게는 그런 것을 강요하는지, 전 정말 그 이유를 모르겠어요."

호인족 소년은 데미안의 말을 이해할 수는 없었지만 자신을 위해 열심히 다른 사람들에게 이야기를 하고 있다는 것을 느낀 모양이었다. 소년의 눈에서 경계심이 약간 누그러졌다.

"인간이라면 누구든, 이 나라 사람이든 아니든, 결코 다른 종족을 노예로 만들어 부릴 자격은 없다고 생각해요."

데미안의 단호한 말에 오웬은 미소가 지어졌다. 물론 데미안의 비유가 다 맞다고 생각하는 것은 아니지만, 왠지 듣는 사람으로 하여금 자신의 생각을 다시 한 번 돌이켜 보게 하는 무엇인가가 느껴졌다.

"그렇지만 여기서 저 소년을 풀어 줘봐야 또 인간들에게 잡힐 텐데 어떻게 할 생각인가?"

"아직은 모르겠어요. 제가 왕립 아카데미에 들어가려면 아직 시간이 있으니 그때까지 생각을 해봐야겠어요."

말을 마친 데미안은 다시 소년에게 손을 내밀었다. 소년의 눈은 다시 경계심으로 가득 찼지만, 데미안은 거리낌없이 소년의 손을 잡고 자신의 방으로 데려갔다. 그 모습에 오웬 등은 아무런 말도 할 수 없었다.

미소를 짓고 있는 오웬의 모습에 한스는 그의 정체를 알아내려고 했지만 적어도 그의 외모만 보아서는 그의 신분을 나타낼 만한 물건이나 특징이 보이지 않았다. 그가 고심을 하고 있을 때 가게 안으로 들어오는 이스마엘의 모습이 보였다.

"선생님, 여기 계셨군요. 어서 가시지요. 선생님의 제자들이 모두 모여 선생님이 오시기만을 기다리고 있습니다."

이스마엘의 말에 한스는 뒷머리를 긁으며 어색해했다.

"내가 가도 되는 것인지 모르겠군."

"그런 말씀 마시고 어서 가시지오."

한스를 부축하던 이스마엘은 오웬의 모습을 보더니 고개를 갸웃거렸다.

"혹시 저를 보신 적이 없으십니까? 저는 이스마엘이라고 합니다만."

"미안하오. 본 적이 없는 것 같소."

오웬의 조용한 대꾸에 이스마엘은 고개를 갸웃거리며 한스와 함께 가게를 빠져 나갔다.

"잠시 다녀오겠네, 헥터."

"다녀오십시오."

한스와 이스마엘이 가게에서 나가고 남은 것은 오웬과 헥터뿐이었다. 헥터의 모습을 본 오웬은 탁자에 놓여 있던 술병을 들고 그에게 물었다.

"술 한잔 하겠소?"

"감사합니다."

헥터는 가볍게 대꾸를 하고 술잔을 받았다. 헥터가 가볍게 맛을 보니 럼Rum이었다. 럼의 여운을 느끼고 있는 헥터에게 오웬이 물었다.

"당신들같이 강한 사람들 오랜만에 보는 것 같소."

"그렇게 말씀하시는 분도 소드 익스퍼트 중에서도 상급에 해당되는 실력을 가지신 분으로 보입니다."

'내가 아무리 소드 익스퍼트의 상급에 든다고 하더라도 최상급인 당신보다는 못하지 않습니까? 게다가 조금 전 나간 한스란 사람도 소드 익스퍼트에서도 최상급에 해당되는 실력을 가지고 있는 것 같은데…… 싸일렉스 백작이 아무리 강해도 당신들과 비슷하거나 조금 강한 수준일 텐데 어떻게 당신들을 부하로 삼을 수 있었는지 궁금하구려."

"한스님은 싸일렉스 백작님께 충성을 바치는 분이시지만 저는 오직 데미안님께만 충성을 바칠 뿐입니다. 그리고 때론 섣부른 호기심이 죽음을 부른다는 사실을 잊지 마시오."

오웬은 헥터가 그 말을 하고 자리를 떠날 줄 알았다. 그러나 헥터는 천천히 한 모금씩 술을 마시며 나름대로 여유을 즐기고 있었다.

트렌실바니아 왕국에서 일단 확인된 소드 마스터는 두 명의 공작과 다섯 명의 후작들이 전부였다. 두 명의 공작은 소드 마스터 가운데 중급 정도의 실력이었고, 다섯 명의 후작들은 이제 초급 단계였다. 비록 초급이라고는 하지만 한 명의 후작이 10명 정도의 소드 익스퍼트들을 상대할 수 있다는 것을 생각해 보면 엄청난 실력이라 하지 않을 수 없었다.

물론 그들에게는 군대의 막강한 힘을 가지고 있었다. 통상 '7인 위원회'라고 불리는 그들의 힘이 현 국왕의 힘을 능가하고 있는 상태이니 더 말할 필요가 없다.

다만 문제는 그들이 평화에 안주하기를 바라지 않는다는 점이다. 트렌실바니아 왕국이 트레디날 제국이라고 불렸던 과거의 영광을 되살리기를 바란 탓에 국왕을 부추겨 군비를 확장하는 데 열을 올리고 있다는 사실은 아는 사람들은 다 아는 공공연한 비밀이었다.

물론 그 때문에 고생을 하는 사람은 트렌실바니아 왕국의 국민들이지만 귀족들의 불만도 보통이 아니었다. 7인 위원회에서 내려진 공문은 국왕의 친서와 같은 효력을 발휘하기에 그들은 울며 겨자 먹기 식으로 자신들의 재산의 일부를 내놓아야 했다. 때문에 상인 가운데 부유한 자들이 엄청난 재산을 7인 위원회에 희사하고 작위를 사는 사태까지 발생했다. 귀족들 가운데 누가 그런 작태를 좋아하겠는가? 귀족들의 반발이 심해지자 더 이상 상인들에게 작위를 파는 것은 자제가 되었다.

요즘은 약간 덜한 상태지만 그래도 군의 전력 증강 작업은 차곡차곡 진행되어 가고 있었다. 또 실력을 가진 자들을 마구 영입해 몇 개의 용병 부대를 만들었다. 뛰어난 실력만 있다면 그가 설사 죄인이라고 하더라도 사면을 해줄 정도로 집착을 보이고 있었다.

오웬이 비록 직접 그들과 대련을 해보지는 않았지만 한스나 헥터가 자신보다 강하다는 것은 쉽게 짐작할 수 있었다. 그런 알려지지 않은 실력자가 싸일렉스같이 궁벽한 곳에 있다는 사실이 오웬으로서는 순순히 믿기 힘들었다. 물론 싸일렉스 백작이 같은 백작들에게서도 존경을 받는 인물이라는 것은 알지만 무엇 때문에 7인 위원회에 비견되는 실력을 가진 자가 싸일렉스같이 왕궁에서 그렇게 먼 곳에 웅크리고 있는 것인지 알 수가 없었다.

천천히 자리에서 일어난 오웬은 다시 잔에 술을 따르고 있는 헥터에게 작별 인사를 했다.

"본인은 이만 가도록 하겠소. 다음에 다시 만날 수 있기를 빌겠소. 그리고 그 데미안이란 소년에게도 내 인사를 전해주면 고맙겠소"

오웬은 헥터의 대답은 들을 생각도 하지 않고 그냥 나가버렸다. 헥터는 그의 정체에 대해 궁금함을 느끼기는 했지만 그가 데미안에게 대해 호감을 가지고 있는 것 같기에 더 이상 경계하지는 않았다. 하지만 그가 마지막으로 남긴 말은 생각하면 생각할수록 이상했다.

비록 데미안이 소년이라고는 하지만 그래도 백작가의 자제라는 것을 알고도 그에게 함부로 하대를 한다는 것은 오웬의 신분이 그에 못지않기 때문일 것이란 생각이 들었다. 그리고 왠지 그를 다시 만날 것 같다는 생각이 들었다.

드디어 왕립 아카데미의 입학식이 있는 전날 저녁이 되었다. 그 동안 데미안은 호인족 소년과 함께 쭉 방에서만 지냈다. 그렇게 경계하던 호인족 소년도 이제는 데미안과 함께 잠을 잘 수 있을 정도로 그와 친해졌다. 비록 아직 인간의 말을 하지는 못하지만 데미안의 말을 알아듣기는 하는 것 같았다.

호인족 소년이 아직 나이가 어려 마음대로 변신을 하지는 못한다고 하지만 호인족 특유의 날렵함과 난폭함 등은 그대로 가지고 있었다. 게다가 경계심이 너무 철저해 그 동안 안면을 익힌 한스나 헥터라 해도 가까이 접근하려고 하면 당장 공격할 듯 몸을 잔뜩 웅크리곤 해서 식사는 전부 데미안이 챙겨주어야만 했다.

"내일이면 너와도 헤어져야겠구나, 레오."

데미안의 말에 그의 품에 안겨 지그시 눈을 감고 있던 호인족 소년이 눈을 동그랗게 뜨고는 데미안의 얼굴을 보았다. 데미안은 그런 소년의 머리를 부드럽게 쓰다듬어 주었다.

"내일부터는 왕립 아카데미에서 기사 수업을 받아야 하거든. 너와 함께 있고 싶지만 사람들이 널 본다면 아마 너를 노예로 부리기 위해 잡으려고 할 거야. 그러니까 내일 한스와 함께 여길 떠나. 안전하다고 생각하는 곳까지 한스가 데려다 줄 거야. 그 다음부터는 혼자서 갈 수 있겠지?"

데미안의 말을 이해한 레오는 가족에게 돌아갈 수 있다는 기쁨과 데미안과 헤어져야 한다는 서운함이 교차하는 듯했다. 그런 레오의 모습을 보고 데미안은 꼭 안아주었다.

"내일 이곳을 벗어나거든 앞으로 사람에게 잡히지 않도록 해. 사람들이 모두 나쁜 것은 아니지만, 아마 널 보면 또 잡으려고 할 테니까. 알겠니, 레오?"

데미안의 손길을 느끼며 레오는 지그시 눈을 감았다.

데미안은 밖에서 들리는 어수선한 소리에 잠을 깼다. 팔이 약간 뻣뻣한 것을 느끼며 고개를 돌리고 보니 레오가 자신의 팔을 베고 잠들어 있는 모습이 보였다. 잠이 깨지 않도록 조심스럽게 팔을 빼고 담요를 덮어준 다음 창가로 가 밖을 살폈다. 웬일인지 골목마다 꽤 많은 사람들이 붐볐다.

간단하게 세면을 마친 데미안은 잠들어 있는 레오의 얼굴을 다시 한 번 보고는 아래층으로 내려갔다. 자신의 예상대로 헥터와 한스는 식사를 하고 있었다.
"무슨 일인데 아침부터 사람들이 저렇게 모여 있지?"
"데미안님, 오늘이 왕립 아카데미에서 신입생을 받아들이는 날이라는 것을 잊으셨습니까?"
"그럼 그 신입생들을 구경하려고 모였단 말이야?"
"당연하지요. 이런 기회가 아니면 언제 그 귀하신 귀족들과 그 자제분들을 구경할 수 있겠습니까?"
한스의 비꼬는 듯한 대답에 데미안은 어이가 없었다.
"아무리 볼 게 없어도 그렇지, 사람 구경을 하려고 모여들다니. 이건 또 무슨 말도 안 되는 소리야."
"무슨 말씀을 하십니까? 데미안님도 그들과 함께 나란히 대로를 따라 노블 칼리지Noble College로 가셔야 할걸요?"
툴툴대는 데미안의 말에 한스는 놀리듯 대답했다. 한스의 말을 들은 데미안은 한스를 노려보았지만 한스는 묘한 웃음을 지으며 고개를 돌렸다.
"난 절. 대. 로. 저들과 함께 가지 않을 거야."
"글쎄요. 데미안님 마음대로 결정할 문제가 아닌 듯한데, 데미안님의 생각은 어떠십니까?"
"왜 내 마음대로 결정할 문제가 아니라는 거지?"
"그야 당연히 싸일렉스 백작가의 자제분이라는 신분으로 입학을 하는 것이니만큼 후일 백작님이 아셔서 기분이 나빠지실 행동은 피하시는 것이 좋지 않겠습니까?"
꼭 곤란한 일만 있으면 아버지를 들먹거리는 한스의 느물느물한 태도를 데미안은 도저히 참을 수 없었다. 그렇지만 아버지의 비위를 건드리고 싶은 만용은 없었기에 어쩔 수 없이 꾹 눌러 참아야만 했다.

"데미안님도 왕립 아카데미에 입학을 하시면 아시게 되겠지만 왕립 아카데미는 두 개의 칼리지, 즉 노블 칼리지와 매직 칼리지 Magic College로 나뉘어 있습니다. 노블 칼리지는 최소 남작 이상의 작위를 받은 자의 아들들만이 입학을 허락하는 곳인 데 반해 매직 칼리지는 작위나 성별, 나이에 상관없이 받아들이는 곳입니다."

"매직 칼리지라면 마법을 배우는 곳이란 말이야?"

"그렇지요. 마법뿐만 아니라 연금술, 의술, 미술, 수학, 음악, 언어학, 건축 등 꽤 여러 가지를 가르치는 곳입니다."

"그럼 나도 마법을 배울 수 있는 거야?"

데미안의 호기심 어린 질문에 한스는 대답 대신 데미안의 얼굴을 살피더니 피식 미소를 지었다.

"뭣 때문에 웃는 거지?"

"이건 데미안님을 무시해서 드리는 말씀이 아닙니다만, 마법사가 되려면 엄청나게 머리가 좋아야 하거든요. 뿐만 아니라 언제나 얼음처럼 차가운 냉정함을 지녀야 하고, 상대를 한눈에 파악할 수 있는 판단력, 수많은 마법과 마법진들을 기억해야 함은 물론이고…… 가장 중요한 것은 바로 끝없이 공부를 해야 한다는 점입니다. 사실 데미안님에게 있어서 공부는 거의 고문에 가깝지 않습니까?"

한스가 처음에 꺼낸 말에 데미안은 필사적으로 튀어나오려는 욕을 짓누르려고 했지만 마지막 말을 듣는 순간 인내심은 한계에 도달해 버렸다.

"한스, 아까 주인 아저씨가 손님 받을 준비를 하라고 했는데 청소는 다 한 거야?"

데미안의 말에 한스의 얼굴이 붉어졌음은 굳이 말할 필요가 없었다.

"이제 데미안님도 옷을 갈아 입으시지요."

헥터의 말에 데미안은 위층으로 올라갔다. 데미안의 모습을 바라보던 한스가 헥터에게 말했다.

"헥터, 앞으로 삼 년 동안 데미안님을 부탁하겠네."

"걱정하지 마십시오."

"그럼 자네만 믿겠네. 나도 슬슬 준비를 해볼까?"

한스의 말에 헥터는 궁금증이 일었다. 입학을 하는 것은 데미안인데 그가 준비할 것이 뭐가 있다는 말인가?

하얀 예복에 왼쪽 허리에는 바스타드 소드Bastard Sword를 차고, 조금 짧은 듯 보이는 흰 망토를 걸치니 데미안의 아름다운 얼굴이 더욱 돋보였다. 게다가 하얀 망토 위로 가지런하게 늘어진 데미안의 붉은 머리카락은 환상적인 분위기를 자아내고 있었다. 오죽하면 장난이 심한 레오조차 데미안의 그런 모습을 눈이 부신 듯 쳐다보고 있겠는가.

데미안은 거울에 비친 자신의 모습을 보며 혀를 찼다.

"쳇, 이게 사내녀석의 얼굴이라니. 내 얼굴이지만 정말 마음에 들지 않아. 레오, 가자."

데미안은 레오와 함께 아래층으로 내려갔다.

미리 준비하고 데미안을 기다리던 한스는 데미안의 모습을 발견하고는 벌린 입을 다물지 못했다. 물론 가게 안에 있던 다른 사람들도 모두 마찬가지였다.

사람들의 따가운 시선을 느낀 데미안은 어색함을 느끼며 한스를 불렀다.

"한스, 떠날 준비는 된 거야?"

"예? 예, 준비됐습니다."

한스는 대답을 하며 싸일렉스에서 가장 아름답다는 제레니 싸일렉스의 얼굴과 데미안의 얼굴을 비교했지만 도저히 우열을 가릴 수 없었다. 멍한 얼굴로 자신의 얼굴을 보는 한스의 태도에 데미안은 짜증스러운 얼굴을 하며 다시 물었다.

"레오를 부탁해, 한스."

"걱정하지 마십시오. 이제 출발할까요?"

"그래."

대답을 한 데미안은 레오와 함께 마차에 오르려다가 한스의 제지를 받았다.

"데미안님께서는 마차를 타는 것이 아니라 말을 타셔야 합니다."

한스를 대답을 하며 한곳을 가리켰고, 그곳을 보는 순간 데미안의 얼굴은 사정없이 일그러졌다.

눈처럼 하얀 백마에 요란스럽게 치장이 되어 있었고, 백마 옆에는 싸일렉스의 문장이 그려진 깃발을 들고 있는 헥터의 모습이 보였다.

"지금 나보고 저 말을 타고 가라는 거야?"

너무도 화가 치밀면 오히려 차분해지는 걸까? 데미안의 음성은 차분했다. 그러나 한스는 그런 데미안의 심정을 아는지 모르는지 자신이 백마를 준비한 이유를 침을 튀기며 열심히 설명했다.

"데미안님은 일전에 백작님께서 말씀하신 것을 기억 못 하십니까? 지금부터 3년 동안 데미안님은 이곳 페인야드에서 싸일렉스라는 성과 가문을 대표하는 분입니다. 그런 분이 사람들 앞에 처음 인사를 하는 날인데 우습게 보이면 되겠습니까? 해서 데미안님께 제일 어울리는 것을 찾다보니 저 백마가 눈에 띄더군요. 그래서 준비를 한 것입니다."

데미안은 치밀어 오르는 분노를 억지로 참으며 백마에 올라 말고삐를 잡았다. 백마는 성격이 온순한지 가볍게 목을 한두 번 움직이고는 그 자리에서 꼼짝도 하지 않았다. 백마를 탄 데미안의 모습을 본 사람들은 옛이야기에서나 나올 만한 환상적인 모습에 아무런 말도 못 했다.

헥터가 싸일렉스 백작가의 문장인 흰 사자가 그려진 깃발을 들고 앞장섰고, 데미안은 백마를 천천히 몰아 그 뒤를 따라갔다. 데미안은 곧 환호하는 군중들에게 가려 보이지 않았다.

"데미안님, 부디 많은 것을 배우도록 하십시오. 별이 밤하늘에서 영원히 빛나는 것처럼 지금 그대의 마음도 언제까지나 변치 마시기를……."

언젠가 야영을 하며 했던 말을 다시 한 번 나직하게 중얼거린 한스는 레오를 마차에 태워 여관을 떠났다.

잘 만들어진 도로를 따라 백마를 모는 데미안은 태어나 이렇게 얼굴이 화끈거리기는 처음이었다. 마치 보석 가게의 진열대에 진열해 놓은 아름다운 보석을 발견한 사람들처럼 자신을 보고 환호성을 터뜨리는 사람들 때문이었다. 그런 반면 헥터는 마치 아무것도 느끼지 못하는 사람처럼 묵묵히 앞장서서 걸음을 옮기고 있었다. 그들과 함께 왕립 아카데미로 향하던 다른 사람들은 완전히 무시당했다.

데미안이 있던 여관에서 왕립 아카데미가 있는 곳까지는 불과 1.5킬로미터에 불과했지만 사람들의 환호성 때문에 잔뜩 긴장했던 데미안은 완전히 녹초가 돼버렸다.

왕립 아카데미의 외형은 작은 성처럼 지어져 있었다. 높이 치솟은 담의 외각으로는 깊게 해자가 패여 있고, 조금은 지저분해 보이는 물이 차 있었다. 왕립 아카데미를 들어가기 위해서는 도개교를 통과해야 했고, 또한 높이 10미터, 폭 8미터에 해당되는 엄청난 두께를 가진 정문을 통과해야만 했다.

정문의 양 옆으로는 번쩍이는 랜스를 든 병사들이 완전 무장을 한 채 도열해 있었고, 기사 복장을 한 사람 하나가 노블 칼리지에 입학하기 위해 온 소년들을 일일이 확인하고 있었다.

데미안이 그의 얼굴을 보니 자신이 처음 페인야드에 도착했을 때 그들 일행을 맞았던 그 경비대장이었다.

"싸일렉스 백작가의 아들이신 데미안님이십니까?"

"예."

피곤에 지쳤던 데미안은 뜻밖에 아는 사람을 만나 기쁜 마음에 미소를 지으며 대답했다. 그러나 데미안의 미소를 본 경비대장은 무슨 이유에서인지 다시 얼굴을 붉혔다.

"왕립 아카데미에 오신 것을 환영합니다. 이 길을 따라 쭉 가시다가 오른편에 보이는 붉은색 건물로 가주십시오."

"감사합니다, 수고하세요."

데미안의 인사에 경비대장은 황급히 고개를 숙였고, 데미안과 헥터는 경비대장이 가르쳐 준 곳으로 향했다. 두 사람이 향한 곳에는 경비대장의 말대로 붉은색의 커다란 건물이 있었다. 그리고 현관에 몇 사람이 서 있는 모습이 보였다.

데미안과 헥터가 가까이 다가가자 기사 복장을 하고 있는 사내가 다시 오더니 데미안에게 말을 건넸다.

"입학을 하러 오신 분이십니까?"

"그렇습니다."

"그렇다면 말과 다른 분은 이곳에서 기다리시고 저쪽 건물로 들어가도록 하십시오. 문이 열려 있는 방에 신입생 여러분이 모여 있으니 찾기가 어렵진 않으실 겁니다."

사내의 말에 말에서 내린 데미안은 건물에 들어섰다. 복도의 양편에는 십여 점의 초상화가 걸려 있었다. 청년을 그려놓은 초상화도 있었고, 50대로 보이는 중년 사내의 모습을 그려놓은 초상화도 있었다. 초상화 밑에는 그들의 이름이 적혀 있었지만 데미안은 조금의 관심도 보이지 않았다.

복도를 따라가다 보니 문이 열린 방이 보였다. 막상 방안으로 들어서자 커다란 방이라기보다는 작은 홀처럼 보였고, 30명도 넘어 보이는 소년들이 웅성대고 있었다. 데미안이 천천히 방안으로 들어서자 소년들의 웅성거림이 사라지고 곧 조용해졌다. 그것이 자신의 용모 탓이란 것을 짐작한 데미안은 가볍게 한숨을 쉬고는 가까운 곳에 놓여 있던 의자 가운데 하나를 당겨 앉았다.

모두들 화려해 보이는 외출복을 입고 있었지만 데미안보다 어려 보이는 소년은 보이지 않았다. 조용하던 소년들은 데미안의 얼굴을 힐끔거리며 보면서 다시 수군거리기 시작했다.

피곤한 표정을 짓고 있는 데미안에게 한 소년이 다가왔다.

"난 율리앙 페밀턴이라고 해. 페밀턴 남작 가문의 차남이지. 넌 이름이 뭐지?"

"데미안 싸일렉스."

"싸일렉스? 그럼 싸일렉스 백작님의 딸? 아니, 싸일렉스 백작님의 딸의 이름은 제레니라고 들었는데?"

"네 눈에는 내가 여자로 보이냐?"

데미안의 퉁명스런 대답에 질문을 던졌던 소년은 재빨리 사과를 했다.

"미안하다. 하지만 너무 예쁘게 생겼으니 여자로 오해할 만도 하잖아. 그건 전적으로 네 죄지 뭐."

데미안은 태연스럽게 자신의 콤플렉스를 자극하는 소년의 얼굴을 확인했다. 금발에 부드러운 미소 탓인지 조금은 허약해 보이는 소년의 얼굴이 보였다. 뭐가 좋은지 연신 웃음을 짓는 소년의 모습에 데미안은 투덜거리지 않을 수 없었다.

"뭐가 좋다고 그렇게 웃는 거지?"

"그럼 넌 안 좋아? 부모님 곁에서 벗어났다는 것만 생각하면 얼마나 기분이 좋은데."

"벗어나면 뭐 해? 또 이런 곳에서 3년은 썩어야 하잖아."

"그래도 3년 후에는 자유롭게 세상을 구경할 수 있잖아. 그걸로 위안을 삼아야지."

율리앙의 말에 데미안은 신경질적으로 머리를 긁었다. 머리를 묶지 않고 풀어놓은 탓인지 데미안의 머리카락이 마치 폭풍이라도 만난 듯 움직였다. 데미안은 3년이란 세월을 이곳에 보내야 한다는 현실을 자연스럽게 받아들이는 율리앙의 태도를 이해할 수 없었다. 자신과 달리 쉽게 현실에 적응하는 율리앙의 모습에 데미안은 더 화가 났다.

데미안이 들어오고 한참의 시간이 지났지만 더 이상 들어오는 소년이 없는 것으로 보아 그 이상의 입학생은 없는 듯 보였다. 소년들이 지루함을 느끼고 있을 때 열린 문을 통해 들어오는 사람이 있었다.

한 사람은 검은 기사복에 바스타드 소드를 찬 50대가 넘어 보이는 날카로운 인상의 사내였고, 또 한 사람은 근엄하기 이를 데 없어 보이는 예복을 차려입은 60대 노인이었는데 새하얀 머리에 인자해 보이는 미소를 지닌 사람이었다.

바스타드 소드를 찬 기사는 단상에 서자마자 무질서하게 서거나 앉아 있는 소년들을 못마땅한 표정으로 노려보았다. 기사의 눈빛이 얼마나 매섭던지 소년들은 모두 얼어버린 듯 꼼짝도 하지 못했다.

기사 옆에 서 있던 노인이 입을 열었다.

"왕립 아카데미 노블 칼리지에 입학한 여러분을 환영합니다. 저는 이곳 노블 칼리지에서 원장을 맡고 있는 윈스턴이라고 합니다. 올해 입학생은 여러분이 전부입니다. 그럼 여러분을 환영하는 뜻에서 세무엘 드 맥시밀리언 후작님의 환영사가 있겠습니다."

소년들은 바스타드 소드를 든 사내의 정체가 트렌실바니아 전체에서 다섯 명밖에 없다는 후작 가운데 하나인 세무엘 드 맥시밀리언이라는 사실에 깜짝 놀랐다. 잔뜩 긴장한 눈으로 자신을 바라보는 소년들 가운데 유독 빨간 머리를 한 소년이 있는 것을 확인할 수 있었다. 그렇지만 너무나 여성스럽게 생긴 소년의 모습에 맥시밀리언은 여전히 못마땅하다는 표정을 지었다.

"본관은 방금 소개받은 세무엘 드 맥시밀리언 후작이다. 너희들이 누구의 자식이든 그 사실을 앞으로 3년 동안 잊고 지내도록 해라. 모든 것은 기록으로 남게 될 것이고, 앞으로 여기서 지내는 동안 철저하게 능력 위주로 대우를 받게 될 것이다. 그리고 그 기록은 후일 너희가 국왕 폐하께 작위를 받게 될 때 기준으로 삼게 될 것이다. 질문 있나?"

날카롭고 냉소적인 맥시밀리언의 태도에 소년들은 입을 열 생각을 하지 못했다. 그런 소년들의 모습에 맥시밀리언은 코방귀를 뀌고는 그대로 방을 빠져 나갔다.

맥시밀리언의 태도에 난감해하던 원스턴은 긴장하고 있는 소년들에게 부드러운 음성으로 말했다.

"앞으로 여러분들은 3개월 동안 궁중 예절과 문학, 검술, 정치, 외교, 사회학 등 여러 가지를 공부하게 됩니다. 그 후 여러분의 적성에 맞는 반에 소속되어 수업을 받게 됩니다."

원스턴의 말에 소년들은 겨우 긴장을 풀 수 있었다.

"혹시 궁금한 것이 있다면 질문을 하세요."

"매직 칼리지도 이곳에 있습니까?"

원스턴은 질문한 데미안의 얼굴을 보고는 곧 대답했다.

"이 왕립 아카데미의 중앙에 있는 숲의 반대쪽에 위치해 있습니다."

"그렇다면 그곳에서 마법을 익힐 수도 있는 겁니까?"

"물론 원하면 그렇게 할 수도 있습니다. 그렇지만 매직 칼리지는 10년 과정이라는 것을 미리 알아두십시오."

원스턴의 대답에 데미안은 말문이 막혔다. 3년도 끔찍해 죽겠는데 10년을 이런 곳에서 지낸다는 것은 말도 안 되는 소리였다.

"여러분은 이곳에 있는 모든 시설을 마음대로 이용할 수 있습니다. 또한 일과 시간만 아니면 여러분이 데려온 하인들의 시중도 받을 수 있습니다. 내일부터 학과가 시작되니 일단 오늘은 푹 쉬도록 하십시오. 이상입니다."

원스턴이 말을 마치자 데미안은 율리앙과 함께 방을 빠져 나왔고, 문 밖에서 자신을 기다리고 있는 헥터를 발견할 수 있었다.

"데미안님, 제가 숙소로 안내하겠습니다."

율리앙과 헤어진 데미안은 헥터의 뒤를 따라 붉은 건물을 빠져 나왔다. 그리고는 과히 멀지 않은 곳에 위치한 흰색의 건물을 발견할 수 있었다(그곳을 기숙사라고 부른다는 것은 나중에 헥터에게 들어서 알게 되었다).

데미안의 방은 2층 가장 구석에 있었다. 방은 침실과 욕실, 그리고 서재와 거실, 그리고 하인들이 기거하는 방으로 나뉘어져 있었다. 물론 싸일렉스에 있는 데미안의 방과는 비교할 수도 없이 작았지만 헥터와 둘이 지내기에는 별로 불편한 것이 없을 것 같았다.

방안을 한번 둘러본 데미안은 창가에 놓여진 의자에 털썩 앉았다. 짐을 정리하던 헥터가 그 모습을 보고는 물었다.

"데미안님, 피곤하십니까?"

"아니, 피곤한 것보다는 여기서 3년을 보내야 한다는 생각을 하니까 답답해서."

힘없는 데미안의 대답에 헥터는 미소를 지었다.

"데미안님은 남자다워지려고 이곳에 오신 것 아니었습니까? 벌써부터 그렇게 지친 얼굴을 하시면 3년이 지난 후에도 아마 데미안님은 별로 변한 것이 없을지도 모릅니다."

헥터의 말에 뜨끔함을 느낀 데미안은 머리를 흔들고는 창 밖의 광경을 보았다. 창 밖으로는 데미안이 가장 싫어하는 평화스러운 모습이 보였다.

"헥터, 차라리 나에게 검술을 가르쳐 줄래?"

"제가 말입니까?"

"그래. 한스가 그러는데 헥터가 자기보다 훨씬 강하다고 했거든. 그러니까 나를 가르쳐 줄 수 있잖아."

데미안의 말에 헥터는 간단히 대답했다.

"안 됩니다."

"왜 안 된다는 거지? 나에게 가르쳐 주는 것이 싫어?"

"그런 것이 아니라, 데미안님의 몸과 제 몸을 비교해 보십시오. 어떻게 다릅니까?"

"그야 헥터가 나보다 키도 더 크고, 근육도 더 발달됐잖아."

"바로 그 점 때문에 제가 가르쳐 드릴 수 없다는 겁니다."

데미안은 헥터의 말을 쉽게 이해할 수 없었다.

"검술이라는 것은 일정한 형태를 가지고 있습니다. 찌르기와 베기, 그리고 막기가 있습니다. 물론 그 외에도 여러 가지가 있기는 하지만 가장 중요한 것은 그 세 가지입니다. 그중에서도 저는 제 몸에 가장 어울리는 베기만을 집중적으로 익혔습니다. 전 상대보다 키가 크고, 힘에서도 앞서니까 설사 상대가 제 검을 막는다고 하더라도 그 방어를 깨뜨리고 적을 공격할 수 있는 장점을 살린 검술을 익힌 겁니다. 제가 데미안님께 제 검술을 가르쳐 드리는 것은 어려울 것이 없지만 만약 후일 데미안님께서 자신의 몸에 맞는 검술을 찾으셨을 때 저에게 배운 검술 때문에 그 검술을 익히지 못할 수도 있습니다. 게다가……"

잠시 말을 멈춘 헥터는 다시 말을 이었다.

"아직 데미안님은 자신에게 가장 잘 맞는 검술이 어떤 것인지도 모르고 계십니다. 그렇지만 3년 동안 데미안님이 기본적인 체력 훈련을 착실하게 계속하신다면 데미안님의 근육도 적당히 발달을 할 거라고 생각합니다. 그러다 보면 데미안님께 가장 적합한 검술이 무엇인지를 알게 될 것이고, 그것을 집중적으로 익힌다면 데미안님께서도 훌륭한 검술을 익힌 기사가 될 수 있을 겁니다. 조급함은 검술을 익힌 사람이 가장 피해야 할 감정 가운데 하나입니다."

헥터의 말에 데미안은 그가 자신에게 하려는 말이 무엇인지 알았다. 그렇지만 따분한 것은 정말 견디기 힘들었다. 데미안의 표정을 본 헥터는 그가 지금 무슨 생각을 하는지 능히 짐작이 갔다. 자신이 처음 검을 익힐 때도 데미안과 마찬가지였다. 연습만 하면 단숨에 기가 막힌 검사가 될 것 같았는데, 실력은 좀처럼 늘지 않아 지금의 데미안처럼 답답해했던 적이 있었다. 결국 시간이 해결해 줄 문제였다.

"데미안님이 그렇게 훈련을 원하시면 제가 한 가지 방법을 가르쳐 드리겠습니다."

헥터의 말에 데미안의 눈빛이 샛별처럼 반짝였다.

"데미안님이 지금 가장 하기 싫은 일이 무엇입니까?"

"그거야 당연히 공부를 하는 거지."

"그렇다면 이곳에 있는 도서관에 가셔서 아무 책이나 고르셔서 읽으십시오. 그저 글자만 처음에서 끝까지 보도록 하십시오. 이해를 한다면 데미안님께 도움이 되겠지만 설사 이해를 하지 못한다고 하더라도 상관이 없습니다."

"그렇게 하면 어떤 훈련이 되는 것이지?"

"싫은 일을 하게 되면 사람에게는 자연스럽게 거부감이라는 것이 생깁니다. 거부감을 없애는 가장 좋은 방법은 꾸준히 그 일을 계속하는 방법밖에는 없습니다. 제가 책 읽기를 권하는 것은 바로 그 거부감을 없애고 인내심을 키우는 훈련이 되기 때문입니다. 검사란 끝없이 자신의 감정을 다스리며 반복적으로 훈련을 해야만 됩니다. 데미안님도 알고 계시겠지만 자렌토님께서 하루라도 훈련을 거르신 적이 있습니까?"

"그럼 먼저 인내심을 길러야 된단 말이야?"

"그렇습니다. 그것이 검사가 되는 첫 번째 조건입니다. 인내심을 가지고 같은 훈련을 계속하다 보면 감정의 기복이 점점 없어지게 돼서, 결국 냉정함을 유지할 수 있게 됩니다. 냉정함과 빠른 판단력을 키우기 위해서는 무수히 반복되는 훈련과 그 바닥에 깔려 있는 인내심이 없으면 안 됩니다. 검술이란 것은 단순히 검만 휘두른다고 익힐 수 있는 것이 아닙니다. 데미안님, 그래도 해보시겠습니까?"

"날 너무 무시하는 것 아니야?"

퉁명스럽게 대답을 한 데미안은 그 자리에서 일어나 방을 빠져 나갔다. 그런 그의 뒤를 향해 헥터가 물었다.

"데미안님, 식사 시간이 다 되었습니다. 어딜 가십니까?"

"이제라도 방법을 알았으니 바로 행동으로 옮겨야 하잖아. 도서관 다녀올 테니까 그런 줄 알아."

"너무 늦지 않도록 하십시오."

헥터의 말을 들으며 데미안은 방을 빠져 나갔다. 기숙사를 빠져 나와 기숙사 주위에 나무가 일렬로 심어진 곳을 걸어가다가 자신의 중대한 실수를 깨달았다. 헥터에게 도서관이 어디 있는지 묻지 않은 것이다. 주위를 잠시 두리번거릴 때였다.

"데미안! 여기서 뭐 해?"

"어, 율리앙? 도서관 가는 길을 몰라서……."

"그래? 너도 도서관을 찾는 중이었어? 내가 어디 있는지 아니까 우리 함께 가자."

결국 데미안은 율리앙의 안내를 받아 도서관을 찾을 수 있었다. 기숙사에서 그리 멀지 않은 곳에 작고, 아담한 크기를 가진 도서관 건물이 있었다. 현관에 들어서자 간결한 복장을 하고 서 있던 사내가 공손하게 두 소년에게 인사를 했다.

"저는 이곳 도서관에서 사서로 일하고 있는 제크라고 합니다. 두 분께서는 무슨 일로 오셨는지요?"

"책을 구경하러 왔어요."

"어떤 책을?"

"그저 평소에 보고 싶었던 구하기 힘든 책들이 이 왕립 아카데미에 많다는 소문을 들어서 어떤 책들이 있는가 일단 살펴보려고 왔어요."

"그럼 이 방명록에 이름을 써주십시오."

데미안의 미모에 은근히 놀라던 사내는 두 사람이 자신의 이름을 쓰는 것을 본 후 앞장서서 두 사람을 안내했다.

"이 도서관 건물은 모두 3층으로 만들어졌습니다. 1층에는 교양에 필요한 책들과 문학, 역사, 철학, 심리학, 전설, 신화에 대한 책들이 소장되어 있습니다. 그리고 2층에는 정치, 외교, 신학, 지리 등에 관한 책이 있습니다. 그리고 마지막으로 3층에는 군대와 검술에 관한 서적들이 비치되어 있습니다."

"그럼 책은 모두 몇 권이나 있는 거죠?"

"제가 파악한 것으로는 약 8만 권 정도로 알고 있습니다. 책들 가운데에는 이 뮤란 대륙에서 한 권밖에 없는 희귀 서적들도 다

수 포함되어 있습니다."

율리앙은 책의 숫자가 8만 권이란 말에 놀란 나머지 벌린 입을 다물지 못했다. 그러나 데미안의 얼굴은 무시무시한 늑대를 발견한 어린 양과도 같은 표정으로 변했다. 그 지긋지긋한 책이 한 권도 아니고, 무려 8만권이나 있다니, 데미안은 그 말을 도저히 믿을 수가 없었다. 아니, 데미안으로서는 그 8만 권이란 분량이 얼마나 되는 것인지 짐작조차 할 수 없었다. 어마어마한 책들이 서가에 가지런히 꽂힌 것을 보고 대단히 기뻐하는 율리앙과는 달리 데미안은 거의 공포에 질린 표정을 지었다. 그 모습에 제크는 두 소년의 성격을 조금은 짐작할 수도 있을 것 같았다.

1층과 2층을 걸쳐 3층에 도착한 데미안은 안내를 하던 제크의 말대로 소장하고 있는 도서의 수가 8만 권에 달한다는 것을 직접 자신의 눈으로 확인할 수 있었다.

"지금 빌려가도 되나요?"

"물론입니다. 보기를 원하시는 책이 있으시다면 얼마든지 보실 수 있습니다."

제크의 대답을 들은 율리앙은 서가로 가서 꽂혀 있는 책들의 제목을 확인하며 그 내용을 살피고 있었다. 제크는 멍하니 서 있는 데미안에게 말했다.

"데미안님께서도 책을 골라보시지요."

제크의 말에 데미안은 제목도 확인하지 않고 한 권의 책을 골랐다. 율리앙에 책을 고르는 동안 책의 내용을 살폈다. 〈뮤란 대륙에서 전승되는 각국의 검술에 대한 비교와 검에 대한 이해〉란 긴 제목의 책이었다. 벌써 제목을 읽는 순간부터 위쪽 눈꺼풀이 무거워지는 것을 느꼈지만 필사적인 노력으로 첫 장을 넘길 수 있었다. 거기에는 뮤란 대륙에 있는 10여 개국이 그려진 지도가 있었고, 트렌실바니아 왕국도 겨우 손톱 크기지만 분명히 표시되어 있었다.

데미안은 설마 자신이 살고 있는 트렌실바니아 왕국이 이토록 작은 나라일 거라고는 상상도 못 했다. 게다가 한스의 말처럼 트렌실바니아 왕국은 루벤트 제국과 바이샤르 제국의 틈바구니에 끼인 작은 나라에 불과했다. 그 지도를 보는 순간 데미안은 왠지 모르게 자존심이 상하는 것을 느꼈다.

"이 지도에 표시된 것처럼 트렌실바니아 왕국이 이렇게 작은 나라가 맞나요?"

데미안의 물음에 제크는 조금 난감한 표정을 짓더니 곧 고개를 끄덕였다.

"그렇습니다. 그렇지만 지금으로부터 100년 전만 하더라도 트렌실바니아 왕국은 당당하게 트레디날 제국으로 불렸었습니다. 그렇지만 루벤트 제국과의 전쟁에서 패해 국토의 3분의 2에 해당되는 영토를 적들에게 빼앗겨 지금은 이렇게 작은 왕국이 된 것입니다."

"그럼 그런 사실에 관해서 자세히 기록된 책도 이곳에 있습니까?"

"제가 잠시 후 1층에서 찾아드리겠습니다."

제크가 대답을 할 때 율리앙이 서너 권의 책을 안고 왔다. 책의 표지가 누런 것으로 보아 상당히 오래된 것이 분명해 보였다. 〈군대의 운용과 보급의 중요성에 대한 역사적인 고찰〉, 〈지형지물에 대한 빠른 이해가 전략 전술에 끼치는 영향〉, 〈조직의 효율적 운용과 정보의 중요성〉, 〈전사를 통해 알게 되는 전략과 전술의 활용〉이란 제목이 보였다.

　보기만 해도 머리가 지끈거리는 책을 든 율리앙은 아주 흡족한 미소를 짓고 있었다. 세 사람은 다시 1층으로 내려왔고, 제크가 찾아준 책을 받아 든 데미안은 제목도 확인하지 않고 도서관을 빠져 나왔다.

　다시 기숙사로 돌아오는 길에 율리앙이 데미안이 들고 있는 책에 대해 호기심을 보였다.

　"데미안, 그 책은 무슨 책이야?"

　율리앙의 말에 그제야 자신이 들고 있던 책에 눈을 돌린 데미안은 〈트레디날 제국의 영광과 오욕의 역사〉란 제목이 눈에 들어왔다.

　"트레디날 제국에 관한 역사."

　"헤헤헤~ 난 네가 전설이나 신화, 또는 모험가들이 쓴 책을 찾는 줄 알았는데…… 조금은 뜻밖이야."

　율리앙의 말에 데미안은 자신이 그렇지 않아도 그런 생각으로 도서관을 찾아가던 중이었음을 그제야 기억해 냈다. 신나는 모험담이 소개된 책을 찾아야 했는데, 하는 생각이 드는 순간 괜히 짜증스러움을 느낀 데미안은 율리앙에게 간단히 인사를 하고는 자신의 방이 있는 2층으로 올라가 버렸다. 그 모습에 보던 율리앙은 싱긋 미소를 지었다.

　"전장의 라이온이라 불렸던 용맹한 싸일렉스 백작님과는 왠지 닮지 않은 아들일 것 같은데……"

제5장
따분한 나날

자신의 방에 돌아온 데미안은 자신이 가져온 두 권의 책을 침대에 던져 놓고는 옷을 갈아 입고 간단하게 샤워를 마쳤다. 그리고는 먼저 〈트레디날 제국의 영광과 오욕의 역사〉라는 책을 먼저 집었다.

데미안으로서는 처음 알게 된 사실이지만 트레디날 제국은 뮤란 제국이 무너지며 갈려 나온 세력들이 세운 아주 유서 깊은 나라였다. 국민들 대부분이 오랜 세월 동안 전쟁을 겪은 탓인지는 몰라도 트레디날 제국의 국민들은 간절하게 평화를 원하는 국민이었다. 그러나 자신들의 평화를 깨뜨리려는 외부에 침입에 대해서는 평화를 지키기 위해 국민 모두가 검과 창으로 무장하고 강력하게 저항하였다.

4,000년 동안 이어져 내려오는 동안 많은 외세의 침입을 받기도 했고, 또 국력을 바탕으로 다른 나라를 공격해 영토를 넓힌 적도

있었다. 뮤란 대륙 곳곳에서 새로운 왕조가 들어서고, 또 멸망해 나가는 동안 트레디날 제국은 비교적 평화스러움을 지켜나갈 수 있었다. 그러나 그 세월이 1,000여 년 동안 계속되다 보니 트레디날 제국은 완전히 그 평화스러움이 젖어 무기력하게 변하고 말았다. 그리고 100년 전, 생긴 지 200년밖에 되지 않은 루벤트의 공격을 받고 전 영토의 3분의 2를 빼앗기는 사태가 발생한 것이다.

트레디날 제국의 황제는 루벤트의 황제 앞에 무릎을 꿇고 영토의 3분의 2를 바치고, 국명(國名)을 트렌실바니아 왕국으로 격하시키며, 스스로 루벤트 황제의 신하임을 자인하는 항복 문서를 써야만 했다. 물론 감히 루벤트의 기분을 상하게 했다는 죄목으로 엄청난 전쟁 배상금과 수백 명에 달하는 귀족들의 자식들과 수만 명에 달하는 국민들을 그들의 노예로 보내야만 했다. 그것이 100년 전에 있었던 일이었다. 그러나 진정한 문제는 그때부터였다.

자신들이 오랫동안 계속된 평화로 나태하고 무능해졌다는 것을 솔직하게 인정하고 국왕과, 귀족, 그리고 국민들은 힘을 합쳐 루벤트 제국에게 복수하기 위해 부단히 노력했다. 그러나 복수의 길은 너무나 멀었고, 그들이 가진 힘은 너무 미약했다. 그러한 현실이 계속되자 이탈자들이 셀 수도 없이 생겨났고, 실망한 대부분의 귀족들은 다시 나태하고 방탕한 생활에 쉽게 빠져들었다. 그러다 보니 결국 고통을 받는 것은 힘없는 국민들뿐이었다.

이때 절망하던 트렌실바니아 왕국의 국민들 앞에 나타난 사람이 있었으니, 그가 바로 에이라 폰 샤드 공작이었다. 그는 우선 자신이 가진 힘을 이용해 빠른 시간 안에 군부를 먼저 장악했다. 자신을 거역하는 자들에게는 잔인하고, 혹독한 응징을 서슴지 않았다. 그리고 나태하고, 무기력했던 귀족들과 국민들에게 옛 영토 수

복이라는 목표를 주었다. 얼마 되지 않아 샤드 공작은 젊은 귀족 층의 열렬한 지지를 받았고, 자신의 지배하에 있는 군대의 전력을 키워나갔다. 불과 2년이라는 짧은 기간 내에 거의 모든 귀족들이 그를 지지했고, 국민들은 그가 과거 트레디날 제국 시절의 영광을 되살려주기를 간절히 바랐다. 그리고 그렇게 20년의 세월이 흘렀다.

 책의 마지막 책장을 덮은 데미안은 그렇지 않아도 답답하던 마음이 더욱 답답했다. 결국 무능한 황제와 귀족들이 트레디날 제국을 멸망시켰다고 해도 과언이 아니라고 생각했기 때문이었다. 데미안이 자리에서 일어나자 헥터가 자신을 바라보고 있는 것을 발견했다.
 "어? 헥터, 아까는 방에 없던데 언제 왔어?"
 "데미안님께서 식사 시간에 늦으시기에 제가 음식을 좀 가져왔습니다."
 헥터는 말과 함께 손에 들고 있던 쟁반을 내려놓았다. 쟁반에는 수프와 빵, 베이컨과 익힌 달걀, 그리고 몇 가지 야채볶음 요리가 있었다. 그제야 자신이 식사를 한 지 상당한 시간이 지났다는 것을 느낀 데미안이 허겁지겁 식사를 했다.
 "데미안님이 이렇게 열심히 책을 보시다니. 아마 이 광경을 집안 분들이 보셨다면 아마 상당히 기뻐하셨을 겁니다."
 "뭐? 콜록콜록~ 휴우, 대체 그게 무슨 말이야?"
 얼굴이 벌게진 데미안의 말에 헥터는 변함없는 얼굴 표정으로 대답했다.
 "제가 기억하기에도 데미안님이 글을 읽으셨던 것이 작년 연말에 있었던 성년식 대표로 서원(誓願)을 하셨을 때뿐입니다. 그 후로 단 한 번도 책을 읽는 모습을 본 적이 없는 것으로 기억하는데, 그렇지 않습니까?"

"그거야 그렇지만 꼭 밝힐 필요는 없잖아."

데미안이 떨떠름한 표정으로 대답하자 헥터가 다시 물었다.

"지금 보시는 책은 뭡니까?"

"트레디날 제국에 관한 역사책이야."

"데미안님이 역사에 지대한 관심을 가지고 계실 줄은 미처 몰랐군요."

"나도 그래. 그렇지만 읽고 보니 내가 몰랐던 사실이 너무 많아. 좀더 자세하고, 상세한 것을 알고 싶어."

"아마 한스님이 그 말씀을 들었다면 눈물을 흘리며 기뻐하셨을 겁니다. 한스님이 그렇게 책을 권할 때는 전혀 보지 않으시던 분이 갑자기 왜 역사책을 보실 생각을 하셨습니까?"

한스의 말에 데미안은 자신이 가져온 〈뮤란 대륙에서 전승되는 각국의 검술에 대한 비교와 검에 대한 이해〉란 긴 제목이 붙은 책의 겉장을 넘겨 지도를 보여주었다. 그리고는 조금은 흥분한 음성으로 말했다.

"내가 살고 있는 트렌실바니아 왕국이 뮤란 대륙에서 이렇게 작은 나라라고는 한번도 생각해 본 적이 없어. 왠지 이 지도를 보는 순간 화가 치미는데 뭣 때문인진 나도 잘 모르겠어."

데미안의 말에 헥터가 엷은 미소를 지었다.

"혹시 데미안님이 살고 계시는 이 트렌실바니아 왕국이 다른 나라에 비해 너무 작다고 느꼈기 때문에 화가 나신 것은 아닙니까? 아니면 트레디날 제국을 멸망하는 데 일조를 한 무능한 황제와 귀족, 그리고 나태한 국민들이 너무 한심해서 화가 나신 겁니까?"

헥터의 말에 곰곰이 생각을 하던 데미안이 천천히 고개를 끄덕였다.

"헥터의 말이 맞는 것 같아. 대체 얼마나 무능했으면 영토의 3분의 2를 빼앗기고, 국민들을 노예로 보낼 수 있는 거지? 난 도무지 이해할 수도 없고, 또 용서할 수도 없어."

"데미안님, 그렇지만 트레디날 제국은 이미 역사 속으로 사라졌습니다."

"나도 알아. 그러니까 답답하다는 거잖아."

"평화로운 시기라면 무능한 것이 미덕은 될 수 없다고 하더라도 죄는 안 될 겁니다. 그러나 나라가 위태로운 상황에서는 국왕이나 귀족들의 무능만큼 큰 죄는 없습니다. 무능으로 인하여 그 사람뿐만이 아니라 국민들까지 불행하게 만든다면 그 죄는 어떤 이유에서도 용서받을 수 없습니다. 만약 데미안님에게 그런 경우가 닥친다면 어떻게 하시겠습니까?"

그 말을 하는 헥터의 얼굴은 딱딱하게 굳어 있었다. 고심을 하던 데미안이 조금 후 대답했다.

"만약 나라면 먼저 무능한 자가 가진 힘을 일단 모두 빼앗은 다음 외부의 적을 막아낼 거야. 그런 다음 내부의 문제를 해결해야지."

"그러나 데미안님, 무능한 자들의 대부분이 자신이 가진 것에 대해 굉장한 애착을 가지고 있습니다. 데미안님께 자신의 모든 것을 빼앗긴 자들이 과연 데미안님의 뜻을 순순히 받아들일까요?"

헥터의 물음에 데미안은 안색을 굳히고 곧 대답했다.

"자신의 무능 때문에 다른 사람에게 피해를 입히는 것을 보면서 그것을 말리지 않는다면 오히려 그 무능한 사람보다 더 나쁘다고 생각해. 내가 비록 모든 사람과 친하게 지내고 싶다는 생각을 가지고는 있지만, 그런 자는 결코 용서할 수 없어. 오히려 적보다 더 철저한 징계를 받아야 한다고 생각해."

데미안의 대답에 헥터는 딱딱한 얼굴을 한 채 고개를 끄덕였다.

"데미안님, 강한 기사만이 정의를 실천할 수 있다는 사실을 잊지 마시기 바랍니다."

"강한 기사만이 정의를 실천할 수 있다?"

헥터가 잠자리를 봐주는 동안 데미안은 헥터가 한 말을 곰곰이 되씹었다. 데미안은 잠에 빠져들 때까지 헥터가 해준 말을 생각해 보았지만 그 뜻이 무슨 뜻인지 전혀 깨달을 수 없었다.

"데미안님, 아침입니다. 그만 일어나십시오."

굵은 헥터의 음성과 함께 데미안은 눈을 찌를 것 같은 햇살을 느끼며 잠에서 깼다. 눈에서 이는 통증 때문에 손으로 눈을 가린 데미안은 좀더 이불 속으로 파고들었다. 그러나 그런 데미안의 의도는 헥터가 잠옷의 뒤쪽을 움켜잡아 번쩍 듦으로써 수포로 돌아갔다. 헥터는 그대로 데미안을 욕실로 데려가 아침에 미리 받아두었던 물 속에 그대로 빠뜨렸다.

"푸앗! 꿀꺽…… 사람 살려! 꿀꺽~ 푸아아!"

데미안은 물 속에서 손발을 버둥거리며 난리법석을 부렸고, 그 모습을 헥터는 재미있다는 듯이 보고 있었다. 데미안은 그저 물에서 탈출을 해야 한다는 일념에 두 발로 있는 힘을 다해 힘껏 바닥을 찼다. 그러자 데미안의 몸은 욕조의 한쪽 벽을 향해 무서운 속도로 쏟아져 갔고, 그리고 요란한 소리와 함께 그의 머리와 욕조가 부딪혔다.

쾅!

어지간해서는 잘 웃지 않던 헥터가 그 모습을 보고는 웃음을 터뜨리며 데미안에게 물었다.

"하하하, 데미안님. 지금 그 안에서 뭐 하시는 겁니까?"

헥터의 물음에 데미안은 정신을 차리지 못하고 어리둥절해했다.

"내가 왜 여기서 자고 있지? 아이고, 머리야. 머리는 또 왜 이렇게 아픈 거야."

머리를 만지며 투덜거리는 데미안의 모습에 헥터는 수건을 내밀며 입을 열었다.

"데미안님, 어서 아침 식사를 하십시오. 오늘부터 교육이 시작되지 않습니까?"

그제야 잠에서 완전히 깨어난 데미안은 욕조를 빠져 나와 아침 식사를 했다.

데미안이 막 기숙사를 빠져 나왔을 때였다.

"데미안, 같이 가."

고개를 돌려 상대를 확인하니 율리앙이었다. 눈이 충혈된 것을 보니 어제 빌린 책을 보느라 늦은 시간까지 있었던 모양이었다.

두 소년은 어제 자신들이 처음 만났던 붉은 건물로 향했다. 강의실에 도착을 해보니 이미 많은 소년들이 와 있었다. 소년들이 기다린 지 얼마 되지 않아 윈스턴이 들어왔다.

"모두 편히 쉬었습니까? 오늘부터 여러분들은 3개월 동안 기본적인 예절 교육과 각종 교육을 받게 됩니다. 물론 가장 기초적인 것을 배우는 것이지만, 어느것 하나 소홀히 생각해서는 안 됩니다. 질문 있으신 분 없습니까?"

원스턴의 말에 대부분의 소년들은 따분하다는 표정을 짓고 있었다. 그들 가운데 붉은 머리 소년이 손을 들었다.

"예, 말씀해 보십시오."

"검술에 관한 교육도 받게 됩니까?"

데미안의 말에 소년들은 어이가 없다는 듯 데미안을 쳐다보았다. 그들 대부분이 귀족가의 자제들이었기에 어렸을 때부터 검술에 대한 교육을 받아오고 있었다. 그러나 스스로 원해서 검술 교육을 받아온 소년은 단 한 명도 없었다.

"물론입니다. 여러분들은 검술 교관께 검술에 대한 여러 가지를 배울 수 있을 겁니다."

"그럼 그분의 실력은 어떻게 되십니까? 적어도 소드 익스퍼트에서 상급 정도의 실력은 가지고 계신 분입니까?"

데미안의 노골적인 질문에 원스턴은 적지 않게 당황했다. 실질적으로 데미안이 무슨 뜻에서 그런 질문을 한 것인지 그의 내심을 알 도리가 없었다.

"그걸 왜 묻는지 그 이유를 알 수 있을까요?"

"그야 트렌실바니아 왕국에서 소드 마스터는 일곱 분밖에 없으니 그분들께 직접 배울 수는 없겠지만, 어차피 배워야 할 것이라면 그래도 뛰어난 실력을 가지신 분께 배우고 싶기 때문입니다."

"그 점에 대해서는 안심해도 좋습니다. 익스퍼트 중에서도 최상급의 실력을 가지신 분께서 여러분을 지도하실 겁니다."

안도의 한숨을 쉰 원스턴은 소년들을 바라보았다.

"그렇다면 원활한 교육을 위해 일단 여러분들을 둘로 나누겠습니다. 지금부터 제가 호명하는 분은 이쪽으로 나와주시고, 나머지 분들은 그 자리에 계속 앉아 계십시오."

윈스턴은 빠르게 소년들이 이름을 호명했고, 20명 정도의 소년들이 앞으로 나왔다.

"여러분들은 저를 따라오시고 나머지 분들은 이곳에서 잠시 기다리고 계십시오. 여러분을 가르칠 분이 곧 오실 겁니다."

윈스턴과 소년들이 강의실을 빠져 나가고 얼마 되지 않아 한 사내가 강의실로 들어왔다. 그의 모습을 발견한 소년들은 웃음을 참느라 얼굴이 벌겋게 변했다.

작달막한 키에, 볼록 튀어나온 배, 주독이 오른 코, 제대로 빗은 적이 없을 것 같은 헝클어진 머리, 조끼의 단추가 금방이라도 떨어져 나갈 듯 보이는 배. 한마디로 볼품없게 생긴 모습이었다. 소년들의 모습을 본 사내는 그 작은 눈을 한껏 치켜 뜨고는 입을 열었다.

"저는 앞으로 여러분과 함께 트렌실바니아 왕국의 역사를 공부할 피에르입니다."

피에르의 말에 소년들은 기어코 웃음을 터뜨리고야 말았다. 그의 음성은 외모와는 어울리지 않게 어린 여자아이의 음성처럼 날카롭기 그지없었기 때문이다. 소년들이 자지러질 듯이 웃자 피에르의 얼굴도 붉어졌다. 그렇지만 애써 화를 눌러 참으며 파랗게 칠해진 이상한 나무판에 희고 짧은 원통형의 나무로 뭔가를 썼다.

"오늘은 여기에 쓴 것과 같이 트레디날 제국의 역사에 대해 먼저 알아보도록 하겠습니다. 여러분 가운데 트레디날 제국에 대해서 아는 분이 계시면 어디 말씀을 해보시겠습니까?"

20명의 소년들 가운데 반 정도는 안다는 듯한 얼굴이었고, 나머지는 무슨 소리냐는 듯이 피에르를 쳐다보았다. 피에르의 눈길이 앞쪽에 앉아 있던 데미안에게 향하자 데미안은 망설임 없이 간략하게 대답했다.

"뮤란 제국에서 갈려나와 100년 전에 루벤트 제국에게 망해버린 트렌실바니아 왕국의 전신(前身)입니다."

데미안의 대답에 피에르는 진심으로 감탄했다는 듯 그를 바라보았다.

"실례지만 이름이……?"

"데미안이라고 합니다. 데미안 싸일렉스."

"아! 싸일렉스 백작가에서 오셨다는 분이……."

흡족한 마음에 고개를 끄덕이던 피에르가 다시 데미안에게 질문을 했다.

"그렇다면 데미안님이 생각하기에 트레디날 제국이 멸망한 이유가 뭐라고 생각하십니까?"

"무능한 황제와 귀족들, 나태한 국민들이 유구한 역사를 가진 트레디날 제국을 멸망으로 이끌었다고 생각합니다."

냉소적인 데미안의 말에 피에르는 조금 당황하며 그의 얼굴을 봤다. 아니, 피에르뿐만이 아니라 강의실에 있던 소년들 모두가 놀란 얼굴로 데미안을 쳐다보았다.

"그렇다면 다시 묻겠습니다. 왜 그들이 나태했고, 무능하다고 생각을 하십니까?"

"평화 때문입니다."

데미안의 대답에 다른 소년들은 황당한 표정을 지으며 아무런 말도 하지 못했지만, 피에르는 감탄했다는 표정으로 고개를 끄덕였다.

"다른 분들을 위해 좀더 설명을 해주시겠습니까?"

"처음 그들이 뮤란 제국에서 떨어져 나와 트레디날 제국을 세울 때만 하더라도 그들은 자신들의 생존을 위해 다른 나라와 싸워야만 했습니다. 그러나 수천 년이 흐르는 동안 뮤란 대륙의 여러 나라들이 건국과 멸망을 경험할 때 트레디날 제국은 지리적 이점 때문에 비옥한 영토에서 평화스러운 나날만을 보냈습니다. 기름지고 비옥한 비날레 평야에서 수확되는 엄청난 식량 덕분에 트레디날 제국이 평화롭게 지내는 동안 국경선 너머의 적들은 제국을 건국하고, 수많은 싸움을 통해 스스로의 힘을 키웠습니다. 적들이 루벤트 제국이라는 이름으로 국경선을 침범했을 때 귀족들이나 백성들은 몸에 젖은 평화 때문에 반항 한번 해보지 못하고 국토의 3분의 2를 빼앗겼습니다. 그렇게 트레디날 제국은 역사 속으로 사라졌습니다."

데미안의 설명에 소년들의 얼굴에는 감탄과 선망의 기색이 떠올랐다.

"데미안님은 그 사실을 알고 뭘 깨달으셨습니까?"

"평화를 지킬 수 없는 힘이 없는 한 그 평화는 평화가 아니라는 것을 깨달았습니다. 목장에서 풀을 뜯고 있는 양들을 우리는 평화스러운 모습이라고 합니다. 그렇지만 그 양들 가운데 어느 양이 그날 저녁 양치기들의 식사로 식탁에 오를지 모르는데 과연 그런 생활이 양들의 입장에서도 평화롭다고 할 수 있을지 모르겠습니다."

"비유가 좀 그렇긴 합니다만 적절한 설명이었습니다. 여러분이 역사를 배우는 이유가 바로 여기에 있습니다. 어제로부터 배워 오늘을 살고, 내일을 예측한다. 바로 이 말이 역사라는 것이 무엇인지 가장 잘 설명한 말이라고 생각합니다."

그 후로도 피에르는 역사를 왜 배워야 하는가에 대해 입에 침이 마르도록 설명을 했다. 처음 관심을 보이던 소년들은 곧 지루함을 느꼈는지 딴 짓을 했다. 피에르의 말을 듣는 소년은 데미안을 비롯해 몇 명에 지나지 않았다.

"오늘의 강의는 이만 마치겠습니다. 다른 강의가 곧 있으니 먼 곳에 가지는 마십시오."

피에르는 말을 마치고 강의실을 나가기 전 데미안의 얼굴을 한 번 더 보고 강의실을 나갔다. 피에르가 나가는 모습을 본 소년들은 우르르 강의실을 빠져 나갔다. 율리앙은 감탄했다는 표정으로 데미안을 보았다.

"와~ 데미안, 정말 놀랐는데."

율리앙의 말에 데미안은 문득 어제 저녁 헥터와 나누었던 대화가 다시 생각났다.

"너도 같이 도서관에 갔잖아. 어제 도서관에서 빌린 책에 피에르 교수님이 말한 내용이 있어서 대답한 거야."

"네 이름이 데미안 싸일렉스라면 자렌토 드 싸일렉스 백작님이 아버지야?"

뒤에서 들린 음성에 고개를 돌리고 보니 한 소년이 팔짱을 끼고 자신을 내려다보고 있는 것이 보였다. 짧게 다듬어진 검은 머리에 조금은 각이 진 얼굴, 벌어진 어깨가 당당한 느낌을 주는 소년이었다.

"그런데 넌 누구야?"

"난 엔쏘니 트레비앙이라고 한다. 트레비앙 자작가의 장남이지. 만나서 반갑다."

엔쏘니가 내미는 두툼한 손을 보며 데미안은 부럽다는 생각을 했다. 엔쏘니의 외모는 데미안이 동경하는 사내다움의 극치를 달리고 있었다. 믿음직해 보이는 엔쏘니의 모습에 데미안은 부러움이 가득한 눈으로 바라보며 악수를 했다. 데미안의 눈길에 왠지 끈적끈적함을 느낀 순간 엔쏘니는 소름이 오싹 끼치는 것을 느꼈다.

"싸일렉스 백작님의 아들이니 당연히 상당한 검술을 익히고 있겠지? 난 그런 네가 부러워."

엔쏘니가 무슨 뜻에서 그런 말을 한 것인지 깨닫는 순간, 데미안의 입가에는 쓴웃음이 지어졌다.

"네가 단 한 번이라도 우리 아버지와 대련을 해보았다면 아마 그런 소리는 죽어도 하지 않았을 거야."

데미안과 엔쏘니가 대화를 나누는 동안 다음 강의를 할 사내가 들어왔다. 비쩍 마른 몸매에 신경질적으로 생긴 외모를 가진 사내는 어수선한 강의실의 분위기에 눈꼬리가 올라갔다.

"모두들 어디 있는 거죠?"

"잠시 쉬려고 밖에 나갔습니다."

율리앙의 대답에 사내의 눈꼬리가 더 올라갔다.

"교육을 받아야 할 학생들이 강의 시간이 되었는데도 안 들어오다니, 이건 말도 안 되는 소립니다. 어서 불러오도록 하십시오."

사내의 말에 뒤쪽에 앉아 있던 소년 가운데 한 명이 밖으로 나갔다. 그리고 곧 다른 소년들과 돌아왔다. 소년들이 자리에 앉자 사내는 짜증스러운 음성으로 자신을 소개했다.

"저는 브랜든 힐이라는 사람입니다. 저는 앞으로 3개월 동안 여러분들에게 궁중 예절과 귀족으로서 지켜야 할 예절에 대해 가르칠 것입니다. 만약 여러분들이 오늘처럼 수업 태도가 불량하다면 저는 그것을 기록으로 남길 것이고, 그렇게 된다면 여러분이 후일 국왕 폐하께 작위를 하사받을 때 막대한 지장을 초래하게 될 겁니다."

힐의 말에 소년들의 얼굴에는 당장 불만의 기색이 떠올랐다. 데미안 역시 거부감이 들기는 마찬가지였다. 소년들의 표정을 본 힐은 그들의 표정을 발견하고 그들이 무슨 생각을 하고 있는지 어렵지 않게 짐작했다. 물론 그들의 뒤에는 귀족들이 버티고 있다는 것을 모르지는 않지만 자신의 뜻을 꺾을 생각은 조금도 없었다.

"여러분은 예절이라는 것을 어떻게 생각할지 모르지만 예절이라는 것은 인간이 세상을 살아가면서 지켜야 할 가장 기본적인 도리입니다. 이렇게 간단하고, 반드시 지켜야 할 도리조차 지키지 못하는 사람들이 어떻게 많은 사람들을 지도하고, 이끌어나갈 수 있겠습니까? 여러분들은 장차 이 나라의 국민들을 영도해야 할 위치에 있는 사람이라는 것을 잊지 말도록 하시기 바랍니다."

힐의 강압적인 말에 소년들은 치밀어 오르는 불만을 감추지 못했다. 소년들은 뒷짐을 진 채 자신들을 노려보고 있는 거만하기 이를 데 없는 힐의 태도에 서서히 화가 치미는 것을 느꼈다. 그렇기는 데미안 역시 마찬가지였다.

"질문이 있습니다."

"말하십시오."

"저희가 배워야 할 궁정 예법이나 귀족의 예법이 과거 트레디날 제국에서부터 유래된 것입니까?"

"맞습니다. 유구한 역사를 자랑하는 트레디날 제국의 아름다운 궁중 예절에서 유래된 것이지요."

"그렇다면 배우지 않겠습니다."

브랜든 힐은 자신의 얼굴을 노려보듯 바라보고 있는 붉은 머리 소년을 보며 어이없다는 표정을 지었다.

"그, 그게 무슨 말입니까?"

"아무리 어제로부터 배워 오늘을 사는 것이 우리라고는 하지만 제국을 멸망으로 이끈 트레디날 제국의 궁중 예절 따위를 배우고 싶은 생각은 조금도 없습니다. 우아하고, 아름다운 궁중 예절을 배우느니 차라리 군대 예절을 배우겠습니다."

"와! 맞아요! 차라리 군대 예절을 배우고 싶어요."

"데미안, 화이팅!"

데미안의 말에 강의실은 순식간에 광란의 도가니로 변해버렸다. 소년들은 책상을 두드리며 데미안의 말에 찬성했고, 힐은 뜻하지 않은 사태에 당황하지 않을 수 없었다. 얼굴이 시뻘겋게 달아올랐지만 너무도 갑작스러운 일이었기에 아무런 대꾸를 할 수 없었다.

"대, 대체 무슨 생각에서 그런 말을 하는 것이지요?"

"그야 우리는 당연히 배워야 할 가치가 있는 것을 배우기 위해 왕립 아카데미에 들어왔기 때문입니다. 그런데 그것이 트레디날 제국을 멸망으로 몰고 간 나태한 왕족이나 귀족들의 잔재라면 배울 필요가 없다는 것이 왜 잘못된 겁니까?"

힐은 자신을 냉랭한 시선으로 바라보는 데미안의 모습을 보고 처음에는 화를 내려고 했다. 그러나 데미안의 눈빛을 발견하는 순간 그가 절대 자신의 권위로 누를 수 있는 인물이 아니라는 생각이 들었다. 예쁘장하게 보이는 겉모습과는 달리 무척이나 고집스러운 성격을 지녔다는 것을 느끼는 순간, 힐은 더 이상의 말을 할 수 없었다.

"조, 좋아요. 오늘 수업은 이만하기로 하지요. 그렇지만 다음 시간부터 제가 강의하는 내용이 필요없다고 생각하는 학생은 수업에 들어오지 않아도 좋아요. 그렇지만 그 결과에 대해서는 여러분에게 모든 책임이 있다는 것을 잊지 않았으면 좋겠군요."

힐은 그 말만을 남기고 강의실을 빠져 나갔고, 강의실 안에 있던 학생들은 데미안을 모습을 보며 서로 소곤거렸다.

점심 시간이 되자 데미안은 율리앙 등과 함께 기숙사에서 간단한 식사를 마치고 다시 강의실로 향했다. 브랜든 힐 때문에 강의를 듣고 싶은 생각은 하나도 없었지만 하기 싫은 일을 할 때 인내심이 쌓인다는 헥터의 말을 기억하며 강의를 듣기로 한 것이다.

세 번째로 들어온 사람은 아기가 하품만 하더라도 날아갈 것같이 허약해 보이는 40대 중반의 사내였다. 이미 페인야드는 완연한 봄이건만 무엇이 그렇게 추운지 그는 두꺼운 겨울 외투를 걸치고 있었다. 사내는 자신이 들고 온 두꺼운 책을 교단에 내려놓고 소년들을 바라보았다. 그 역시 앞자리에 앉아 있는 데미안을 발견하고 조금 놀라는 표정을 지었다.

"저는 앞으로 여러분께 문학을 강의할 조르지오라고 합니다. 그럼 묻겠습니다. 여러분은 문학을 어떻게 생각하십니까?"

조르지오의 말에 소년들의 얼굴에는 벌써 따분함이 흘렀다.

"물론 알고 있으면 좋지만 없어도 세상을 살아갈 수 있는 학문이라고 생각을 합니다."

갑자기 들려온 대답에 조르지오는 고개를 들어 상대를 확인했다.

"어느 분께서 대답을 하신 것입니까?"

"접니다."

번쩍 손을 든 사람은 엔쏘니였다. 그리고 옆에 있던 소년들도 그의 말에 동감을 표시하고 있었다.

"문학을 몰라도 세상을 살아갈 수는 있다? 뭐 그렇게 틀린 말은 아니군요."

뜻밖에 조르지오가 순순히 인정을 하자 소년들은 이상하다는 듯 그를 바라봤다. 소년들의 얼굴을 쭉 살펴본 조르지오가 다시 말을 이었다.

"방금 대답하신 분의 이름은 어떻게 되십니까?"

"엔쏘니 트레비앙입니다."

"아! 트레비앙 자작가의 장남 되시는 분이군요. 그럼 엔쏘니님께 묻겠습니다. 지금 엔쏘니님은 어느 나라 말을 사용하고 계십니까?"

"예?"

뜻하지 않은 질문에 엔쏘니는 당황했다.

"제 질문이 너무 어려웠나요? 엔쏘니님이 어렸을 때부터 읽고, 쓰고, 말하고 했던 것이 어느 나라의 언어이고, 어느 나라의 말입니까?"

"그야 당연히 트렌실바니아 왕국의 말이지요."

"좀더 정확하게 말하자면 트레디날 제국의 언어라고 하는 것이 맞겠지요? 그럼 엔쏘니님은 우리 나라와 다른 나라를 어떻게 구분하십니까?"

"그야 당연히 트렌실바니아 왕국의 국경선 안은 우리 나라이고, 그 밖은 다른 나라이지요."

엔쏘니의 대답에 조르지오는 미소를 지었다.

"그럼 다시 묻겠습니다. 과거 트레디날 제국 시절 우리의 땅이었던 몬테야와 토바실, 후로츄에서 살고 있는 사람들이 트렌실바니아 왕국에서 사용하는 말을 사용한다면 그 사람들은 우리 나라 사람일까요? 아니면 다른 나라 사람일까요?"

"그, 그야……."

"문학이라는 것은 그 나라의 말과 글을 때론 아름답게, 때로 사실적으로 사용해 그 나라 국민들의 정서를 나타내는 학문입니다. 물론 문학이라는 것을 몰라도 살 수 있습니다. 여러분들이 알고 있는 대부분의 소작인들이 문학을 몰라도 살 수 있는 것이 그 좋은 예가 되겠지요. 그렇지만 그 나라 국민들을 하나로 묶어주고, 또 동질감을 느끼게 하는 데 문학보다 더 위대한 힘을 발휘하는 것이 있을까요?"

조르지오의 과히 크지 않은 음성이 강의실을 완전히 장악했다. 소년들은 자신들이 알고 있던 것과 달리 문학이 엄청난 힘을 가지고 있다는 사실에 귀를 기울였다.

"여러분도 잘 아시는 노래로 예를 들겠습니다. '남풍에 마음 실어 고향을 떠났다가, 북풍에 밀려 나 다시 돌아왔네'로 시작되는 '아랑데스의 노래'를 잘 알고 계실 겁니다. 누구든 그 노래를 들으면 떠나온 고향에 대한 아련한 향수를 느끼게 됩니다. 그것은 저 남쪽의 싸일렉스에 사는 사람이거나, 이제는 루벤트의 땅이 된 토바실 사람이거나 거의 비슷한 생각을 하게 됩니다. 그것이 동질성이지요. 문학은 사람들로 하여금 바로 그 동질성을 느끼게 해주는 학문입니다."

조르지오의 말에 소년들은 자신도 모르게 고개를 끄덕였다.

"또한 문학이라는 것은 국운(國運)과도 상당한 연관성이 있습니다. 과거 천여 년 전 트레디날 제국이 가장 번성했을 때 문학이 가장 번성했으며, 가장 침체했던 시기는 백여 년 전 루벤트 제국과의 전쟁에서 패했을 때입니다."
 그저 모험담이나 소설이 문학의 전부라고 생각했던 데미안은 조르지오의 말에 깊은 감명을 받았다. 게다가 문학이 나라의 흥망성세와 궤를 같이한다는 사실을 처음 알게 되었다.
 조르지오는 소년들에게 문학의 다양성과 의미를 설명했다. 그러나 그의 말을 알아듣는 소년은 율리앙뿐인 듯 다른 소년들은 창가에 비치는 햇살의 따스함을 느끼며 꾸벅거리며 졸고 있었다. 물론 데미안도 얼마 지나지 않아 그들의 '고개 끄덕이기' 모임에 동참해 열심히 고개를 끄덕였다.
 "……이것으로 오늘의 강의를 마치겠습니다. 다음 시간은 검술 시간이니, 모두들 이 건물의 뒤편에 있는 훈련장으로 가도록 하십시오."
 조르지오의 말에 졸음에서 깨어난 소년들은 연신 하품을 해대며 붉은 건물의 후면에 있는 훈련장이란 곳으로 갔다. 그곳에는 사람 형상을 한 수십 개의 목각 인형들이 서 있었고, 갖가지 훈련 도구들이 늘어서 있었다. 그리고 뒷짐을 지고 서 있는 건장한 체격을 한 사내의 모습이 보였다.
 소년들이 어슬렁거리며 훈련장으로 오는 것을 발견한 사내의 입가에는 의미를 알 수 없는 야릇한 미소가 떠 있었다. 하품을 하며 걸음을 옮기던 데미안은 사내의 모습을 발견하는 순간 온몸의 근육이 팽팽하게 긴장이 되는 것을 느꼈다. 데미안이 긴장한 얼굴로 걸음을 멈추자 그와 함께 걸음을 옮기던 율리앙과 엔쏘니가 의아한 얼굴로 데미안을 바라보았다.
 "데미안, 왜 그래?"
 "왜 그러냐고? 너희들은 저 사람이 우리를 공격하려는 것을 못 느낀단 말이야?"

 데미안의 음성은 긴장한 탓인지 음성마저 낮았다. 엔쏘니가 다시 한 번 상대를 확인하려는 순간 사내의 몸이 가볍게 움직이기 시작했다. 그리고는 소년들을 향해 빠른 속도로 돌진해 왔다. 갑작스런 사내의 행동에 소년들은 놀랐지만 그의 행동을 발견했을 때는 이미 사내가 그들을 스치고 지나간 후였다.

 짝, 짝, 짝, 짝!

 사내의 손이 움직일 때마다 소년들의 고개가 옆으로 휙 꺾이며 날카로운 소리가 들렸다. 그리고는 10미터 밖에 있던 사내의 모습이 어느샌가 데미안 앞에 나타났다. 사내는 가볍게 율리앙과 엔쏘니의 뺨을 때리고는 재차 데미안에게 손을 뻗었다.

 잔뜩 긴장하고 있던 데미안은 사내가 손을 드는 순간 뒤로 물러섰다. 데미안의 기민한 행동에 사내는 의외인 듯 미간을 좁히더니 더욱 빠르게 손을 뻗었다. 데미안은 사내의 손이 올라가는 것을 보고 재빨리 그 자리에 주저앉았다. 사내의 손은 무심하게 허공을 갈랐고, 사내는 두 번이나 애정(?) 어린 자신의 손을 피한 괘씸한 데미안의 행동에 어이없어했다. 그러나 데미안의 행운도 거기까지였다.

 허공을 가로질렀던 사내의 손이 허공에서 괴상하게 꺾이더니 그대로 데미안의 머리를 내리쳤다.

 쿵!

 쪼그려앉아 사내의 손을 피하려 했던 데미안은 자신의 두개골을 강타한 무지막지한 힘을 이기지 못하고 그대로 뒤로 넘어갔다. 머리를 어루만지며 일어서는 데미안의 모습을 지켜보던 사내가 입을 열었다.

"네 이름은?"

"데미안, 데미안 싸일렉스입니다."

"역시 그랬군."

말을 마친 사내는 마치 아무 일도 없었다는 듯 몸을 돌려 훈련장 중앙에 있던 의자에 앉았다. 그리고 그때까지 정신을 차리지 못하고 있던 소년들에게 소리를 질렀다.

"뭣들 하고 있나! 집합!"

사내의 호통에 소년들은 자신들의 뺨을 어루만지며 황급히 모여들었다. 자신들의 뺨에 난 손자국을 어루만지는 소년들을 보며 사내가 입을 열었다.

"바보 같은 놈들. 적의 기습은 언제나 예고가 없다. 항상 긴장하고 대비를 해야 한다는 이런 기본적인 자세조차 돼 있지 못한 네놈들에게 검술을 가르쳐야 한다니, 정말 한심스러운 일이다. 본인의 이름은 네오시안 드 보르도 백작이다. 앞으로 너희는 나에게 3개월 동안 검술에 대한 기본적인 사항을 배우게 될 것이다. 한 가지 참고적으로 말할 것은, 내가 가르치는 시간 동안 절대 방심하는 모습을 보이지 마라. 강한 자만이 살아남을 수 있는 것이 세상이다."

네오시안의 말에 소년들은 바짝 긴장했다. 데미안은 어제 저녁 헥터가 했던 말과 비슷한 말을 네오시안이 말하자 이상한 느낌이 들었다. 대체 강하다는 것은 어떤 것일까 하는 생각을 하는 동안 네오시안이 다시 말을 이었다.

"모두 저기에 있는 목검을 들어라. 너희들의 실력을 일단 테스트해 봐야겠다. 빨리빨리 움직이지 못하겠나?"

네오시안의 고함에 소년들은 우르르 목검이 놓인 곳에 가서 목검을 집어 들고 다시 그의 앞에 집합했다. 천천히 자리에서 일어선 네오시안은 의자 옆에 세워두었던 목검을 가볍게 들고 소년 하나를 지목했다.

"너부터 나와서 날 공격해 봐라."

네오시안에게 지목을 당한 소년은 그와 대결을 하기도 전에 전의를 상실한 듯 힘없는 발걸음으로 나섰다. 가슴 앞에 세운 목검은 소년의 마음을 대변하듯 부들부들 떨리고 있었다. 소년이 좀처럼 공격을 하지 않자 네오시안의 눈이 독사 눈처럼 가늘게 변했다.

"언제까지 그러고 있을 거냐?"

휘익! 퍽!

네오시안의 목검이 허공을 가르며 자신의 머리로 떨어질 때까지 소년은 꼼짝도 못 하고 있었다. 소년이 기절하며 맥없이 쓰러지는 모습을 보고 있던 다른 소년들은 그 광경에 겁을 먹은 듯 전부 몸을 움츠렸다.

"멍청한 놈들! 네 녀석들은 설마 적에게 동정이라도 바란단 말이냐? 전쟁터에서 적군보다 더 위험한 것은 바로 적에게 겁을 먹은 아군이다. 그런 자는 아군의 사기를 떨어뜨리는 것은 물론 적을 돕는 이적 행위를 하게 되는 것이다. 너희는 그런 사내가 되고 싶으냐?"

"아닙니다. 아군에게 도움이 되지는 못할망정 적을 이롭게 하지는 않겠습니다."

큰 소리로 대답을 하고 나서는 덩치 큰 소년이 있었다. 엔쏘니였다. 당당한 그의 모습이 마음에 드는지 네오시안은 엷은 미소와 함께 고개를 끄덕였다.

"네 이름이 뭐냐?"

"엔쏘니 트레비앙입니다."

"덤벼라."

네오시안의 말에 목검을 치켜든 엔쏘니는 신중히 네오시안의 모습을 노려보았다. 그러나 네오시안을 어떻게 하기에는 엔쏘니의 실력이 너무 모자랐다.

수천 년 동안 미동도 하지 않은 거대한 산처럼 자신의 앞을 가로막고 선 네오시안의 모습에 엔쏘니는 위압감을 느끼며 입술을 깨물었다. 그러나 언제까지 그렇게 있을 수는 없었다. 만약 조금만 더 시간을 끈다면 공격 한번 못 해보고 그 자리에 자신이 주저앉고 말 것이라는 것을 잘 알고 있기 때문이다.

천천히 목검을 머리 위까지 쳐든 엔쏘니는 커다란 기합을 지르며 네오시안을 공격했다.

"이야압!"

딱딱딱!

엔쏘니가 연속적으로 힘껏 휘두른 목검을 네오시안은 너무도 간단하게 막아냈다. 옆에서 그 모습을 보고 있던 소년들은 두 사람의 모습에 자신도 모르게 한숨을 내쉬었다. 그들은 엔쏘니처럼 네오시안을 공격할 자신도, 그렇다고 포기할 자신도 없었기 때문이다.

엔쏘니는 다년간 노력하며 익혔던 자신의 공격을 너무도 쉽게 막아내는 네오시안의 실력에 감탄하지 않을 수 없었다.

귀족으로서의 자질보다는 가문에서 가지고 있는 재산과 인맥, 그리고 탁월한 로비 실력을 인정받아 자작의 작위를 받은 트레비앙 가문이기에, 그의 아버지는 어린 시절부터 그에게 개인 교수를 붙여 검술을 가르쳤다. 또 엔쏘니 역시 자신의 검술에 은연중 자신감을 가지고 있었는데 그 자신감이 지금 완전히 박살나는 순간이었다.

몇 번 엔쏘니의 공격을 막아내던 네오시안은 그의 검술 실력이 생각보다 별볼일없다는 것을 느끼고는 가볍게 목검을 내리쳤다. 갑자기 네오시안이 수세에서 공세로 돌아서자 엔쏘니는 당황하며 어쩔 줄 몰랐다. 네오시안의 목검은 엔쏘니의 방어를 가볍게 뚫고 그의 머리로 떨어졌다.

딱!

작지 않은 소리가 울리고 엔쏘니는 자신의 머리를 움켜잡고 그 자리에 주저앉았다. 그 모습에는 아랑곳하지 않고 네오시안은 무표정한 얼굴로 다음 소년을 지목했다. 잠시의 시간이 흐르는 동안 20명의 소년들 가운데 네오시안과 대련을 해 기절하지 않은 소년은 불과 서넛에 불과했다. 마지막으로 남은 소년은 데미안뿐이었다.

조금은 흥미를 가지고 있어 보이는 네오시안과는 달리 데미안은 무엇이 마음에 들지 않는지 목검을 휘두르며 불만에 찬 표정을 지었다. 네오시안이 데미안에게 물었다.

"목검이 마음에 들지 않는가?"

"그렇습니다. 너무 가벼운 것 같습니다."

몇 번 더 목검을 휘둘러본 데미안이 네오시안과 마주섰다. 그리고는 목검을 가슴 앞에 세우고 네오시안의 얼굴, 아니, 그의 눈을 노려보았다. 도발적인 데미안의 모습에 네오시안은 가볍게 미소를 지었다. 비록 데미안의 자세가 완벽하다고는 볼 수 없지만 그래도 쉽게 공격할 수는 없을 듯싶었다.

"아직 저는 공격하는 법을 배우지 못했으니 백작님께서 공격을 하십시오."

"공격하는 법을 배우지 못했다니? 그럼 너는 아버지께 무엇을 배웠단 말이냐?"

"맞지 않는 법을 배우던 중이었습니다."

데미안은 조금도 자세를 풀지 않은 채 대답했다.

기절한 소년들을 제외하고 나머지 소년들은 두 사람의 모습을 지켜봤다. 외견상 보기에는 도저히 상대가 될 것 같지 않았다. 탄탄한 근육질의 네오시안과 연약해 보이는 데미안의 체격은 비교조차 할 수 없었다. 그러나 소년들의 눈에는 데미안의 모습이 마냥 약해 보이지는 않았다.

데미안의 대답을 들은 네오시안은 미소를 지었다. 맞지 않는 법? 만약 다른 사람이 그런 말을 했다면 코웃음을 쳤겠지만 백작들 가운데 가장 검술 실력이 뛰어난 싸일렉스 백작의 아들인 데미안의 말이기에 전적으로 무시할 수도 없었다. 그와 함께 싸일렉스 백작이 저 예쁘장한 소년에게 무엇을 가르쳤는지 궁금한 생각도 들었다. 게다가 조금 전 자신의 애정(?) 어린 손길을 피했던 데미안이기에 더욱 기대가 컸다.

"공격법을 배우지 못했다니 그럼 내가 공격을 하겠다."

잠시 데미안을 살피던 네오시안 백작은 데미안의 자세가 이상하게도 앞다리에 체중을 싣고 있는 것을 발견했다. 그러다 보니 데미안의 자세가 전반적으로 앞으로 쏠린 것이 너무도 부자연스러웠다. 그런 자세로는 전면의 공격에 대해서는 방비를 할 수 있을지 몰라도 측면이나 후방의 공격에는 꼼짝없이 당할 수밖에 없었다. 그러나 데미안은 너무도 긴장했는지 그런 사실을 깨닫지 못하고 있는 것 같았다.

"조심해라!"

네오시안의 낮은 음성과 함께 그의 목검은 비스듬한 궤적을 그리며 데미안의 어깨로 떨어졌다. 데미안은 막기보다는 뒤로 물러서는 쪽을 택했고, 그 모습을 발견한 네오시안은 자신의 예상이 맞았다고 생각을 하고 허공에서 목검의 방향을 꺾어 데미안의 무릎을 향해 목검을 내리쳤다.

그 모습에 그것을 지켜보던 소년들의 안색이 일제히 변했지만 데미안은 마치 그런 공격을 기다리기라도 한 듯 재빨리 뒤로 물러섰다. 재차 그의 목검이 자신의 무릎으로 향하는 것을 발견한 데미안은 자신의 체중을 뒤로 실으며 그대로 허공으로 뛰어올랐다.

네오시안은 목검은 이미 사라지고 없는 허공을 가로질렀고, 데미안은 뛰어오른 자세 그대로 목검을 내리쳤다. 재빨리 목검을 들어올려 데미안의 목검을 막은 네오시안은 데미안의 목검을 흘리며 그대로 목검을 내뻗었다.

지면에 내려서기가 무섭게 자신을 공격하는 네오시안의 목검에 데미안은 자신의 몸을 최대한 지면에 납작하게 엎드려 그의 공격을 피했다.

네오시안이 데미안에게 조심하라고 말한 후 지금까지 불과 숨을 몇 번 내쉴 정도밖에 지나지 않았지만, 소년들은 몇 번의 공격과 방어가 이루어졌는지조차 제대로 파악하지 못했다.

천천히 목검을 거둔 네오시안은 데미안이 맞지 않는 법을 배우던 중이란 말이 가진 의미를 깨달을 수 있었다. 데미안은 최대한 자신의 몸을 보호하기 위해 안간힘을 썼고, 공격조차도 방어를 목적으로 하고 있다는 것을 깨달은 것이다.

가쁜 숨을 몰아쉬던 데미안은 자신이 가끔 머리를 단련시키며 아버지와 대련했던 것이 지금 상당한 도움이 되었다는 사실을 인정해야만 했다. 그저 필사적으로 아버지의 목검을 피하며 익혔던 몸놀림이 이제는 몸에 배어 어느 정도 자신의 몸을 보호할 수 있다는 사실을 깨달은 것이다.

데미안이 그런 생각을 하고 있을 때 네오시안의 목검이 허공을 가로질렀다. 데미안은 황급히 목검을 들어 네오시안의 공격을 막았지만 상대의 힘을 이기지 못하고 그만 그 자리에 쓰러지고 말았다. 그러나 데미안은 쓰러지는 힘을 이용해 몸을 회전시키고는 지면에 내려서는 네오시안의 발목을 향해 목검을 휘둘렀다.

뜻하지 않은 데미안의 공격에 놀란 네오시안은 발목으로 자신의 몸 속에 있는 마나를 보냈고, 푸르스름한 기운과 부딪힌 데미안의 목검은 맥없이 부러지고 말았다. 그리고 그의 머리로 네오시안의 목검이 빠른 속도로 떨어졌다.

딱!

데미안은 상당한 통증을 느끼기는 했지만 그래도 기절하지 않은 채 일어설 수 있었다. 아버지와의 잦은 대련으로 인해 단련되어진 머리의 위력이 유감없이 드러나는 순간이었다.

"오늘은 이만하도록 하겠다. 다른 수업이 이틀에 한 번, 삼 일에 한 번씩 돌아오는 데 반해 검술 수업만큼은 매일 있으니 단단히 각오를 하는 것이 좋을 것이다. 쓰러져 있는 녀석들은 하인들을 불러 모두 기숙사로 데려가도록 해라."

네오시안은 말을 마치고 몸을 돌려 훈련장을 떠났고, 데미안과 기절하지 않은 몇몇 소년들은 쓰러진 소년들을 옮기며 낮은 소리로 투덜거렸다.

"이거 너무 심한 것 아니야?"

"그러게 말이야. 우리가 용병 학교를 찾아온 것도 아니고 왜 이렇게 심하게 다루는 거야?"

소년들의 투덜대는 소리를 들으며 엔쏘니가 옆에 있던 데미안에게 물었다.

"머리는 괜찮아?"

"어, 괜찮아. 아버지와 대련할 때에 비하면 이 정도는 아무것도 아니지 뭐."

네오시안과의 검술 대련이 있기 전까지만 하더라도 엔쏘니는 데미안을 그저 예쁘장하게 생긴 소년에 불과하다고 생각했었다. 게다가 어렸을 때부터 익힌 자신의 검술 실력에 자부심도 가지고 있었다. 그러나 그런 자부심도 네오시안과의 대결을 통해 완전히 무너져 버렸다. 때문에 데미안은 자신보다 더 형편없이 네오시안에게 당할 것이라고 생각을 했었는데 결과는 뜻밖이었다.

다년간 검술을 익혔다는 자신의 눈으로도 제대로 확인할 수 없을 만큼 빠르게 네오시안과 공방을 벌이는 데미안의 모습에 자신의 검술이 얼마나 형편없었는지 깨달을 수 있었다. 그와 동시에 그 동안 이렇게 형편없는 검술 실력을 믿고 거들먹거렸다는 사실이 수치스럽기 이를 데 없었다. 그럼에도 불구하고 태연스럽게 대꾸를 하는 데미안의 모습을 보며 엔쏘니는 데미안에게 질 수 없다는 생각이 들었다.

평소 자부심이 강하기로 비할 사람이 없던 엔쏘니의 모습을 생각하면 놀라운 일이었지만, 지금 그의 머리 속에는 온통 데미안에게 질 수 없다는 생각으로 가득 차 있었다.

'데미안, 아무리 네 아버지가 싸일렉스 백작님이라고 하더라도 너에게는 결코 질 수 없어. 두고 봐, 언젠가는 너에게 패배를 안겨주겠어. 꼭!'

제6장
무식한 수강 신청

　오늘도 데미안은 무지하게 재미없는 책을 골라 열심히 인내심을 키우고 있었다. 그러면서도 인간은 역시 훈련의 동물이라는 것을 새삼 깨닫고 있었다. 그저 책의 겉장만 봐도 눈이 감기고 졸음이 오는 불치의 병(?)을 가지고 있는 데미안도 3개월간의 훈련으로 상당히 병세를 완화시킬 수 있었다. 비록 눈이 침침해지는 것을 막을 수는 없었지만, 그래도 이를 악물면 책의 마지막 장을 볼 수 있게 된 것이다. 데미안이 주로 읽는 책은 군대의 운용이나 역사, 전술과 전략, 그리고 검술에 관한 책이 전부였다.

　처음 데미안은 책 읽기를 거부는 신체를 달래느라고 상당히 고생을 해야만 했다. 그럼에도 불구하고 그토록 끈기를 보인 것은 헥터가 말한 대로 인내심을 키워 강한 검술을 익히고 싶은 생각 때문이었다. 또 근육의 힘을 키우기 위해 달리기와 목검 연습을 하루도 빠지지 않고 했다. 어떨 때는 너무 무리해 몸살을 앓을 정도였다. 그 때문인지 데미안은 나날이 자신이 빠르고, 강해지는 것을 느꼈다.

"데미안님, 아침 수업이 곧 시작될 겁니다. 오늘이 기본 교육이 끝나는 마지막 날이 아닙니까? 늦지 말도록 하십시오."

"그건 알겠는데 헥터에게 한 가지 궁금한 것이 있어."

"무엇입니까, 데미안님?"

"나야 교육을 받느라 시간을 보낸다곤 하지만 그 동안 헥터는 뭐 하고 지내?"

"개인적으로 훈련도 하고, 책도 보면서 지냅니다."

헥터의 대답에 고개를 끄덕이던 데미안이 갑자기 뭐가 생각난 듯 헥터에게 물었다.

"헥터는 보르도 백작님에 대해 알아?"

"네오시안 드 보르도 백작님이라면 자렌토님과 비견되는 검술 실력을 가지고 계신 분이십니다. 자렌토님보다 경험이 조금 모자라기는 하지만 대신 군의 실무에 상당히 밝은 분으로 알고 있습니다. 한데 그분에 대해서는 왜 물으시는 겁니까?"

"그것보다 헥터와 보르도 백작님 가운데 누가 더 강해?"

데미안의 물음에 헥터가 조금은 곤란한 표정을 지었다.

"글쎄요. 그분과 한번도 대결해 보지 않아 확실한 것은 알 수 없겠지만 힘과 경험에서는 제가, 기술에서는 그분이 나을 것 같군요."

"그러고 보니 헥터는 굉장한 사람이구나."

감탄성이 섞인 데미안의 말에 헥터는 쑥스러움을 느꼈다. 그러나 애써 태연한 표정을 지으며 데미안을 재촉했다.

"데미안님, 어서 준비하시고 가십시오."

데미안은 헥터에게 등을 떠밀려 기숙사를 나와 강의실로 향했다. 걸음을 옮기며 데미안은 자신이 네오시안과 처음 만났을 때를 떠올리고 있었다.

자신의 반격을 예상하지 못했던 네오시안, 순간 그의 발목이 푸르스름하게 빛이 나면서 목검은 맥없이 부러져 버렸고, 어쩔 수 없이 그의 공격을 허용해 버린 일을 데미안은 잊어버릴 수 없었다. 그때 그의 발목이 푸르스름해진 이유는 무엇일까? 그리고 자신의 목검은 왜 그렇게 힘없이 꺾인 것일까?

그 후로도 열심히 고심에 고심을 거듭했지만 그 이유를 알 수 없었다. 그러나 페인야드로 오는 마차 안에서 한스가 보여준 시범을 생각하면 이해가 갈 것 같기도 했지만, 무엇 때문에, 어떻게 해서 그렇게 된 것인지는 전혀 알 수 없었다.

그런 생각을 하는 사이 강의실에 도착했다.

"데미안, 이제 왔니?"

"눈은 왜 충혈됐어? 또 밤새 책 본 거야?"

"머리 좀 묶고 다녀라. 여자 같잖아."

데미안의 모습을 발견한 소년들이 모두 반갑게 그를 맞이했다. 데미안도 자신에게 인사를 하는 소년들에게 일일이 답례를 하고는 자리에 앉았다.

데미안이 수업 시간에 보여준 행동을 보고 소년들은 데미안을 예쁘장한 얼굴을 가진, 단지 고집이 센 소년으로만 생각을 했었다. 그러나 그날 오후에 보여준 데미안의 검술 실력을 보고 데미안과 친해지려는 소년들이 조금씩 늘었다. 물론 그의 아버지가 싸일렉스 백작이라는 사실을 알고 접근하려는 소년들도 있었지만 대부분 자신의 고집대로 행동하는 데미안의 모습에 대리 만족을 느끼고 호감으로 다가섰던 것이다. 게다가 평소의 행동에서도 백작의 아들이라는 권위를 내세우지 않고 거리낌없이 행동해 상대와 허물없이 사귀는 편이었다. 그렇게 3개월이 지난 지금은 대부분의 소년들이 데미안과 허물없이 지내고 있었다.

소년들이 웅성거리는 사이 윈스턴이 들어왔다. 소년들이 잠잠해질 때까지 기다린 윈스턴이 입을 열었다.

"그 동안 기본 교육을 받느라 고생이 많았습니다. 내일부터 여러분은 3년 동안 여러분이 선택하신 과목들을 공부하시게 됩니다. 지금부터 제가 나누어 드리는 종이에 여러분이 배우고 싶은 과목을 써주십시오. 적어도 3개 이상의 과목을 써야 하며, 검술 교육은 반드시 들어가야 합니다."

윈스턴이 말을 마치고 종이를 나누어주자 소년들은 나름대로 고심하며 신중하게 쓰기 시작했다. 그런 반면 데미안은 이미 생각해 둔 것이 있는지 거침없이 써내려 갔다. 잠시 후 소년들이 모두 쓰자 윈스턴은 종이를 걷어오게 시켰고, 종이를 받아 들고는 천천히 그것을 살펴보았다. 그러던 그의 손길이 어느 종이를 붙잡는 순간 완전히 멈췄다. 그리고는 어이없다는 표정으로 데미안을 바라봤다.

"데미안님, 여기 쓰신 내용이 사실입니까?"

"뭐가 잘못됐습니까, 원장님?"

"첫 번째 검술 교육이나 두 번째 역사까지는 이해가 가는데, 그 다음에 쓰신 내용은 저로서는 좀 이해하기 힘들군요."

윈스턴의 말에 소년들은 대체 데미안이 뭐라고 썼기에 윈스턴이 저렇게 난처해하는 것인지 궁금했다.

"세 번째는 마법, 네 번째는 전장에서 필요로 하는 응급 처치,

다섯 번째는 군대 운용에 대한 모든 것, 여섯 번째는 용병 훈련, 일곱 번째는……."

원스턴이 천천히 데미안이 쓴 것을 읽어 내려가자 다른 소년들의 얼굴도 역시 어처구니없다는 듯 멍해졌다. 그러나 원스턴의 말은 아직 끝나지 않았다.

"아홉 번째 맨손 격투술, 열 번째가 각 무기들의 사용법이군요. 정말 이 많은 것을 다 배우실 생각입니까? 게다가 마법과 용병 훈련까지 말입니까?"

"제가 아는 사람이 충고하길 배울 기회가 있을 때 될 수 있으면 많은 것을 배우라고 하더군요. 그래서 썼는데 그러면 안 되는 겁니까?"

"안 될 거야 없지만 다른 사람과 보조를 맞추기 힘들 정도로 종류가 너무 많은 것 같습니다. 설사 이 가운데에서 세네 가지를 제외시킨다고 하더라도 데미안님은 조금도 쉴 시간이 없을 겁니다. 어떻게 하시겠습니까? 잘 생각해 보시고 나중에 다시 제출해 주십시오."

데미안에게 말을 마친 원스턴은 다시 소년들을 바라봤다.

"이제 여러분들은 한 분의 탈락도 없이 기본 교육을 마치셨습니다. 그것을 축하하기 위해 오늘 저녁 간단한 파티를 할 예정이오니 한 분도 빠짐없이 참석하시기 바랍니다. 그리고 여러분보다 먼저 이 노블 칼리지에 들어온 분들과 상견례가 있으니 한 분도 빠짐없이 꼭 참석해 주십시오. 저녁 시간까지 정문을 개방할 테니 필요한 것이 있는 분은 밖에서 구입하셔도 좋습니다."

원스턴이 파티를 한다는 말에 소년들은 기쁨을 감추지 못했다. 물론 시설도 편안하고, 음식 맛도 썩 괜찮기는 했지만 갑작스런 공부로 적지 않게 불만이 쌓였던 것도 사실이었다. 게다가 정문까지 개방을 한다니 더 더욱 기쁜 일이었다.

원스턴이 강의실을 빠져 나가자 소년들은 펄쩍펄쩍 뛰며 좋아했다. 율리앙도 기쁜지 미소 띤 얼굴로 데미안에게 물었다.

"데미안, 우리 밖에 나가지 않을래?"

"글쎄."

"데미안, 그러지 말고 나가자. 내가 술 살게."

"와!"

엔쏘니의 말에 소년들은 환호성을 질렀다. 성년식을 마친 지 겨우 1, 2년밖에 지나지 않았기에 더욱 어른의 흉내를 내고 싶은 것인지도 몰랐다. 데미안은 환호하는 소년들의 손에 이끌려 왕립 아카데미를 빠져 나왔다.

한낮의 햇살이 따갑게 느껴졌다. 더운 날씨 탓인지 사람들의 옷차림도 얇고, 가벼웠다. 붉은 머리 소년을 중심으로 20명의 소년들이 광장에 들어서자, 광장에서 햇살을 피하던 사람들이 그 모습을 봤고, 곧 그들이 왕립 아카데미의 학생들이라는 것을 눈치챘다. 그곳이 아니면 한꺼번에 저렇게 많은 소년들이 수도인 페인야드에서 몰려다닐 이유가 없었기 때문이다.

데미안 일행은 광장이 한눈에 내려다보이는 '푸른 들판'이라는 주점에 들어갔다. 아직은 이른 시간인지 손님은 별로 없었다. 소년들이 테이블을 차지하고 앉는 모습을 지켜보던 뚱뚱한 체격의 주인이 다가왔다.

"뭘로 드시겠습니까?"

"일단 더우니까 시원하게 맥주를 한 잔씩 돌려요."

"알겠습니다."

엔쏘니의 대답에 주인이 주방으로 사라지자, 데미안이 그에게 물었다.

"맥주가 뭐야?"

"뭐? 맥주도 모른단 말이야?"

"한번도 안 먹어봤으니 모르는 것이 당연하잖아. 그러지 말고 가르쳐 줘."

데미안이 가볍게 미소를 띠며 다시 묻자 엔쏘니는 황급히 뒤로 물러나 앉았다. 지금 데미안의 표정은 처음 그를 보았을 때처럼 정체를 알 수 없는 끈적거림과 묘한 열기를 담고 있어 보기만 해도 속이 느글거렸다.

"아, 알았으니까 제발 그렇게 느끼한 표정은 짓지 마."

"하하하, 엔쏘니. 데미안이 저렇게 사랑스런(?) 얼굴로 묻는데 도망치면 되냐?"

"그래, 어서 정답게 손이라도 잡고 가르쳐 줘야지."

소년들의 외침에 엔쏘니의 얼굴이 벌겋게 달아올랐다.

"너희들 정말 이럴 거야?"

엔쏘니가 소리를 질렀지만, 소년들의 얼굴에 걸린 웃음은 사라지지 않았다. 그 모습에 입에서는 저절로 한숨이 나왔다.

"맥주는 말이야 보리를 발효시켜서 만든 술인데, 별로 독하지 않아. 특히 오늘같이 더운 날에 시원한 맥주를 한잔 마시고, 서늘한 그늘에서 낮잠을 잘 수 있다면 그보다 더한 행복은 없지."

율리앙의 친절한 설명에도 데미안은 무슨 말인지 전혀 이해 못해 고개를 갸우뚱거렸다. 그러다 주인이 손에 들고 나오는 맥주컵의 크기를 보고 기절할 듯이 놀랐다. 자신은 주먹만한 컵에 담긴 몇 모금 안 되는 볼케이노를 마시고도 정신을 잃었는데, 저렇게 큰 잔으로 나오는 맥주를 마신다면……? 생각만 해도 소름이 끼치는 일이었다.

맥주는 속속 나왔고, 자신 앞에 놓인 맥주를 소년들은 능숙한 솜씨로 마시기 시작했다.

"꿀꺽! 와~ 시원하다!"

"그러게 말이야. 정말 뱃속까지 시원해지는데."

"데미안, 뭐 하냐? 어서 마셔봐. 정말 맛있어."

소년들의 말에 데미안은 거의 독약을 마시는 심정으로 맥주를 한 모금 마셨다. 그러나 혀끝에서 느껴지는 시원함에 데미안은 자신도 모르게 꿀꺽 마셔버렸고, 차가운 맥주가 뱃속으로 들어가며 전해지는 시원함에 좀 전까지 느꼈던 더위가 완전히 사라지는 것을 느꼈다.

"햐! 정말 시원한데. 그런데 이렇게 약한 것도 술이야?"

"맥주가 약하다고? 난 절반만 마셔도 취하는데?"

벌써 얼굴이 붉어진 율리앙의 말에 데미안은 다시 한 모금을 마시고 전문가인 양 품평을 했다.

"이건 거의 물 수준이잖아. 이런 건 아무리 마셔도 취하지 않겠어. 꿀꺽꿀꺽."

"대체 넌 어떤 술을 마시기에 맥주가 약하다는 거야?"

"그저 볼케이노를 몇 번 마셔봤을 뿐이야."

데미안의 말에 소년들은 어이없다는 표정을 지었다. 볼케이노는 제아무리 술을 잘 마시는 사람이라고 하더라도 반 병 이상은 마시지 못하는, 그야말로 독한 술 가운데에서도 대표적인 독주(毒酒)라고 할 수 있다. 어린 나이임에도 불구하고 그런 볼케이노를 마셔봤다니……. 소년들은 데미안을 보며 엄청 존경스럽다는 표정을 지었다.
 몇 잔의 맥주를 마신 후 소년들은 삼삼오오 짝을 지어 페인야드를 구경하기 위해 흩어졌다. 데미안도 율리앙과 함께 구경을 가려고 했지만, 율리앙이 술에 취해 잠이 들었기 때문에 혼자 주점을 빠져 나왔다.
 고향인 싸일렉스에서는 볼 수 없는 갖가지 물건들을 파는 상점에 데미안은 호기심을 감추지 못했다. 상점의 물건들을 살피며 걸음을 옮기던 데미안의 눈에 갖가지 칼과 방패, 창과 여러 가지 물건들을 진열해 놓은 상점이 보였다.
 데미안에게는 거의 기적과는 같은 일이었지만 지난 3개월 동안 착실히 체력 훈련을 했는지라 근육이 불어 이전보다 힘이 세졌다. 그렇기에 싸일렉스에서 가지고 온 바스타드 소드가 너무 가볍게 여겨져 그렇지 않아도 새롭게 검을 구입할 생각을 하고 있었기에 진열되어 있는 검들을 유심해 살폈다.
 무식하게 커다란 브로드 소드Broad Sword에서부터 대거까지, 석궁, 메이스Mace, 랜스, 타워 실드Tower Shield 등 없는 것이 없었다. 물론 데미안이 무기에 대해서 그리 많은 것을 아는 것은 아니지만 데미안이 한번도 보지 못한 물건들도 상당히 많았다. 데미안이 구경하는 모습을 발견한 50대 주인이 그제야 뛰어나왔다.
 "헤헤헤, 손님은 왕립 아카데미의 학생이신가 보군요?"
 "어? 그걸 어떻게 알았어요?"
 "여기 페인야드에서 그런 셔츠와 트라우저를 입은 사람은 왕립 아카데미에 있는 학생들뿐이지요. 노블 칼리지에 계신 모양이군요."
 "그렇습니다."

무식한 수강신청 175

"헤헤헤, 혹시 찾으시는 물건이 계십니까? 저에게 말씀을 해주시면 제가 찾아드리겠습니다."

손을 비비며 말을 하는 주인의 모습을 잠시 본 데미안은 자신이 찾는 물건을 설명했다.

"크기나 길이는 이 바스타드 소드 정도면 되겠는데, 무게는 이 검보다 훨씬 무거웠으면 좋겠어요."

데미안은 진열대에 있던 바스타드 소드를 들어보고는 대답했다. 데미안의 말을 들은 주인은 자신이 직접 검을 들어보고는 곧 가게 안으로 들어가 검을 찾기 시작했다. 그리고 잠시 후 데미안이 설명한 것과 똑같이 생긴 바스타드 소드를 들고 나왔다. 그러나 검을 들고 있는 주인의 팔이 축 쳐진 것이 보통 무게가 아닌 듯 싶었다.

"이 검이 손님께서 찾으시는 검 같은데 무게가 너무 무거운 것 같군요."

주인이 넘겨준 검을 받아 든 데미안은 순간 팔이 축 쳐지는 것을 느꼈다. 적게 잡아도 10킬로그램은 넘을 것 같았다.

"무게가 얼마나 됩니까?"

"좀 전에 달아보니 12킬로그램이더군요."

"겉으로 보기에는 저 검과 다른 점이 없는데 왜 이렇게 무게 차이가 나는 거죠?"

"그것은 이 검이 드워프Dwarf들의 땅에서만 나는 헤로게니아란 금속으로 만들어졌기 때문입니다. 한 가지 문제는 이 금속이 그리 단단하지 못하다는 것이 문제인데, 그래도 구입을 하시겠습니까? 게다가 값도 그리 싼 편이 아닙니다."

"얼만가요?"

"250골든데 200골드만 주시지요."

"좋아요. 그리고 또 살 것이 있는데…… 가죽으로 팔과 정강이에 찰 수 있게 보호대를 만들어주었으면 좋겠어요. 가죽의 외부에는 1킬로그램 정도 되는 추를 집어넣을 수 있게 열 개 정도의 주머니가 달려 있어야 해요. 추를 집어넣게 되면 그것이 움직이지 않도록 고정되어야 하고, 너무 커서 행동이 불편하면 안 돼요. 옷을 입었을 때 되도록 표시가 나지 않았으면 좋겠어요."

데미안의 말에 상점의 주인은 이해가 잘 되지 않는지 몇 번이나 물건의 모양과 무게, 재질, 등을 물으며 종이에 썼다.

"그럼 나중에 그 물건이 완성되었을 때 이 검과 함께 가져오도록 하세요. 그때 대금을 지불하겠어요."

"저어, 누구를 찾으면 되나요?"

"내 이름은 데미안이라고 해요. 데미안 싸일렉스."

데미안의 대답에 주인은 혹시 하는 마음에서 다시 물었다.

"싸일렉스라면 혹시 전장의 라이온경이라고 불리셨던?"

"예, 그분이 바로 제 아버님입니다."

"만나뵙게 되어 영광입니다."

주인은 정중하게 허리를 숙여 데미안에게 인사를 했다. 데미안은 어색한 표정을 지으며 주인을 일으켰다.

"유명하신 분은 저희 아버지이지 제가 아니에요. 저에게 이러실 필요는 없어요."

"감사합니다."

"그럼 물건을 부탁드리겠어요. 가능하다면 빨리 만들어주셨으면 고맙겠어요."

"걱정하지 마십시오. 이 페인야드에 있는 최고의 가죽과 재단사를 불러 만들도록 하겠습니다."

주인의 대답을 들은 데미안은 눈인사를 하고는 가게를 떠났다. 주인은 그런 데미안의 모습을 보며 한마디하는 것을 잊지 않았다.

"아무리 전장의 라이온이라고 불렸던 분을 아버지로 두었다 하더라도 딸까지 저렇게 가혹하게 다루다니……. 쯧쯧쯧, 고생이 무척 심하겠군."

기숙사로 돌아온 데미안은 자신을 기다리고 있는 헥터를 발견했다.

"밖에 다녀오신 겁니까?"

"응, 친구들한테 끌려서. 그리고 살 것도 있고 해서."

"필요하신 것이 있으시면 저에게 말씀을 하셨으며 제가 사다 드렸을 텐데요. 물건은 구입을 하셨습니까?"

"내가 가지고 있는 검이 너무 가벼운 것 같아 훈련용으로 무거운 검 한 자루를 샀어. 그리고 다른 훈련 도구도 샀고."

헥터는 데미안이 샀다는 훈련 도구가 무엇인지 물어보고 싶었지만 일부러 묻지는 않았다. 어차피 데미안이 그 물건으로 훈련을 한다면 자연히 알게 될 일이었기 때문이다.

"제가 듣기에 오늘 저녁에 파티가 있다는 말을 들었는데 어떤 옷을 준비할까요?"

"옷이야 그저 대충 입고 가면 되잖아."

헥터의 질문에 데미안은 대수롭지 않게 대답을 했다. 그러나 헥터의 대답은 심각한 내용을 담고 있었다.

"제가 떠나오기 전 마리안느님께 두 가지의 정중하고, 간곡한 부탁을 받았습니다. 하나는 데미안님을 잘 보호해 달라는 부탁, 또 하나는 데미안님이 다른 사람 앞에서 행동을 하실 때 싸일렉스 백작 가문의 아들로서 품위를 지킬 수 있게 도와주라는 것이었습니다."

"그렇지만 어머님은 여기 계시지 않잖아?"

"눈에 보인다고 지키고, 없다고 지키지 않는 것은 기사도에 어긋나는 일입니다. 게다가 아름답고, 정숙한 마리안느님과의 약속을 지키지 못한다는 것은 제 자존심과 명예에 먹칠을 하는 행동입니다. 데미안님, 제가 명예를 지킬 수 있도록 데미안님께서 도와주십시오."

정중한 음성이었지만 그가 한 말의 내용은 자신의 자존심과 명예를 빙자한 협박에 가까웠다. 당연히 눈치 빠른 데미안은 그런 헥터의 속셈을 눈치챘고 툴툴거렸다.

"쳇, 알았어. 헥터는 어째 점점 한스를 닮아가는 것 같아. 그런데 몇 시에 파티가 있대?"

"저녁 식사와 겸한다고 했으니 여섯 시쯤일 겁니다."

"그럼 아직 시간이 남았네. 잠깐 도서관에 갔다 올게."

데미안은 재빨리 방을 빠져 나와 도서관으로 향했다. 멀리서 데미안이 오는 모습을 발견한 제크가 현관 밖에 나와 그를 맞이했다. 지난 3달 동안 데미안이 꾸준히 책을 빌려가 제크와도 상당히 친분을 쌓은 상태였다.

"데미안님, 또 책을 빌리려고 오신 겁니까?"

"응, 어제 빌린 책은 다 읽었거든."

"후후후, 데미안님은 제가 이곳에서 일한 후 가장 책을 많이 보시는 분입니다. 다른 분들 가운데는 단 한 번도 이곳에 오지 않고 졸업하는 분도 계시는데 말입니다."

제크의 칭찬에 데미안은 약간 양심의 가책을 느끼지 않을 수 없었다. 자신이 빌린 책 가운데 3분의 2 이상을 그저 글자만 보고 지나갔기에 내용은 전혀 기억하지 못한다는 사실을 그가 알면 어떤 표정을 지을까 궁금하기도 했지만 그렇다고 그런 얘기를 할 정도로 멍청한 데미안은 아니었다.

"제가 듣기에 오늘 파티가 있다는 말을 들었는데 준비는 안 하십니까?"

"준비는 뭘. 그냥 평소처럼 입고 가는 거지."

데미안의 말에 제크는 빙그레 미소를 지었다. 외모는 아름답고, 여린 소녀처럼 보이는 소년이, 애써 험한 모험을 꽤나 겪은 모험가처럼 말하려는 모습에 저절로 미소가 지어졌다.

"데미안님이 알고 계시는지 모르겠지만 왕립 아카데미의 본격적인 수업이 시작되는 것은 지금부터입니다. 지난 3개월 동안은 여러분께서 이곳을 생활에 적응할 수 있도록 편의를 봐준 시간에 불과합니다. 게다가 본격적인 수업이 시작되면 그 빡빡한 생활을 견디지 못해 스스로 그만두거나 탈락하는 사람도 생깁니다."

"탈락하는 사람도 있어?"

"그렇습니다. 본인이 선택한 과목 이외에도 필수적으로 공부를 해야 하는 과목도 있는데 성적이 부진하다면 탈락을 시키지요. 탈락한 사람은 자신뿐만 아니라 가문의 명예까지 더럽힌 것이 되니 그야말로 필사적으로 공부를 하게 됩니다. 만약 이미 탈락한 사람이 다시 한 번 탈락을 하게 되면 자동으로 퇴학 처리가 되고, 다시는 왕립 아카데미에 들어올 수 없게 됩니다."

데미안은 제크의 말에 깜짝 놀란 듯 물었다.

"그럼 이 왕립 아카데미에서 퇴학을 당한 사람이 있었단 말이야?"

"물론입니다. 해당 가문의 명예를 고려해 이름을 공개하지는 않았지만 꽤 여러 사람이 있었습니다. 해를 거듭하면 거듭할수록 규칙은 더욱 강화되고, 배워야 할 과목은 늘어납니다. 그러니 정신을 차리지 않으면 곤란한 경우에 빠질 수도 있다는 것을 잊지 마십시오."

제크의 친절한 설명에 데미안은 머리가 지끈거리는 것을 느꼈다. 왜 이렇게 공부에 연연하는 것인지 이해를 할 수 없었다. 물론 귀족의 자식들을 단순히 검술만 아는 칼잡이로 키우는 것이 아니라 사람들을 옳은 길로 이끌 수 있는 재능까지 키워주려는 의도는 충분히 짐작할 수 있다. 그러나 모든 사람의 소질이 똑같을 수는 없지 않은가?

자신과 같이 수업을 듣고 있는 폴이란 소년은 문학에 대한 소양은 훌륭하지만 검술에 대해서만큼은 여자들보다도 소질이 없었다. 그런 폴이 단지 검술을 익히지 못했기 때문에 바보라 취급되어 탈락한다는 말은 그야말로 말도 안 되는 소리였다.

자신만 하더라도 검술과 역사에서는 다른 소년들보다 낫지만 궁중 예절이나 문학, 음악, 철학, 정치, 외교 등은 한마디로 바다에 바닥을 기고 있지 않은가? 만약 앞으로 자신이 탈락에 탈락을 거듭해 퇴학을 당하게 된다면? 그 생각을 하는 순간 자렌토가 대련을 빙자해 자신의 머리를 향해 목검을 내리치며 통쾌해할 얼굴이 떠올랐다.

몸서리를 치는 데미안의 모습에 제크가 그를 위로했다.

"그렇지만 단 한 가지 예외가 있습니다."

"예외?"

"그렇습니다. 검술이 뛰어난 학생은 어떤 일이 있어도 퇴학을 당하지 않습니다. 오히려 조기 졸업을 해 기사단에 들어가는 경우도 적지 않습니다."

"그건 또 무슨 말이야?"

데미안의 물음에 제크는 자신이 이런 말을 해도 될까 생각을 했지만 곧 대답을 해주었다.

"데미안님도 트렌실바니아 왕국의 역사에 대해 알고 계시겠지만, 우리 나라는 루벤트 제국에게 영토를 빼앗긴 뼈아픈 아픔을 가지고 있습니다. 이런 상황에서 무엇보다 나라에 힘이 되는 것은 바로 기사들입니다. 기사가 뭡니까? 기사도를 지키며, 뛰어난 검술을 지닌 사람들이 아닙니까? 그들의 힘이 곧 나라의 힘, 즉 국력입니다. 그렇기에 이 왕립 아카데미에서도 공부를 잘하지 못해도 뛰어난 검술 실력을 가지고 있다면 구제하려고 하는 것이지요."

제크의 설명에 데미안은 이해를 한 듯 고개를 끄덕였다.

"그런 편법도 있었군."

"만약 과거 트레디날 제국 시절이었으면 말도 안 되는 소리죠. 따지고 보면 불행한 역사의 산물이라 볼 수도 있습니다."

"그건 그렇고 여기에는 왜 골리앗에 관한 책들이 하나도 없는 거지?"

대화를 나누며 걸음을 옮기던 제크의 발걸음이 갑자기 멈추었다. 잠시 데미안의 얼굴을 바라보던 제크가 그에게 물었다.

"그 말은 누구에게서 들으셨습니까?"

"아버지한테 들었는데, 왜?"

"골리앗에 관한 것은 톱 씨크릿Top Secret, 그러니까 국가 최고 기밀에 속하는 사항입니다. 그래서 그에 관련된 책이나 서류는 모두 왕궁에 따로 보관되고 있습니다. 물론 많은 사람들이 골리앗이 무엇인지는 알고 있지만, 정확한 수효나 규격, 종류에 관해서는 모르고 있습니다. 그러니 데미안님께서도 자연스럽게 골리앗에 관해 알게 되기 전까지 관심을 두지 마십시오. 데미안님이 적어도 소드 익스퍼트 중 상급의 실력을 가지기 전까지 골리앗과 인연이 닿을 일은 아마 없을 겁니다."

제크의 설명에 데미안은 묻고 싶은 것이 더 많았지만 잔뜩 굳어진 그의 얼굴을 보니 더 물을 수가 없었다. 그렇게 대화를 나누는 사이 두 사람은 3층에 도착을 했다.

데미안은 방명록에 이름을 쓰고, 책을 고르기 위해 서가로 갔다. 뒤에 따라온 제크가 말을 건넸다.

"며칠 전 약 천여 권의 책이 더 들어왔습니다. 데미안님께서 찾는 책이 있을지는 모르겠지만 한번 구경해 보시지요."

어차피 내용을 이해하면서 보는 책이 아니기에 사양하려고 했지만 제크는 벌써 그 자리를 떠나고 없었다. 어쩔 수 없이 뒤를 따르던 데미안은 미처 정리가 되지 않고 쌓여 있는 책 더미를 발견했다. 책들 가운데는 이미 데미안이 읽은 책들도 몇 권 끼여 있기는 했지만 대부분 처음 보는 책들이었다. 그 책 가운데에 이상한 글자로 쓰여진 책 한 권이 보였다. 천천히 책을 들어 제목을 확인하려고 했지만 난생처음 보는 글자라 도무지 뭐라고 써놓은 것인지 알 수 없었다.

"제크, 이게 대체 어느 나라 말이야?"

"글쎄요? 제 생각에는 전설에 전해지는 이스턴 대륙의 글 같은데 저도 확실한 것은 모르겠습니다."

제크의 대답에 데미안은 고개를 갸우뚱했다.

"이스턴 대륙? 그게 무슨 소리야?"

"데미안님은 혹시 이 뮤란 대륙이 처음 생길 때 신과 악마 사이에 커다란 싸움이 있었다는 것을 알고 계십니까?"

"들은 적이 있어."

"그 최후의 전쟁에서 신들은 막대한 피해를 입으면서도 악마들을 한곳에 몰아넣고 봉인하는 데 성공을 했습니다. 그리고는 그 땅을 뮤란 대륙에서 영원히 떼어놓는 데 성공했다고 전해지지요. 그것이 바로 이스턴 대륙입니다."

"그럼 뮤란 대륙에서 떨어져 나간 대륙의 일부가 이스턴 대륙이란 말이야?"

"그렇지는 않습니다. 정확하게 말하자면 최초의 뮤란 대륙은 두 개의 대륙이 이어진 형태였습니다. 지금의 뮤란 대륙과 뮤란 대륙의 3분의 1 정도 되는 크기를 가진 이스턴 대륙으로 이루어져 있었는데, 그 가운데 작은 대륙이 뮤란 대륙에서 떨어져 나갔고, 후일 세상 사람들이 편의상 그것을 이스턴 대륙이라고 부르게 된 것입니다."

제크의 대답을 들은 후 책의 겉장을 열어보았다. 빽빽하게 검은색으로 쓰여진 글자는 너무도 복잡한 모양을 하고 있었다. 자신이 아는 글자로 쓰여진 책을 봐도 눈이 저절로 감기는 불치의 병을 앓고 있는 데미안인데 만약 이 책을 본다면 1분이나 견딜 수 있을지 장담할 수 없었다.

"제크, 혹시 이 글을 번역할 수 있는 사람은 있을까?"

"제가 알기론 한 사람도 없는 것으로 알고 있습니다. 다만 언어학에 관련된 책을 찾아보면 어렵지만 일부는 해석을 할 수 있지 않을까 생각을 합니다만."

"알았어. 그럼 그 책들을 좀 찾아줘."

"그럼 내려가시지요."

다시 1층으로 내려간 데미안은 제크가 골라준 몇 권의 책을 가지고 자신의 방으로 돌아왔다. 헥터는 데미안이 오기를 기다리고 있다가 데미안이 몇 권의 책을 들고 들어오자 표정이 묘하게 변했다.

"아니, 웬 책을 그렇게 많이 가져오셨습니까?"

"응? 볼 책은 하난데 그게 이스턴 대륙에서 쓰던 글자라서 번역에 필요한 책까지 빌렸어."

데미안은 책을 내려놓으며 대답했다.

"파티 시간까지 얼마 남지 않았습니다. 어서 옷을 갈아 입으시고 참석할 준비를 하시지요."

헥터가 준비한 옷을 보니 역시나 자신이 이 왕립 아카데미에 입학하던 날 입었던 옷이었다. 데미안은 자신이 꼭 그 옷을 입어야 되는가에 대해 심각하게 고민을 했지만 그 생각은 길지 않았다. 파티 때 입을 옷보다는 자신이 가져온 책이 훨씬 궁금했기 때문이었다.

"헥터는 이스턴 대륙에 대해서 알아?"

"그저 이스턴 대륙 사람들의 검술이 뮤란 대륙의 검술과는 약간 다르다는 지식밖에 없습니다. 저희들은 검을 익히면서 마나를 느끼는 데 반해, 이스턴 대륙 사람들은 마나를 먼저 느끼고 검술을 배운다고 하더군요. 그러나 그 방식이 어떤 것인지는 전해지는 것이 없어 확실한 것은 알 수 없습니다."

"마나를 먼저 느끼고 검술을 배운다고?"

헥터의 말을 나직하게 중얼거리던 데미안은 자신이 네오시안과 처음 대결을 했을 때 그의 발목이 푸르스름하게 변하며 부딪힌 자신의 목검이 맥없이 부러지던 광경이 떠올랐다. 데미안은 그때의 일을 헥터에게 자세하게 말을 해주었다.

"그렇다면 그때 보르도 백작님이 마나로 발목을 보호하신 걸까?"

"데미안님의 예상이 아마 맞을 겁니다. 스컬러의 단계를 지나 익스퍼트의 단계에 들어서면 몸 속의 마나를 어느 정도 움직이는 것이 가능합니다. 해서, 자신이 원하는 부위로 보내어 그 부위를 바위처럼 단단하게 만들 수도 있습니다."

"그래?"

데미안은 알면 알수록 심오해지는 검술에 점점 주눅이 드는 것을 느낌과 동시에 꼭 이루고야 말겠다는 새로운 전의를 느꼈다. 그런 데미안에게 헥터가 말을 꺼냈다.

"데미안님, 어서 준비를 하시지요. 시간이 다되었습니다."

데미안은 내키지 않는 얼굴로 옷을 갈아 입었다. 그리고 헥터의 뒤를 따라 파티 장소까지 갔다.

파티 장소는 왕립 아카데미를 노블 칼리지와 매직 칼리지로 양분하는 숲의 중앙에 마련되어 있었다. 한낮의 뜨거운 열기가 아직 전해지고 있었지만 불어오는 바람에 그래도 땀을 식힐 만한 곳이었다.

원형으로 잘 닦여진 장소의 곳곳에는 어둠을 밝히기 위해 마법등(魔法燈)이 켜 있었고, 음식이 놓인 십여 개의 탁자가 줄지어 놓여 있었다. 저마다 화려한 옷으로 갈아 입은 소년들이 삼삼오오 짝을 지어 이야기를 나누고 있었고, 입학식 때 보았던 소년들의 모습도 군데군데 보였다.

왕립 아카데미에서 특별하게 초청한 궁중 악사들이 은은하게 연주하는 음악을 들으며 데미안이 등장하자 주위가 일순간 조용해졌다. 새하얀 예복을 걸친 붉은 머리 소년. 마법으로 타오르는 마법등의 은은한 불빛을 받으며 입장한 데미안의 모습은 그야말로 한여름 밤 꿈속에서나 만날 환상적인 모습이었다. 어색해하는 데미안 곁으로 다가온 율리앙과 엔쏘니는 환하게 웃으며 그를 반겼다.

"하하하, 데미안. 모두들 네 아름다운 미모에 반한 모양인데. 앞으로 너에게 사랑을 고백하는 놈이 나오면 어쩔래?"

"엔쏘니, 너!"

"아니야. 내가 보기에도 그런데 뭐. 이제서야 말하는 거지만 넌 날이 갈수록 아름다워지는 것 같아."

"율리앙, 너까지 이럴 거야?"

율리앙의 말에 데미안은 얼굴이 붉어졌다. 요즘 데미안을 괴롭히는 또 하나의 고민이 방금 율리앙이 말한 것이다. 심한 훈련을 하게 되면 자신도 아버지나 엔쏘니처럼 자신의 용모도 사내답고 당당하게 변할 것이라고 생각을 했는데 조금의 변화도 없었다. 몸에 약간의 근육이 붙기는 했지만 얼굴은 왠지 날이 가면 갈수록 여자 같아진다는 느낌을 버릴 수가 없었다.

그들이 그러는 사이 그들과 함께 공부를 하던 소년들이 우르르 몰려왔다.

"엔쏘니, 너 또 데미안에게 사랑의 고백을 하는 거야?"

"자식아, 미리 장미꽃이라도 준비를 해서 사랑의 세레나데를 불러도 될까말깐데 그렇게 뻣뻣해서야 어디 데미안이 너의 사랑을 받아주겠니?"

"그것보다 옆에 있는 율리앙부터 먼저 없애버리라고. 요즘 계속 데미안하고 붙어 있는 것이 상당히 수상해."

소년들의 떠드는 소리에 데미안이나 율리앙, 엔쏘니의 얼굴이 붉어진 것은 물론 옆에서 그들의 대화를 듣던 사람들까지 어리둥절하게 만들었다.

"그럼 쟤들 사귀는 사이야?"

"남자들끼리 사귀는 사이라니?"

"지저분한 녀석들."

지금 파티 장소에 모인 사람들은 몇 개의 그룹으로 나뉘어 있었다. 데미안 일행, 데미안과 비슷한 또래로 보이는 소년들, 그들보다 한두 살은 많아 보이는 소년들, 세 그룹의 소년들과 조금 떨어진 곳에 모여 있는 소년들, 피곤한 얼굴로 무질서하게 앉아 있는 청년들의 모습이 보였다. 데미안 일행을 제외한 다른 그룹의 소년들은 데미안 일행을 쳐다보며 낮은 음성으로 수군댔다. 그러는 사이 윈스턴과 교수들이 나타났고, 궁중 악사들의 음악도 그쳤다.

소년들이 나뉘어 서 있는 모습을 본 윈스턴은 속으로 가볍게 한숨을 쉬고는 말을 꺼냈다.

"여러분, 오늘은 올해 노블 칼리지와 매직 칼리지에 새로 들어온 신입생을 환영하기 위해 마련한 자리입니다. 또한 신입생 여러분은 먼저 들어온 선배와 서로 인사를 하는 자리입니다. 오늘 저녁은 부담없이 즐기고 내일부터 시작되는 새로운 일과에 충실해 주시기 바랍니다."

윈스턴의 말이 끝나자 궁중 악사들이 연주를 시작했다. 하인들은 뜨거운 김이 올라오는 음식과 술을 계속 날랐지만, 소년들 사이에는 어색한 기운만이 흘렀다. 떠들면서 음식을 먹는 사람들은 유일하게 데미안 일행들뿐이었다.

그들과 떨어진 곳에서 음식을 먹던 네오시안은 그 모습을 유심히 보고 있었다.

"원스턴 원장, 이번 신입생 가운데 재미있는 녀석이 들어왔더군."

"아! 데미안님을 말씀하시는군요."

"맞아. 그런데 그 녀석의 성적은 어떤가?"

"글쎄요, 뭐라고 한마디로 말씀드리기 힘들군요."

들고 있던 술잔을 내리며 그 말을 하는 원스턴의 표정을 본 네오시안은 궁금해했다.

"데미안님이 관심을 보이는 것은 검술과 역사뿐입니다. 나머지 수업은 듣는 둥 마는 둥하고, 궁중 예절 같은 시간에는 아예 들어가지도 않는다고 합니다. 망해버린 트레디날 제국의 궁중 예절을 배우느니 차라리 군대 예절을 배우겠다는 말까지 했다고 하더군요. 그렇다고 성격이 모났느냐 하면 그렇지도 않은 것 같습니다."

"재미있군."

잠시 숨을 돌린 원스턴이 말을 이었다.

"관심이 없는 부분에는 신경을 쓰지 않는 성격 탓인지는 모르지만 거의 모든 사람들과는 허물없이 잘 지내는 편입니다. 격식을 따지지 않는 성격 때문인지 제가 이 왕립 아카데미의 원장을 맡은 후 현재 데미안님이 있는 그룹만큼 허물없이 지내는 사람들은 아직 보지 못했습니다. 또 도서관 사서로 일하고 있는 제크의 말에 따르자면 데미안님은 거의 매일 책을 빌리러 온다고 합니다. 주로 군대와 검술에 관한 책이 전부이기는 하지만 말입니다."

"군대와 검술에 관한 책?"

"그렇습니다. 날마다 빌려간다는 말은, 다시 말하자면 그 안의 내용을 제대로 파악한 것은 아니라는 말이지 않습니까? 특히 검술 같은 경우는 3년 내내 한 가지 검술만 익힌다고 하더라도 완전히 익히는 것이 불가능할 텐데…… 그럼에도 불구하고 날마다 빌려간다니, 저도 데미안 싸일렉스님을 어떻게 판단해야 할지 모르겠습니다."

원스턴의 말에 네오시안도 궁금했다. 설마 책에 있는 그림만 보는 것도 아닐 테고, 어떻게 검술에 관한 책을 하루 만에 볼 수 있을까? 혹시 데미안은 엄청나게 기억력이 좋은 것은 아닐까? 그렇지만 설사 마스터에 해당되는 사람이라도 다른 사람의 검술 원리를 깨우치려면 적어도 한두 달 정도의 시간은 필요할 것이다. 그렇지만 지금 데미안의 검술 실력은 소드 스컬러에서도 초급 단계에 불과하지 않은가? 네오시안은 문득 데미안의 행동에 뭔가 의미가 있을 것이란 생각을 했다.

파티는 계속 진행이 되었고, 술의 힘 때문인지 처음 서먹서먹하던 분위기도 많이 사라졌다. 붉은 머리를 가진 아름다운 소년이 백작들 가운데에서 가장 뛰어난 검술 실력을 가지고 있는 싸일렉스 백작의 아들이라는 사실을 안 소년들은 슬금슬금 데미안 곁으로 다가가 그들이 나누는 대화에 끼여들곤 했다.

옆에서 주는 술을 사양하지 못하고 모두 받아 마신 데미안은 흠뻑 취하고 말았다. 다행히 준비된 술이 약했기에 망정이지 그렇지 않았으면 벌써 쓰러졌을 것이다. 만취한 데미안의 눈에 그들보다 약간 초라한 옷을 입고 있는 소년들이 보였다. 그들은 파티의 분위기와 전혀 어울리지 못하고 외곽의 나무 밑에 모여 앉아 음식을 먹고 있었다. 왠지 눈에 거슬리는 것을 느낀 데미안은 비틀거리는 걸음으로 그들에게 다가갔다.

붉은 머리 소년이 자신들에게 비틀거리며 다가오자 소년들은 흠칫 놀라며 불안한 눈으로 데미안을 바라보았다. 소년들이 자신을 두려워하는 빛을 보이는 것을 데미안은 이해할 수 없었다.

"어? 왜 그런 눈으로 날 보는 거지?"

그러나 어느 누구도 대답하지 않았다.

"이봐, 너희들, 매직 칼리지에 있어?"

"그렇습니다, 데미안님."

"엉? 너, 나 알아?"

"오늘 처음 뵙지만 데미안님의 말씀은 많이 들었습니다."

"내 말을 많이 듣다니?"

다른 소년들과는 달리 얼굴이 검고, 덩치도 커다란 소년이 자신을 안다고 하자 데미안은 어리둥절했다. 그러나 아무리 생각을 해봐도 상대에 대한 기억이 나지 않았다.

"저는 매직 칼리지에서 용병 훈련을 받고 있는 파이야라고 합니다. 가끔 저희를 지도해 주시는 보르도 백작님께서 말씀을 해주셔서 데미안님의 이름을 들었습니다."

털썩!

데미안은 흙바닥이건만 상관하지 않고 털썩 주저앉으며 파이야에게 다시 물었다.

"그래? 백작님이 뭐라고 하셨는데?"

"보기 드문 소질을 가진 데다 엄청나게 노력을 하신다고 말씀하셨습니다. 또, 저희들보다 훨씬 지체가 높으신 분께서도 그렇게 노력을 아끼지 않는데 저희들같이 멍청한 놈들이 노력도 하지 않을 거냐고 하셨습니다."

"헤에, 백작님이 그랬단 말이지. 나보고는 돌머리니 뭐니 하면서 매일 욕만 하더니 딴 곳에 가서는 그랬단 말이지?"

파이야의 말에 데미안은 만족스러운 미소를 지었고, 그 모습을 보고 있던 소년들은 귀족들에 대해 유난히 적개심을 가지고 있는 파이야가 오늘따라 너무도 얌전한 것에 몹시도 불안했다. 데미안은 취기를 느끼며 옆에 있던 나무에 비스듬히 기댔고, 파이야가 질문을 했다.

"진짜 데미안님은 마법과 용병 교육을 받으실 겁니까?"

"당연하지."

"데미안님 같은 분이 뭣 때문에 그런 것을 배우시려고 하시는 겁니까?"

파이야의 질문에 데미안은 취기와 함께 서서히 잠이 밀려오는 것을 느꼈다.

"첫째, 아함~ 나는 지금보다 훨씬 강해지고 싶으니까. 둘째, 아버지처럼 유명한 사람이 되고 아함~ 싶으니까. 그리고 셋째, 내가 강해지면 친구도 많아지고, 또 할 수 있는 일들도 많아질 테니까. 넷째, 아함~ 이 트렌실바니아 왕국이…… 다른 나라보다 작은 것이…… 신경질 나서…… 그리고……."

데미안은 미처 말을 다 마치지 못하고 잠에 빠져들었다. 잠시 후 연락을 받은 헥터가 와서 데미안을 데리고 갔고, 그때까지 파이야는 아무 말도 하지 않았다.

그 모습을 지켜보던 소년들 가운데 한 명이 물었다.

"파이야, 너 저분을 만나면 그냥 두지 않겠다고 했잖아? 그런데 왜 가만히 있었던 거야?"

"글쎄……."

비록 대답은 그렇게 했지만 파이야는 그 이유를 알고 있었다. 상대를 직접 만나보기도 전에 들리는 말만 듣고 상대를 자기 멋

대로 판단해 증오심을 불태운다는 것이 얼마나 어리석은 행동인가 하는 것을 확실하게 깨달았기 때문이다.

그 동안 보르도 백작이 데미안의 재능을 칭찬하는 말을 할 때마다 얼마나 약이 오르고, 질투심을 느꼈는지 말도 못 할 정도였다. 지난 3개월 동안 미워하는 감정이 차곡차곡 쌓여, 만약 만나기만 하면 그냥 두지 않겠다는 결심을 얼마나 했는지 기억도 나지 않았다. 그런데 막상 오늘 아무런 거리낌없이 자신에게 다가온 데미안을 보니 그 동안 자신이 얼마나 쓸데없는 생각을 했는지 깨달을 수 있었다. 파이야는 고개를 들어 술에 취한 흐느적거리는 소년들을 바라보았다.

"난 귀족들은 모두 똑같다고만 생각했었어. 그리고 지금도 그 생각엔 변함이 없어. 저기 저들만 봐도 그렇잖아. 이 파티에 참석한 우리를 마치 무슨 더러운 동물 보듯 누구 하나 다가올 생각을 하지 않잖아. 그런데 데미안님은 우리에게 스스럼없이 다가왔고, 그분이 다가오는 순간, 난 내가 무엇을 잘못 생각하고 있었는지 알 것 같다는 생각이 들었어."

"혹시 데미안님이 너무 아름답게 생겨 반해서 그런 생각을 한 것은 아니야?"

옆에 있던 소년의 말에 파이야는 피식 웃음을 터뜨렸다. 자신도 노블 칼리지에 여자보다 더 아름답게 생긴 데미안이란 소년이 입학했다는 소문을 들었지만, 설마 저렇게 아름다울 줄은 미처 생각지 못했었다.

"어? 파이야가 웃었어? 정말 오늘 놀랄 일만 생기는데."

"그러게. 너 혹시 데미안님 정말 좋아하는 것 아니야?"

다른 소년들의 짓궂은 질문에 파이야의 얼굴이 더욱 붉어졌다.

그 모습에 다른 소년들은 웃음을 참지 못하고 크게 웃었다. 소년들의 웃음 소리에 근처에 있던 노블 칼리지의 소년들은 조금 불쾌한 표정을 지었다.

"왜 매년 매직 칼리지에 있는 녀석들을 참석시키는 거지? 지저분한 것들과 함께 있으니까 우리까지 지저분해지는 것 같잖아."

"그러게 말이야. 윈스턴 원장에게 말해서 내년부터는 저 녀석들을 빼자고 건의해야겠어. 에이, 기분 잡치는데 우리 다른 곳에서 술 한잔 더 하자."

"그래, 가자."

십여 명의 소년들이 일제히 파티장을 빠져 나가자, 다른 소년들도 하나둘 파티장을 떠나버렸다. 노블 칼리지에 소속된 소년들이 파티장에서 모두 사라지자 궁중 악사들도 모두 일어나 버렸고, 파티 음식을 준비하고 나르던 하인들도 모두 떠나 파티장에 남은 사람은 파이야를 비롯한 몇 명의 매직 칼리지에 소속된 소년들뿐이었다.

갑자기 을씨년스럽게 변한 파티장의 한쪽에 앉아 있던 파이야가 조용한 음성으로 중얼거렸다.

"내일부터 마법과 용병 교육을 받기 위해 데미안님이 매직 칼리지에 오신다고 했으니, 그분에 대해 좀더 자세한 것을 알 수 있겠지. 우리도 그만 가자."

파이야와 소년들까지 떠나버린 파티장에 남은 것은 바닥에 떨어진 음식 찌꺼기와 미처 뚜껑을 덮지 못한 마법등뿐이었다.

제7장
신기한 마법 강의

데미안이 눈을 뜬 것은 새벽이었다.

심한 갈증을 느끼며 잠자리에서 일어난 데미안은 졸음이 가시지 않은 눈으로 주위를 둘러보다가 그곳이 자신의 방이라는 것을 깨달았다. 자신이 어떻게 자신의 방까지 왔는진 아무런 기억도 나지 않았다.

침대 옆에 놓인 컵에 물이 담겨 있는 것을 발견하고는 단숨에 들이켰다. 아직도 한낮에 달궈진 대지가 식지 않은 탓인지 불어오는 바람이 후끈하게 느껴졌다.

머리를 흔들어 정신을 차린 데미안은 자신이 어제 빌려온 책을 찾았다. 머리맡에 놓여 있던 〈뮤란 대륙에 전승되는 각국의 언어와 이해〉란 책을 집어 이스턴 대륙에서 사용되던 언어에 대해 찾아보았다.

그 책에 의하면 이스턴 대륙의 언어는 뮤란 대륙의 언어처럼 글자가 조합을 이루어 단어를 만들어 뜻을 전달하는 방식이 아니라 글자 하나하나가 나름대로의 뜻을 가지고 있다는 것이다. 글자의 수는 무려 12만 자나 되어 이스턴 대륙 사람들도 모두 그 글자를 알고 쓰지 못할 정도라는 사실도 알게 되었다. 데미안은 그 대목에서 어이가 없어 웃음을 지었다.

하여간 그 책에서 밝힌 이스턴 대륙의 글자가 모두 맞는다 하더라도 겨우 500여 자에 불과했다. 고개를 흔든 데미안은 다음 책을 집어 들었다. 〈고대어에 대한 이해와 해석〉이란 책은 그래도 좀 나아 1,500자 정도의 뜻을 해석해 놓았다. 차례로 책의 내용을 살피고 보니 중복되는 내용도 상당히 많았고, 결정적으로 문제가 되는 것은 모두 합쳐봐야 18,000자 정도에 불과하다는 것이었다.

12만 자 가운데 18,000여 자.

일단 데미안은 그 책의 제목을 적어놓고, 글자에 대한 해석을 적어놓은 책에서 그 글자가 뜻하는 바를 찾았다. 그러나 막상 적어놓고 보니 너무도 이상했다.

'地'는 '땅, 처지, 상황'이란 뜻이었고, '獄'은 '감옥, 소송, 죄의 유무를 판단해 단죄하는'이란 뜻이었다. 또 '二'는 '둘, 횟수로 두 번째', '刀'는 '칼, 작은 배, 돈의 종류', '流'는 '흐르다, 시간이 지나가다'라는 뜻이었다. 글자 하나마다 뜻도 하나가 아닌 여러 가지라 어떤 것이 맞는 뜻인지 명확한 판단이 힘들었다. 결국 데미안이 '地獄二刀流'란 그림 같은 다섯 글자를 가진 책자의 이름을 나름대로 조합을 해 몇 개의 문장을 만들었을 때는 이미 날이 환하게 밝았다.

그 가운데에서 가장 그럴듯한 문장은 '두 개의 칼로 상황에 따라 죄의 유무를 판단하는 흐름'이란 문장과 '시간과 상황에 따라

두 번 돈을 주는 소송'이란 아리송한 두 개의 문장이었다. 어느 것이 맞는 것인지는 모르지만, 일단 제목이라도 스스로의 힘으로 알아냈다는 사실에 데미안은 뿌듯한 생각이 들었다.

침실로 들어오던 헥터는 데미안이 벌써 일어난 것을 발견했다. 아니, 일어났을 뿐만 아니라 여러 권의 책을 뒤적거리며 열심히 뭔가를 하는 모습에 자신의 눈을 의심해야 했다.

"이렇게 이른 아침부터 뭘 하시는 겁니까?"

"헥터, 벌써 일어났어?"

"데미안님, 그 말은 제가 해야 할 말이 아닌가요?"

헥터의 말에 데미안은 자신의 뒷머리를 긁적였다. 헥터의 말처럼 아침마다 그가 깨우기 전에 데미안이 먼저 일어난 기적은 그동안 한번도 일어나지 않았다. 답변이 궁색해진 데미안은 자신이 나름대로 번역한 두 개의 문장이 적힌 종이를 헥터에게 보여주었다.

"헥터 생각에는 이 두 개의 문장 중에서 어느것이 맞을 것 같아?"

헥터는 데미안이 내미는 두 개의 문장을 받아 들고 나름대로 의미를 생각했다.

"글쎄요, 저도 이스턴 대륙에서 쓰던 글자는 아는 것이 없어서 뭐라고 말씀드리기는 그렇지만, 일단 데미안님이 번역하신 것이 정확하다면 검술에 관한 책이거나, 아니면 법률에 관한 책인 것 같습니다."

"헥터도 그렇게 생각하지?"

"그것보다, 아침에 데미안님의 교육 일정표가 전달되었습니다. 오전에는 마법과 용병 훈련, 오후에는 역사와 검술 훈련이라고 적혀 있던데 맞습니까?"

"어? 다른 과목들도 수강을 하겠다고 신청을 했었는데 그 과목은 왜 빠졌지?"

데미안의 태도에 헥터는 무슨 말을 해야 좋을지 몰랐다.

"데미안님, 물론 여러 가지를 배우는 것이 나쁘지는 않습니다. 그렇지만 그렇게 여러 가지를 배우게 되다 보면……."

"한 가지도 확실하게 익히지 못한다? 그 말을 하려고 그러는 거지. 걱정하지 마. 나도 그 정도는 알고 있으니까."

걱정을 하게 만들면서 걱정하지 말라고 자신만만한 미소를 짓는 데미안의 태도에 헥터는 그가 지금 무슨 생각을 하고 있는 것인지 그 속마음을 도저히 알 수 없었다.

"교육 일정표대로라면 오전에는 매직 칼리지에서 오후에는 노블 칼리지에서 교육을 받으셔야 합니다. 견디시겠습니까?"

"헥터도 알겠지만 난 따분한 것을 견디지 못하잖아. 그것보다 내가 궁금하게 생각하는 것은 용병 훈련은 대체 뭘 가르치나 하는 거야."

자신의 걱정에는 아랑곳하지 않고 오히려 질문을 하는 데미안의 모습에 헥터는 가슴이 답답해졌다. 때문인지 한숨이 저절로 흘러나왔다.

"휴우, 용병 훈련은 용병이 되기 위해 각종 무기 사용법, 간단한 응급 치료, 지형을 파악하는 방법, 정찰을 하는 법, 정보를 캐내는 법 등 여러 가지를 배우게 됩니다. 쉽게 말하자면 군대의 병사들이 받는 훈련을 일반인들이 받는다고 생각하시면 됩니다."

"그럼 차라리 군대에 들어가지 뭣 때문에 용병이 되려는 거야? 그게 훨씬 안전하지 않아?"

"그거야 물론 데미안님 말씀대로 군대에 있는 것이 훨씬 안전할지도 모릅니다. 그렇지만 병사들은 국가의 명령에 따라야 하니 행동의 자유가 없지 않습니까? 일단 군대에 소속되게 되면 자신이 마음대로 충성을 바칠 상대를 정할 수도 없고, 또 많은 돈을 벌 수 있는 기회도 없으니까요."

헥터의 대답에 데미안은 모든 것을 이해한 것은 아니지만 대략적인 뜻은 알 수 있었다.

"그럼 용병들은 모두 돈을 많이 벌어?"

"데미안님, 이 트렌실바니아 왕국에는 많은 백작들이 있지만 그 모두가 자렌토님만큼 검을 잘 쓰는 것은 아니지 않습니까? 물론 대부분의 용병들이 일반 병사들보다 많은 돈을 버는 것은 사실이지만 병사들보다 훨씬 위험한 생활을 하는 것도 사실입니다. 그러나 용병들 중에서 뛰어난 실력을 가진 사람은 그리 많지 않습니다."

고개를 끄덕이는 데미안에게 헥터가 말을 이었다.

"어서 준비를 하시지요."

"알았어. 그럼 헥터도 용병이야?"

데미안의 질문에 헥터는 잠시 움찔했다. 그러나 망설이지 않고 곧 대답했다.

"엄밀하게 따지자면 저도 용병이라고 할 수 있겠지요. 검술을 익혔고, 제 마음대로 데미안님을 주군으로 삼았으니까요."

그 말을 남기고 침실을 빠져 나가는 헥터의 모습에 데미안은 고개를 갸우뚱거렸다.

"나를 주군으로 삼다니? 그게 무슨 뜻이지?"

첫 번째 수업을 매직 칼리지에서 들어야 하기 때문에 데미안은 조금 빨리 기숙사를 떠났다. 어제 파티장에서 데미안의 얼굴을 본 소년들을 지나칠 때마다 소년들은 손을 들어 아는 체를 했다. 데미안도 손을 들어 답례를 하고는 숲을 통과해 매직 칼리지로 걸음을 옮겼다.

적은 인원을 대상으로 한 노블 칼리지와는 달리 매직 칼리지는 상대적으로 많은 인원을 상대로 하기에 건물들이 빽빽하게 들어서 있었다. 게다가 건물들 가운데에 위치한 유일한 훈련장에서는 소년들로부터 청년에 이르기까지 거의 100여 명에 달하는 인원들이 한참 검술 훈련을 받고 있었다.

데미안은 천천히 그들 곁을 지나며 그들이 훈련받는 모습을 살폈다. 노블 칼리지에서 자신들이 그래도 쉽고, 편안하게 받는 훈련에 비해 그들은 교관들에게 맞아가면서 배우고 있었다. 새파랗게 독기가 서린 눈으로 상대를 노려보면서 목검을 휘두르는 그들의 모습에 비하면 자신들이 받는 훈련은 거의 놀이라고 해도 과언이 아닐 정도였다.

데미안이 훈련받는 모습을 구경하고 있는 사이 중년 사내 하나가 다가왔다.

"오늘부터 마법과 용병 훈련을 받기로 하신 데미안님이 맞으십니까?"

고개를 돌리고 상대를 보니 마법사들이나 입는 회색의 로브 Robe를 걸친 날카로운 눈매의 사내였다.

"그렇습니다."

"저는 이곳 매직 칼리지에서 마법에 대한 강의를 맡고 있는 딜케라고 합니다. 윈스턴 원장님께 데미안님을 매직 칼리지로 안내

하라는 연락을 받았습니다."

딜케의 말을 들은 데미안은 다시 고개를 돌려 훈련에 열중인 학생들을 봤다.

"지금 받는 것이 용병 훈련입니까?"

"그렇습니다. 용병이 되겠다고 지원한 사람들을 훈련시키고 있는 중이지요. 3년 과정을 모두 마치게 되면 유능한 용병으로 다시 태어나게 되지요."

데미안은 훈련받던 소년들 가운데에서 커다란 체격의 파이야를 금방 발견했다. 그는 자신과 비슷한 덩치를 지닌 소년을 일방적으로 몰아 부치고 있었다. 딱딱하게 굳어진 얼굴을 한 그의 손에 들린 것은 비록 목검에 불과했지만, 진검(眞劍) 못지않은 날카로움을 가지고 있는 듯 보였다.

딜케는 훈련을 받고 있는 학생들과 데미안을 비교해 보고는 걱정스럽다는 표정을 짓지 않을 수 없었다. 세상의 밑바닥에서 출발해 용병이 되는 것에 목숨을 건 매직 칼리지의 학생들과 너무도 연약해 보이는 데미안이 어울려 훈련을 받는 모습은 상상하기도 힘들었다. 물론 자신도 데미안의 검술 실력이 상당하다는 소문을 듣기는 했지만 소문이란 항상 사실을 과장해 전해지는 것을 감안해 보면 데미안이 과연 용병 훈련을 견딜 수 있을까 하는 걱정이 드는 것은 그로서는 당연한 일이었다. 게다가 백작가의 아들인 데미안이 대체 무슨 이유로 스스로도 고생할 것이라는 사실을 뻔히 알면서도 용병 훈련이나 마법을 배우려고 하는 것인지 자신으로서는 도저히 이해를 할 수 없었다.

잠시 후 딜케는 데미안을 안내해 매직 칼리지에서 가장 커다란 건물로 안내했다. 지상 5층 높이로 지어진 건물은 짙은 회색으로 칠해져 있어, 왠지 칙칙하고 음산한 느낌을 주었다.

딜케가 데미안과 함께 도착한 곳은 회색의 건물에서도 가장 커다란 강의실이었다. 노블 칼리지에 있는 강의실에 비하면 거의 네 배에 달하는 크기를 가지고 있었다. 게다가 지금 마법 강의를 듣고 있는 학생수도 거의 300여 명에 달했다.

연한 회색의 로브를 걸친 학생들은 데미안이 딜케와 함께 들어오자 낮은 음성으로 옆 사람과 숙덕였다. 그러나 워낙 인원이 많았기 때문일까? 강의실 전체가 웅성거리는 듯했다.

"조용!"

딜케의 한마디에 강의실은 이내 조용해졌다. 싸늘하고 냉정한 눈으로 학생들을 바라보던 딜케가 데미안을 소개시켰다.

"여기 이분은 노블 칼리지에 계시는 데미안님이다. 오늘부터 너희들과 함께 마법을 배우시기 위해 오셨으니 많이 도와드리도록 해라. 데미안님, 마음에 드시는 자리에 앉으시지요."

딜케의 말에 학생들은 아무런 관심도 보이지 않았다. 아니, 데미안을 보는 그들의 눈길은 마치 풍경 속에 존재하는 나무나 돌을 보듯 아무런 감정도 섞여 있지 않았다. 데미안도 그런 학생들의 반응을 느꼈지만 순순히 앞에서 3분의 1 정도 되는 지점에 비어 있는 자리에 가서 앉았다.

데미안이 자리에 앉자 딜케가 강의를 시작했다.

"이번 시간부터 본격적인 마법 교육에 들어가겠다. 오토 라이터 Auto Write."

딜케의 짧은 시동어를 외치자 백묵이 천천히 떠오르며 칠판에 뭔가를 잔뜩 쓰기 시작했다. 그와 동시에 학생들은 열심히 필기를 시작했고, 데미안은 신기한 눈으로 혼자서 글을 쓰고 있는 백묵을 바라보며 딜케의 설명을 들었다.

"기초 교육 시간에 말한 바와 같이 마나는 세상에 골고루 퍼져 있는 가장 기본적인 힘이며, 또한 가장 강한 힘이기도 하다. 문제는 이 마나를 어떻게 이용하는가에 달렸다. 검사는 검으로, 마법사는 마법으로, 정령사는 정령으로 마나를 움직여 적을 상대한다. 이와 같이 마나는 보편적으로 세상에 존재하지만, 단지 눈에 보이지 않는다는 이유로 없다고 말하는 멍청이는 아마 아무도 없을 것이다. 이 세상에 존재하는 모든 물체는 마나를 만들어낸다. 다만 생물이 조금 더 많은 마나를, 무생물은 적은 마나를 만들어낸다는 차이가 있을 뿐이다. 너희들은 이 시간부터 균형을 이루고 있는 마나를 움직여 자신의 의도대로 통제하는 훈련을 해야 한다. 너! 마법을 사용할 때 절대 잊어서는 안 될 것에 무엇이 있느냐?"

"자신이 알고 있는 지식에 대한 확신, 반드시 할 수 있다는 자신감, 그리고 흔들리지 않는 마음입니다."

"그렇다. 언제, 어느 순간에도 흔들리지 않는 마음이 가장 중요하다. 자신감과 냉정함. 이것을 잊지 않는다면 너희는 장차 위대한 대마법사가 될 수도 있을 것이다. 지금 이 칠판에 적혀 있는 것은 마법의 주문 가운데 가장 기초라고 할 수도 있는 파이어 볼Fire Ball을 사용할 수 있는 룬어이다."

딜케는 파이어 볼에 대한 자세한 설명과 함께 시범을 보였고, 학생들은 나름대로 열심히 필기를 했다. 데미안은 난생처음 이상하게 생긴 룬어라는 것을 보았지만 그것보다 더 괴상하게 생긴 이스턴 대륙의 글자를 접했던 덕분인지 그렇게 이상하게 느껴지지는 않았다.

정작 데미안을 놀라게 한 것은 딜케가 '파이어 볼'이라고 시동어를 외치자 그의 오른손 손바닥 위에 어린아이의 주먹만한 불덩이가 생겨났다는 점이다.

난생처음 본 마법이기에 데미안의 감동은 이루 말할 수 없었다. 아무것도 없던 손에서 느닷없이 불덩이가 생기다니……. 아마 직접 자신의 눈으로 보지 못했다면 절대 믿을 수 없을 것 같았다.

딜케의 설명은 끝없이 이어졌고, 몇 가지의 간단한 마법의 룬어를 가르쳐 주었다. 데미안은 1시간 반이라는 시간이 어떻게 지났는지 몰랐다.

딜케가 수업을 마치고 강의실을 빠져 나가자 학생들도 삼삼오오 짝을 이루어 강의실을 나가며 그때까지 자리에 앉아 있는 데미안의 모습을 힐끔거렸다. 그때까지 딜케가 보인 시범의 황홀경에 빠져 있던 데미안에게 다가와 입을 여는 소년이 있었다.

"데미안님, 마법 수업을 받아보니 어떻습니까?"

옆에서 들려온 음성에 데미안은 고개를 돌려 상대를 확인했다. 평범해 보이는 얼굴에 이상하게 앞머리를 길게 기른 소년의 모습에 데미안은 고개를 갸웃거리며 대답했다.

"넌 혹시 어제 파이야와 함께 있었던?"

"기억력이 좋으시군요, 그렇게 술에 취해 계셨으면서도 제 얼굴을 기억하시다니. 제 이름은 슈벨만이라고 합니다."

"만나서 반가워."

데미안과 슈벨만은 강의실을 빠져 나왔다.

"그 동안 마법에 대해서 뭘 배웠어?"

"마법을 이루는 원리와 각종 이론, 그리고 주로 정신력 훈련이 전부였습니다. 그리고 마법의 언어인 룬어에 대해서 배웠습니다."

"룬어가 마법의 언어라고? 그럼 다른 말들로 하면 마법이 안 되는 거야?"

"그렇지는 않습니다만 다른 언어에 비해 룬어가 좀더 강력한 마법을 발휘할 수 있기 때문에 주로 룬어를 쓴다고 배웠습니다. 50자가 넘는 글자 하나하나의 뜻이 모두 틀리고, 또 조합을 이룰 수도 있기 때문에 상당히 복잡하지요."

슈벨만의 대답에 데미안은 갑자기 12만 자가 넘는 이스턴 대륙의 글자가 떠올랐다. 빙그레 미소를 짓는 데미안의 모습에 슈벨만은 영문을 몰라했다.

"그럼 마법에 관한 교육은 이게 다야?"

"마법에 관한 교육은 용병 훈련과는 달리 누가 강제로 시킨다고 할 수 있는 것이 아닙니다. 스스로 마나의 흐름을 느끼고, 그 흐름을 일정한 방식의 룬어로 이루어진 규칙에 따라 움직여야만 마법이 발생합니다. 그러기 위해서는 꾸준한 연습밖에 없지요. 그런 이유로 마법에 대한 교육 시간은 열흘에 한 번씩으로 잡혀 있습니다."

"그럼 열흘 동안에 딜케 교수가 가르쳐 준 것만 해내면 된다는 말이야?"

데미안의 어이없는 질문에 슈벨만은 한숨이 나왔다.

"휴우, 데미안님. 마법은 그렇게 쉽게 배울 수 있는 것이 아닙니다. 열흘이라는 시간이 주어졌다고는 하지만 과연 그사이에 딜케 교수님이 가르쳐 준 파이어 볼을 만들어낼 수 있는 사람은 아마 아무도 없을 겁니다. 가르치는 것은 딜케 교수님이지만 막상 그 마법을 성공시켜야 하는 것은 저희들 아닙니까? 재능이 없는 사람은 아마 평생이 걸려도 파이어 볼을 만들어내지 못할 겁니다. 저희가 그 마법에 성공하는 것이 열흘 후가 될지, 10년 후가 될지 아무도 모르는 일입니다."

슈벨만의 대답에 데미안은 딜케가 장난처럼 만들어냈던 파이어볼이 실제로는 얼마나 어려운 것인지 다시 깨달았다.

"그러니 하나의 마법에 대해서도 성공하는 시기는 제각기 다를 수밖에 없지요. 그렇게 차이가 점점 벌어지다 보면 결국 이 매직 칼리지를 졸업하는 사람과 남게 되거나 중간에 그만두는 사람이 생기게 됩니다. 그것이 다른 과정에 비해 마법에 대한 교육이 10년 동안 이루어지게 된 가장 큰 이유입니다."

슈벨만에 설명에 고개를 끄덕인 데미안은 자신이 궁금하게 생각했던 것을 물었다.

"그럼 딜케 교수는 몇 싸이클의 마법사야?"

"딜케 교수님은 궁정 마법사로 계시는 유로안 디미트리히님의 제자로 5싸이클의 마법사이십니다. 딜케 교수님의 외모는 40대로 보이지만 사실은 70이 넘으신 분이십니다."

"그럼 궁정 마법사라는 유로안 디미트리히란 사람은?"

"제가 들은 바로는 100세가 넘었다고 알고 있습니다."

"그래?"

대꾸를 하는 데미안의 얼굴에는 놀란 표정이 역력했다.

"저는 이쪽으로 가야 됩니다. 그럼 열흘 후에 뵙겠습니다. 데미안님께서 성공하시길 빌겠습니다."

"그래, 슈벨만도 꼭 성공해."

슈벨만과 헤어진 데미안은 매직 칼리지에서 하나뿐인 훈련장으로 걸음을 옮겼다.

용병이 되려는 사람은 너무 많고, 장소는 하나뿐이어서 어쩔 수 없이 사람들을 네 개의 조로 나눠 용병 훈련을 하고 있었다. 각조는 서로를 구분하기 위해 각자 독특한 문장(紋章)을 사용하는데, 후일 그들이 용병 학교를 졸업하고 세상에 나가서도 그 문장을 사용하는 경우가 다분히 많았다. 왕립 아카데미의 용병 학교를 졸업한 용병들은 실력도 실력이지만, 용병 학교를 졸업했다는 자부심을 과시하기 위해 일부러 문장이 그려진 갑옷을 입고 다니곤 했다.

데미안이 훈련장에 도착을 하자 데미안과 비슷한 또래의 소년들이 모여들었다. 조금 높게 만들어진 단상에는 네오시안과 십여 명의 용병 교관들이 근엄한 자세로 서 있었다.

100여 명에 달하는 소년들이 몇 줄로 집합을 하자 네오시안은 데미안에게 손짓을 했다. 데미안이 단상에 오르자 네오시안이 그를 소년들에게 소개했다.

"오늘부터 라이언조(組)에서 함께 훈련을 받을 데미안이라고 한다. 그가 비록 백작가의 자식이기는 하지만 여기서 훈련을 받을 때만큼은 너희와 똑같은 한 사람의 훈련생이다. 노예나 기사나 용병이나 모두 맞으면 아프고, 검에 찔리면 죽는다는 지극히 단순한 사실을 절대 잊지 마라."

데미안은 단상을 내려와 소년들의 무리에 합류를 했고, 네오시안은 말을 이었다.

"대략적인 기초 체력 훈련이 끝났다고 판단을 하고 오늘부터 본격적으로 검술에 관한 훈련을 시작한다. 먼저 공격에 대해 말을 하겠다. 이 트렌실바니아 왕국에는 헤아릴 수 없이 많은 검술이 있지만 결론적으로 말해 공격의 기본은 찌르기와 베기라고 말할 수 있으며, 또한 방어의 기본은 막기와 피하기라고 할 수 있다. 검술의 동작은 이 네 가지에 각자 나름대로의 경험을 합쳐 만들어낸 것이다. 그렇기 때문에 똑같은 검술을 배운다고 하더라도 개인의 경험에 따라 검술은 얼마든지 달라질 수 있는 것이다."

네오시안의 말에 소년들은 열심히 귀를 기울이며 그의 말을 머리에 새겼다.

"일단 가장 많이 사용하고, 기본이 되는 무기인 검을 이용해 훈련부터 시작하도록 하겠다. 오늘 배울 것은 베기와 막기에 관한 것이다. 일단 시범을 보도록 해라."

네오시안의 말이 끝나자 불그스름한 색을 띤 라이트 레더Light Leather를 입은 두 사람의 교관이 목검을 든 채 서로 마주보고 섰다. 그리고는 간단하게 몇 가지의 시범을 보였다.

"지금 본 것과 같이 베기에는 수직 베기와 수평 베기, 그리고 사선 베기로 나누어진다. 힘이 있다면 수직 베기와 사선 베기를, 그리고 동작이 빠르다면 수평 베기가 좀더 효과적인 공격 방법이 될 것이다. 오늘은 먼저 머리 부분에 대한 수직 베기를 배운다. 1, 3, 5, 7, 9열은 공격, 2, 4, 6, 8, 10열은 방어를 한다. 서로 마주보고 서라."

네오시안의 말에 소년들은 몸을 돌려 자신 앞에 선 상대를 바라보았다. 데미안도 몸을 돌려 상대를 확인하니 키가 190센티미터는 확실히 넘어 보이는 거구의 소년이었다. 데미안의 키도 170센티미터는 넘어 그리 작은 키가 아니었지만 눈앞의 소년과는 비교가 안 됐다.

"시작!"

네오시안의 커다란 음성에 홀수 열에 섰던 소년들이 상대를 향해 목검을 내리쳤고, 짝수 열에 있던 소년들은 목검을 수평으로 들어 공격을 막아냈다. 공격을 하지 않은 소년은 데미안 앞에 서 있던 소년뿐이었다. 커다란 손에 목검을 들고 소년은 안절부절못하고 있었다.

"왜 공격을 안 해?"

"저, 정말 공격해도 될까요?"

공격을 안 한 이유가 자신이 제대로 방어를 하지 못할 것을 염려했기 때문이라는 것을 눈치채고는 고개를 끄덕였다.

"걱정하지 말고 공격해."

데미안의 말에 소년은 염려스러운 표정을 풀지 않은 채 목검을 내리쳤다. 그러나 데미안은 이미 소년의 목검이 머리 위로 올라가는 순간 몸을 피했고, 소년의 목검은 허무하게 허공을 갈랐다. 자신의 목검이 몇 번이나 상대를 찾지 못하고 허탕을 치자 소년의 얼굴이 조금씩 붉어지며, 내리치는 속도가 점점 빨라졌다. 그러나 아무리 강한 공격이라도 맞지 않으면 소용이 없는 법이란 사실을 상대는 모르는 것 같았다.

소년의 공격이 빨라졌다고는 하지만 데미안으로서는 여유있게 피할 수 있을 정도밖에 되지 않았다. 따지고 보면 그 모든 것이 다 아버지인 자렌토의 무자비한 사랑(?)의 매로 단련된 육체 덕분이었다. 일방적으로 공격하고, 일방적으로 몸을 피하던 두 소년에게 네오시안이 다가왔다.

"잠깐!"

네오시안의 말에 두 소년은 그 자리에 멈춰섰고, 네오시안은 데미안에게 명령했다.

"내가 허락할 때까지 피하지 말고 정면에서 대결해라."

네오시안의 말에 거구의 소년은 회심의 미소를 지으며 자신이 들고 있던 목검을 고쳐 잡았다. 그리고는 데미안의 머리를 향해 힘껏 내리쳤다.

"야압!"

딱!

소년의 목검은 비스듬히 치켜든 데미안의 목검에 가로막혔고, 그 모습을 본 네오시안은 그 자리를 떠났다. 소년은 데미안이 자신의 공격을 쉽게 막아내자 재차 목검을 휘둘렀다.

데미안은 상대의 거구에서 뿜어져 나오는 힘을 당할 수는 없었지만, 목검을 들어 상대의 목검을 최대한 충격을 줄여 그런대로 막아낼 수 있었다. 아버지의 무지막지한 공격에 비하면 그래도 방어할 만했지만, 목검끼리 부딪칠 때마다 충격이 고스란히 전해져 손과 손목, 그리고 팔이 저렸다.

무려 1시간 동안 몇 번이고 공격과 방어를 반복한 훈련에 공격을 하는 소년들도, 방어를 하는 소년들도 모두 지쳐 흐느적거렸다. 힘이 드는 것도 드는 것이지만, 대지를 뜨겁게 달구는 태양의 열기에 지열이 올라오자 지금은 숨쉬기도 곤란할 지경이었다. 게다가 소년들이 움직일 때마다 매직 칼리지에 하나뿐인 훈련장에서 피어나는 흙먼지 때문에 소년들은 완전히 흙투성이가 돼버렸다.

"그만, 집합."

네오시안의 말에 소년들은 지친 몸을 이끌고 단상 앞에 집합했다. 흙과 땀으로 범벅이 된 채 숨을 몰아쉬는 소년들의 모습을 본 네오시안은 코웃음을 쳤다.

"겨우 이런 날씨에 1시간 움직였다고 그렇게 지친 거냐? 전쟁터에서 격전이 한번 벌어지게 되면 그야말로 며칠씩 피를 말리는 싸움을 하게 될 것이다. 그때도 이런 모습을 하고 적을 맞을 거냐?"

네오시안은 싸늘하게 말을 하고는 그대로 몸을 돌려 단상을 내려가 버렸고, 네오시안의 옆에 서 있던 40대로 보이는 근육질의 교관이 앞으로 나섰다.

"이 용병 학교에서는 지정된 교육 시간 이외에 다른 교육은 전혀 없다. 하지만 3년 동안 지정된 교육만 받으면 누구든 용병이 될 수 있을 거라는 말도 안 되는 멍청한 생각을 하는 놈은 아마 없을 거라고 생각한다. 그런 놈들을 이곳에서 졸업을 시킬 리도 없지만, 설사 졸업을 한다고 하더라도 이 험난한 세상에서 단 하루도 살아갈 수 없을 것이다. 살아남기 위해 스스로 무엇을 해야 할지 신중히 생각을 해라. 해산!"

교관의 말에 소년들은 흩어졌고, 데미안도 지친 몸을 이끌고 자신의 기숙사로 향했다. 그 모습을 지켜보던 교관들이 중얼거렸다.

"얼마나 갈까?"

"글쎄, 그래도 귀족가의 자식이라는 자존심이 있는데 한 달은 버티지 않겠어?"

"하지만 저 모습을 보면 한 달도 못 버틸 것 같은데."

"우리 내기할까?"

"나는 15일에 10골드 걸겠어."

"그럼 나는 한 달에 20골드."

"나도 15일에 10골드."

"난 두 달에 10골드."

"모두 그렇다면 난 졸업에 100골드를 걸지."

갑자기 들린 말에 교관들은 일제히 뒤를 쳐다봤다. 그곳에 이미 식사를 하러 갔다고 생각했던 네오시안이 데미안의 뒷모습을 바라보며 서 있었다.

"백작님, 그럼 백작님께서는 데미안님이 정말 용병 훈련을 모두 받아낼 것이라 생각하신단 말씀입니까?"

"그러니까 100골드를 건 것 아닌가?"

네오시안의 말에 교관들은 다시 데미안의 모습을 살폈지만 아무리 보아도 그가 용병 훈련을 모두 마친다는 것은 절대 불가능해 보였다.

데미안은 전신의 근육과 뼈가 비명을 지르며 서로를 죽이려고 난리를 부리는 환상 속에서 허우적거리며 지친 몸을 이끌고 자신의 방에 도착했다.

흙투성이가 된 자신을 보고 조금은 놀라는 표정을 짓는 헥터에게 괜찮다는 손짓을 하고는 반쯤 찬 욕조에 그대로 몸을 빠뜨렸다. 데미안의 몸은 강물에 빠진 돌멩이처럼 물 속에 빠졌고, 머리 위까지 물이 찼지만 고개를 들고 코를 물 밖에 낼 힘조차 없었다. 그렇게 데미안의 파란만장한 운명이 끝나려는 순간 헥터가 구원의 손길을 뻗었다. 그렇지만 데미안은 생명의 은인인 헥터에게 고맙다는 말조차 할 힘이 없었다.

헥터는 데미안의 흙투성이가 된 옷을 벗기고 물기를 닦아준 다음 그를 침대에 눕히고, 전신에 뭉친 근육을 주물러주기 시작했다. 얼마나 근육이 심하게 뭉쳤는지 헥터의 손길이 스치기만 해도 저절로 비명이 튀어나왔다(비명 지를 힘은 대체 어디서 났을까?).

"악! 헥터, 제발…… 으악! 살살 좀……"

그러나 헥터의 귀는 선택적 청취 기능을 가졌는지 데미안의 처절한 비명을 들은 척도 하지 않았고, 사정없이 데미안의 전신 근육을 주물렀다. 데미안은 너무나 고통이 심해 이제는 비명도 나오지 않았다.

'헥터가 나한테 평소 이렇게 불만이 많았던가? 불만이 있으면

말로 하지. 으윽! 설마 한스에게 무슨 비밀 지령을 받은 것은 아니겠지?'

데미안이 온갖 불길한 생각을 하는 동안 고통스럽게만 느껴졌던 전신의 근육이 조금씩 풀리는 것을 느꼈다.

똑똑—

누군가 방문을 두드리는 소리가 나자 헥터가 방문을 열었다. 그러자 로브를 걸친 이십대 후반으로 보이는 청년 하나가 서 있는 것이 보였다.

"여기가 데미안 싸일렉스님의 방이 맞습니까?"

"그렇습니다만?"

"저는 데미안님의 치료를 위해서 보르도 백작님이 보낸 사람입니다. 갑자기 격렬하게 움직여 상당히 고통스러울 거라고 백작님께서 그러시더군요."

"걱정해 주셔서 고맙습니다만 이미 제가 치료를 하고 있으니 괜찮을 겁니다."

"그럼 전 돌아가도 되겠습니까?"

"예, 여기까지 와주셔서 감사합니다. 백작님께 감사드린다는 인사를 전해주십시오."

"알겠습니다. 그럼 전 이만."

청년을 보내고 헥터는 다시 데미안의 마사지를 시작했다. 그러나 통증이 서서히 사라지자 이번에는 근육이 모두 이완이 돼버려 전혀 힘을 쓸 수 없었다. 그대로 잠을 잘 수만 있다면 더 이상의 소원은 없을 듯싶었다. 근육이 충분히 풀어진 것을 확인한 헥터가 조용한 음성으로 말했다.

"데미안님, 피곤하면 잠시 수면을 취하시면서 제 말을 들으십시오. 인간의 몸에는 알면 알수록 신비스러운 힘이 있습니다. 힘들고 고된 일이 반복되면 될수록 그 일을 견디기 위해 근육이 발달되고, 복잡한 생각을 항상 해야 하는 사람은 머리가 발달됩니다. 지금 데미안님께서 하시는……"

데미안은 헥터의 말을 끝까지 듣지 못하고 잠속에 빠져들었다.

뜨겁던 한여름의 열기도 사라지고, 가을이 겨울에게 쫓겨나 어느덧 달력은 12월 마지막 한 달을 남겨두게 되었다.

그 동안 데미안은 여전히 바쁜 나날을 보내고 있었다.

계속된 훈련 탓인지는 모르지만 데미안의 가냘팠던 몸에도 상당한 근육이 붙었다. 오전에는 용병 교육, 오후에는 검술 훈련, 그리고 저녁 시간에 개인적인 훈련까지 했다. 당연히 데미안은 매일매일 몹시 지쳐 잠자리에 들었고, 헥터는 밤마다 격한 훈련으로 뭉친 데미안의 근육을 풀어주는 서비스(?)를 해주어야 했다. 그렇지만 데미안의 실력이 착실히 늘고 있다는 것을 그의 근육을 통해 충분히 확인할 수 있었다.

그리고 데미안이 일전에 말했던 훈련 도구란 것이 어떤 것인지 확인할 수 있었다. 그것은 트렌실바니아 왕국에서 전해지는 검술 가운데 하나인 투 핸드 소드Two Hand Sword를 사용하는 검술을 배우기 전에 팔과 다리에 있는 근육의 힘을 키워주는 도구였다. 가죽의 외부에 붙은 주머니에 점차 추의 개수를 늘려 점차적으로 근육의 힘을 키우게 만드는 것이었다. 그 덕분인지 데미안의 팔과 다리 근육은 상당히 발달했다.

게다가 데미안이 저녁 시간 훈련용으로 쓰고 있는 검은 헥터가 보기에도 지나치게 무거웠다. 물론 헥터 정도가 되면 검이 제아무리 무겁다고 하더라도 별 상관이 없지만 확실히 데미안에게는 무리가 아닐 수 없었다. 헥터가 몇 번이나 데미안에게 충고를 했지만 데미안의 고집을 꺾을 수는 없었다. 하지만 그 덕분에 같이 검술 훈련을 받고 있는 노블 칼리지의 친구들이나 용병 훈련을 받고 있는 소년들 가운데 그의 일격을 막아내는 사람은 드물었다.

또 지난 5개월 동안 데미안에게 일어났던 변화 가운데 가장 커다란 변화라면 데미안이 파이어 볼과 몇 가지의 기초적인 마법을 사용할 수 있게 된 것이다. 물론 같이 마법을 배우는 사람들 가운데 그가 가장 빨리 터득한 것은 아니지만 단지 호기심 때문에 다닌다고 생각했던 사람들에게는 적지 않은 충격을 주었다.

3개월 전 저녁, 처음으로 데미안이 파이어 볼에 성공했을 때 그의 취급 부주의로 인해 기숙사에 화재가 발생하고 말았다. 같은 기숙사에 있던 소년들은 자다 말고 한밤중에 대피하는 소동이 벌어졌지만, 그 때문에 데미안의 친구들은 데미안이 마법까지 사용할 줄 안다는 사실을 알게 되었다.

그렇지만 데미안은 그때의 일로 마법의 사용에 대해 약간의 깨달음을 얻을 수 있었다. 그리고는 눈부신 속도로 1싸이클의 마법을 절반 가량 깨우쳤다. 그 속도에 마법을 가르치던 딜케 역시 놀랐다.

"데미안님, 또 늘리시는 겁니까?"

팔과 다리에 감은 가죽띠에 한 개씩의 철추를 넣던 데미안은 고개도 돌리지 않은 채 대꾸했다.

"12월까지 8개까지 늘리려고 했는데 이제 겨우 다섯 개야."

"그렇지만 무리하는 것은 그리 좋은 방법이 아닙니다."

"그건 나도 알아."

"그런데 데미안님께서는 왜 갑자기 강해지려 하십니까?"

천천히 긴 옷을 입어 가죽띠를 감추던 데미안은 이상하다는 듯 헥터를 바라보았다.

"그걸 왜 나한테 물어?"

"예?"

"헥터가 그랬잖아, 강한 자만이 정의를 실현할 수 있다고."

"그렇지만 데미안님께서는 검술 실력이 뛰어난 기사보다는 모든 사람과 친한 기사가 되고 싶다고 하지 않으셨습니까?"

"그거야 그렇지만, 사람들과 친하게 지내는 것은 내가 검술 실력이 뛰어나든 말든 아무런 상관도 없는 일이라고 생각해. 그리고 친한 사람을 위급한 상황에서 지켜주려고 해도 내가 검술 실력이 뛰어나지 못하면 소용없는 일이잖아. 그 동안 트레디날 제국의 역사를 배우면서 나름대로 느낀 건데, 역시 평화나 정의라는 것은 내가 가진 힘이 있을 때나 가능한 일이라는 것을 깨달았어. 남을 해치기는 싫지만 상대로부터 나와 나를 알고 있는 사람들을 보호하기 위해서는 역시 강한 검술을 익혀야 할 필요가 있을 것 같아. 그렇지만 무엇보다 가장 큰 이유는 검술 실력이 뛰어나면 다른 사람들보다 6개월 정도 빨리 졸업을 할 수 있기 때문이야."

데미안의 대답에 헥터가 다시 물었다.

"그거야 저도 들었습니다만 그것보다 데미안님은 왜 싸일렉스의 영지에서처럼 도망가실 생각을 하지 않으십니까?"

헥터의 말에 데미안은 과거 무참히 실패로 끝났던 자신의 탈출이 생각났다. 조금은 화가 난 음성으로 대답했다.

"내가 도망을 간다면 헥터는 가만히 있을 거야?"

"그야 물론 데미안님을 찾아야겠지요."

"결국 이곳에서 탈출해 봐야 헥터가 날 찾을 것은 틀림없는 일이고, 헥터를 이길 수 없는 한 다시 잡혀오겠지. 이제 그런 바보 같은 짓을 다시는 하지 않을 거야."

데미안의 대답에 헥터는 미소를 지었다.

"하지만 데미안님은 그런 바보 같은 행동을 싸일렉스에서 수십 번도 넘게 하지 않으셨습니까?"

"그, 그러니까 이제는 안 한다는 것 아냐! 차라리 착실하게 훈련을 받아 기사 시험을 통과하는 쪽을 택할 거야. 그래서 당당하게 이곳을 나가 세상을 구경할 거야."

대답은 한 데미안은 곧 방을 빠져 나갔다. 그리고는 매직 칼리지에 있는 훈련장으로 향했다. 데미안이 일찍 온 탓인지 라이언조의 소속된 소년들은 아직 보이지 않았다.

그 동안 라이언조에 소속된 소년들 가운데에서도 탈락자들이 생겨났다. 혹독한 훈련을 견디지 못한 소년들이 30명이나 스스로 포기를 하고 만 것이었다. 하지만 정작 교관들을 놀라게 한 사람은 탈락자들이 아니라 데미안이었다.

불과 얼마 가지 못할 것이라는 그들의 예상과는 달리 데미안은 누구보다 잘 견뎌냈다. 아니, 단순히 견뎌내는 것뿐만 아니라 오히려 그만두려는 소년들을 설득해 훈련에 참여하도록 하는가 하면, 교관들의 지시가 없어도 스스로 훈련량을 설정해 훈련에 열중하곤 했다. 그런 모습을 자주 본 탓인지는 몰라도 라이언조에 소속된 소년들 역시 하나둘 변하기 시작해 데미안과 보조를 맞춰 훈련을 하곤 했다. 데미안은 여전히 그들과 스스럼없이 지냈다.

노블 칼리지에 소속된 데미안의 친구들이 주로 검술에 대해 훈련을 받는 것과는 달리 용병 훈련을 받는 소년들은 실전을 방불케하는 훈련으로 실력을 늘리고 있었다.

날씨도 조금씩 쌀쌀해졌고, 기본적인 공격과 방어를 소년들이 어느 정도 습득을 하자 본격적으로 용병들에게 필요한 교육을 시켰다. 각종 무기를 다루는 법이나 적진에 침투할 때의 요령, 개인을 상대할 때나 다수를 상대할 때의 대처 방법 등 그들이 배워야 할 교육은 끝이 없었다.

데미안이 간단히 몸을 풀고 있을 때 그에게 다가오는 사람이 있었다. 건장한 체격을 한 사람은 다름아닌 파이야였다.

"데미안님, 그 동안 안녕하셨습니까?"

"어? 파이야, 웬일이야?"

"훈련장에 데미안님의 모습이 보여서 나왔습니다."

"그래? 참, 파이야가 얼마 전에 와이번Wyvern조의 조장이 되었다면서? 정말 축하해."

"고맙습니다. 그렇지만 데미안님도 라이언조의 조장이 되시지 않으셨습니까?"

"아니야, 그렇지 않아. 파이야는 실력으로 조장이 되었지만 난 사람들이 봐줘서 된 거야."

데미안의 말에 파이야는 가볍게 웃었다. 데미안의 검술 실력은 이미 용병 훈련을 받고 있는 용병 후보생들 사이에 소문이 자자했다. 몸놀림이 몇 달 전보다 조금 둔해지기는 했지만 대신 힘이 좋아서 맞상대를 할 수 있는 사람이 거의 없다는 것이었다. 게다가 지구력까지 몰라보게 늘어 가장 격렬하게 움직이는 사람도 데미안이지만, 훈련을 마친 후 가장 멀쩡한 사람도 데미안이라는 소문을 파이야도 들었던 것이다.

언제나 미소를 잃지 않는 데미안을 볼 때마다 파이야는 그의 미래는 어떨까 하는 생각이 들었다. 그렇지만 데미안은 더욱 사내답게 변한 파이야의 모습을 부러운 듯이 바라봤다.

"다른 사람들이 오기 전에 간단하게 대련을 해볼까?"

"저와 말입니까?"

"그래. 와이번조에서 가장 실력이 뛰어나다는 파이야가 어떤 실력을 가지고 있는지 정말 궁금했거든. 사람들이 오기 전에 한번 겨뤄보자고."

데미안의 말에 파이야도 흥미가 생겼다. 자신도 소문으로만 들었던 데미안의 실력이 궁금했다. 두 소년은 곧 목검을 들고 3미터 정도 떨어진 곳에서 서로를 바라보았다. 먼저 공격을 시작한 사람은 데미안이었다.

"조심해."

데미안의 목검은 빠른 속도로 파이야의 머리를 향해 날아갔고, 파이야는 목검을 들어 데미안의 공격을 흘리고는 오히려 그의 옆구리를 공격했다. 파이야의 동작이 자신의 생각보다 훨씬 빠른 것을 안 데미안은 재빨리 목검을 내려 파이야의 목검을 막아냈다. 그러나 파이야의 힘은 보통이 아니었다.

데미안은 어쩔 수 없이 조금 뒤로 물러서야 했고, 파이야는 그 틈을 놓치지 않고 데미안을 밀어붙였다. 힘으로는 파이야에게 대항할 수 없다는 것을 깨달은 데미안은 그 자리에서 몸을 회전시켜 왼쪽 팔꿈치로 파이야의 턱을 노렸다. 자신의 목검이 데미안의 목검에 가로막혀 뺄 수 없다는 것을 재빨리 확인한 파이야는 뒤로 물러서는 쪽을 택했다.

왼쪽 팔꿈치 공격이 실패를 했을 때를 대비해 오른쪽 무릎 공격까지 준비했던 데미안은 상대가 뒤로 물러서자 아쉬운 생각을 하며 목검을 치켜들었다.

두 소년이 대결을 하고 있는 사이 이미 훈련을 마친 와이번조의 훈련생들과 라이언조의 훈련생들이 몰려들어 손에 땀을 쥔 채 그들의 대결을 지켜보았다.

슬쩍 주위를 살핀 파이야는 곤란한 표정을 지었으나, 데미안은 마치 그런 사실을 모르는 사람처럼 파이야의 눈을 쳐다보고 있었다. 파이야는 그런 데미안의 집중력을 인정하지 않을 수 없었다.

"야압!"

역시 먼저 공격을 한 사람은 데미안이었다. 비스듬히 사선으로 내리치는 데미안의 공격에 파이야는 황급히 목검을 들어 데미안의 공격을 흘리면서 그대로 수평 베기로 데미안의 어깨를 노렸다. 그러나 데미안은 재빨리 그 자리에 주저앉아 파이야의 공격을 피함과 동시에 그의 허벅지를 노렸다. 데미안의 공격이 너무 빨라 피하기 힘들다는 것을 노린 파이야는 피하는 대신 데미안의 어깨를 노리고 재차 내리쳤다.

"멈춰!"

갑자기 들린 음성에 데미안이나 파이야뿐만 아니라 그 자리에 모여들었던 훈련생 전원이 고개를 돌렸다. 단상 위에는 언제 나타났는지 네오시안이 십여 명의 교관들과 함께 근엄한 자세로 서 있었다.

"데미안과 파이야는 단상 앞으로 뛰어와라."

네오시안의 냉랭한 음성에 두 사람은 뛰어갔다. 두 사람의 모습을 노려보듯 쳐다본 네오시안이 두 사람을 꾸짖었다.

"너희들은 절대 개인적으로 대련을 하지 말라는 본인의 지시를 어겼다. 그러므로 이번 교육 시간이 끝날 때까지 훈련장 주위를 뛰어라. 그리고 나머지는 집합해라."

 네오시안의 말에 데미안과 파이야는 훈련장 주위를 뛰기 시작했고, 나머지 훈련생들은 주눅이 든 표정으로 서 있었다.

"내가 너희들에게 대련을 하지 말라는 이유는 어설픈 공격과 방어를 익힌 상태에서 대련을 하게 되는 경우 심한 상처를 입을 수 있기 때문이다. 순간적인 유혹을 참지 못하는 놈은 용병이 될 자격도 없다. 내년 5월까지 개인적인 대련은 엄격하게 금지한다. 와이번조는 해산을 하고, 라이언조는 훈련 대형으로 집합해라."

 네오시안의 말이 끝나자 와이번조에 소속된 훈련생들은 일제히 자신들의 숙소를 향해 뛰어갔고, 나머지 훈련생들은 일사분란하게 훈련대형으로 집합해 훈련을 받기 시작했다.

"데미안님, 죄송합니다."
"뭐가?"
"저 때문에 기합을 받게 돼서 말입니다."
"쓸데없는 소리하지 마. 괜히 내가 파이야에게 대련을 하자고 해서 이렇게 된 거잖아. 내가 더 미안하지. 그건 그렇고 파이야는 정말 강한 것 같아."
"그렇지 않습니다. 전 데미안님의 공격을 막지 못했지 않습니까?"
"결과적으로 보면 파이야는 다리에 부상을 입겠지만 나는 오른쪽 어깨에 부상을 입어 더 이상 검을 들고 싸우지 못했을 테니까 내가 패배한 거야."
"데미안님의 그 말씀은 승복할 수 없습니다. 이번 대결은 제 패배입니다. 만약 우리가 들고 싸운 것이 목검이 아니라 진검이었다면 저는 결코 반격을 할 엄두도 내지 못했을 겁니다."

"그렇지 않다니까."

데미안과 파이야는 훈련장 주위를 뛰며 열심히 상대가 승리했다고 주장을 했다. 단상 위에서 그 모습을 지켜보던 여러 교관들도 의견이 분분했다.

"이번 대결은 아슬아슬하게 파이야의 승리인 것 같잖아?"

"넌 그걸 눈이라고 달고 있냐? 데미안님의 공격이 먼저였잖아. 파이야는 자포자기하는 심정에서 목검을 휘두른 것이고."

"너야말로 얼굴에 가죽이 모자라서 뚫어놓은 건 아니고? 데미안님은 어깨 부상, 파이야는 허벅지 부상. 결과는 누가 생각해 봐도 파이야의 승리잖아."

"넌 용병 생활을 도박으로 땄냐? 목검이 아니라 진검이었다면 당연히 데미안님의 승리가 맞아."

"승부에 만약이라는 것이 어디 있어?"

교관들이 떠드는 소리를 들으며 네오시안은 열심히 뛰고 있는 데미안과 파이야를 바라봤다. 확실히 근래 몇 개월 사이에 데미안은 스피드가 떨어진 것은 사실이었다. 그런 반면 힘이나 지구력만큼은 눈에 띌 정도로 늘었다. 이런 추세라면 파이야에 비해 부족한 힘도 곧 따라잡을 것이고, 본격적인 훈련이 시작되는 몇 개월 후엔 두 사람이 또 어떻게 변한 모습을 보일지 네오시안도 궁금했다.

제8장
두 개의 칼을
사용하는 지옥의 검술

 오후에 있는 노블 칼리지에서의 검술 훈련까지 마친 데미안은 피곤에 지친 모습으로 숙소로 돌아왔다.
 네오시안의 검술 훈련은 일정한 형식을 가진 공격과 방어를 반복해서 익히도록 하고 있었다. 찌르고, 돌아서 내리치고, 회전을 이용해 다시 내리치고, 검을 들어 막고, 다가서며 다시 찌르고…….
 본격적인 검술 훈련이 시작되면 보통이 아닐 것이란 제크의 말처럼 노블 칼리지에서의 훈련도 보통이 아니었다. 세상에 태어나 고생이라고는 단 한 번도 해보지 않았던 귀족가의 자식들이 목검을 잡은 손에 몇 번이나 허물이 벗겨지는 경험을 했으니 그들이 느끼는 고통이 얼마나 심한지는 묻지 않아도 알 만한 일이었다.
 그럼에도 불구하고 묵묵히 훈련을 받는 이유는 순전히 데미안 때문이었다. 오전에 용병 훈련, 오후에 검술 훈련, 저녁에는 개인 훈련까지 하는 데미안 앞에서 어떻게 힘들다는 말이나 고생스럽다는 말을 할 수 있겠는가? 때문에 처음에는 데미안을 원망도 했지만 나날이 자신들의 실력이 느는 것을 확인하고는 개인 훈련을 하는 사람들까지 생겨났다. 그로 인해 노블 칼리지에 있는 귀족가 자제들의 검술 실력도 날이 갈수록 빠르게 늘었다.

데미안은 헥터가 미리 받아둔 뜨거운 물에 몸을 담그며 전신에 쌓인 피로를 풀었다. 뭉쳤던 근육이 풀리며 기분 좋은 피로감이 몰려왔다. 확실히 몇 개월 전 처음으로 훈련을 시작했을 때보다는 훨씬 견딜 만했다. 처음 싸일렉스를 떠나올 때와는 달리 힘과 근육도 상당히 늘었다는 것을 데미안 스스로도 느끼고 있었다.

전신의 물기를 대충 닦은 데미안은 저녁 식사가 시작되기 전에 도서관을 다녀와야겠다는 생각에 침대 옆 테이블에 쌓여 있는 책들을 보았다.

지난 5개월 동안 그가 이룬 학문적(?) 업적이 있었으니, 그것이 바로 이스턴 대륙의 문자로 적혀 있던 책의 번역을 모두 끝냈다는 것이다. 〈두 개의 칼로 상황에 따라 죄의 유무를 판단하는 흐름〉이라는 긴 이름의 책에 쓰여 있던 것은 데미안과 헥터의 판단처럼 검술에 관한 책이었다. 그러나 번역이 이루어진 부분은 전체 가운데 3분의 2에 불과했고, 한 문장의 해석조차 완전히 이루어진 것이 없었다. 데미안이 그 책에서 밝혀낸 사실 중에서 가장 특이한 부분은 바로 두 자루의 검을 사용한다는 사실이었다. 검형(劍形)에 대해서는 완벽한 해석이 이루어지지 않아 자세한 것은 알 수 없지만 두 자루의 검을 이용해야 한다는 사실에 데미안은 흥미를 느꼈다.

　물론 트렌실바니아 왕국에서도 두 자루의 검을 쓰는 검술이 없는 것은 아니었다. 그렇지만 두 자루의 검이라고 해봐야 크기와 무게가 비슷한 검을 사용하는 검술인 데 반해 그 책에서 밝힌 내용은 달랐다. 크기가 서로 다른 두 자루의 검을 이용해 공격과 방어를 한다는 것이었다. 게다가 두 손을 번갈아 사용해야 한다는 대목에서는 데미안도 쉽게 이해를 할 수 없었다.

　바스타드 소드는 물론 한 손으로 이용할 수도 있고, 두 손으로 이용할 수도 있다. 그렇지만 오른손잡이가 왼손잡이처럼, 아니면 왼손잡이가 오른손잡이처럼 손을 사용할 수는 없지 않은가? 태어나면서부터 사용하던 손인데 어느 날 갑자기 손을 바꿔서 사용한다는 것이 절대 쉬운 일은 아니다.

　데미안도 몇 번이나 개인 훈련 때 손을 바꿔 검을 휘둘러보았지만 어색한 느낌을 버릴 수 없었다. 그래서 그 훈련은 거의 포기하고 있었는데 오늘 낮에 있었던 파이야의 대련에서처럼 만약 오른손이나 오른쪽 어깨에 부상을 입는다면 적에게 꼼짝없이 당할 수밖에 없다는 점을 깨달으며 그 훈련을 다시 시작할 마음을 먹었다.

　서너 권의 책을 들고 나선 데미안은 도서관 앞에서 기지개를 켜고 있는 제크를 만났다. 제크는 데미안의 모습을 발견하고는 반갑게 맞았다.

　"데미안님, 어서 오십시오."
　"제크, 잘 있었어?"
　"책을 반납하러 오신 겁니까?"
　데미안이 고개를 끄덕이자 제크가 물었다.

"데미안님, 그 책의 번역은 잘되십니까?"

"아니, 아는 글자가 워낙 없다 보니 제대로 문장이 만들어지지 않아. 아직 무슨 뜻인지 잘 모르겠어."

"데미안님, 실은 이번에 들어온 책 가운데 이스턴 대륙의 글자에 대한 새로운 해석이 적혀 있는 책이 있더군요."

"그래? 어서 그 책을 보여줘."

"절 따라오시지요."

제크는 데미안을 상당히 많은 책들이 쌓여 있는 곳으로 안내를 했다. 그리고는 그 책들 가운데에서 한 권의 상당히 두꺼운 책을 꺼내 데미안에게 내밀었다. 제크에게서 책을 받아 든 데미안은 천천히 내용을 살폈다. 그리고 얼마 지나지 않아 그의 얼굴에는 환한 웃음이 떠올랐다.

그 책은 상당히 오래 전에 만들어진 듯 보였는데, 특히 눈에 띄는 것은 다른 책들이 글자 하나하나를 해석한 데 반해 이스턴 대륙의 글자도 하나나 둘, 또는 서너 개의 글자가 모여 단어를 이룰 수도 있다는 획기적인 사실을 밝혔다는 점이었다. 그럼으로써 글자 본래의 뜻과는 상관없이 전혀 다른 해석도 가능하다는 주장을 한 것이다. 그 말에 데미안은 왠지 가슴이 두근거리는 것을 느꼈다.

"그 책을 쓴 사람은 500년 전에 고고학자로 명성을 날렸던 베카인이라는 사람입니다. 그렇지만 그 책을 무단으로 유포한 죄 때문에 학계에서 쫓겨났고, 결국 비참하게 생을 마감했다고 전해집니다. 그 책의 가치가 확실하게 증명되지는 않았지만 데미안님께 도움이 되었으면 좋겠습니다."

"제크, 정말 고마워."

데미안의 말에 제크는 빙그레 미소를 지었다.

자신의 나이도 그리 많은 편은 아니지만 데미안처럼 기꺼이 도움을 주고 싶은 사람은 만나보지 못했다. 무슨 이유로 이렇게 자주 책을 빌리는 것인지는 모르지만, 데미안이 지금 뭔가를 위해 노력을 아끼지 않고 있다는 사실만은 확신할 수 있었다. 그렇기에 아무런 대가도 바라지 않고 순수한 마음으로 기꺼이 돕고 싶은 마음이 든 것이다. 제크가 데미안을 볼 때마다 느끼는 생각이었다.

제크의 배웅을 받으며 데미안은 뛰는 듯한 걸음으로 자신의 방으로 향했다. 그리고는 책의 제목을 확인했다. 〈이스턴 대륙에서 사용했던 글자에 대한 새로운 해석〉이라고 쓰여 있는 겉장을 넘기고 먼저 '地獄二刀流'란 단어를 찾아보았다.

상당한 시간이 지나서야 데미안은 제목이 '地獄', '二', '刀', '流' 란 네 개의 단어로 이루어졌다는 것을 알 수 있었다. '地獄'은 트렌실바니아 왕국의 언어로 지옥을 나타내는 Hell이란 단어의 뜻과 비슷했고, '二'는 둘이란 숫자를 뜻하는 Two, '刀'는 칼을 나타내는 Sword, '流'는 특정 가문에서 만들어 낸 기술을 뜻하는 글자라는 것을 알게 되었다. 다시 한 번 정리를 하고 보니 '두 개의 칼을 사용하는 지옥의 검술'이라는 으시시한 이름으로 해석이 되었다.

대체 어떤 검술이기에 지옥의 검술이라는 말을 사용했는지 정말 궁금했다. 그때부터 데미안은 그 책의 해석을 새로 시작했다. 우선 자신이 얼마 전 해석해 놓았던 부분과 막상 비교를 해보니 운 좋게 맞은 곳도 있었지만, 대부분 황당하기 이를 데 없는 해석을 해놓은 곳이 많았다. 하나 그 책으로도 완전한 해석은 불가능했다. 그래도 한 가지 다행스러운 점은 책의 전반부를 거의 해석할 수 있었다는 점이다.

두 검을 사용하는 방법은 자신의 예상대로 왼손의 사용이 필수적이었다. 물론 그러기 위해서는 오른손으로 바스타드 소드를 휘두를 수 있는 것도 중요하지만, 왼손의 감각을 오른손만큼 단련시키는 것이 우선이었다. 허공에 몇 번인가 왼손을 뻗어보았지만 어색한 느낌을 피할 수 없었다.

몇 번 더 손을 뻗어본 데미안은 극도의 피곤을 느끼며 그대로 테이블에 엎드려 잠이 들어버렸다. 조금의 시간이 흐르고 헥터가 침실에 들어왔다. 데미안을 침대에 누이고는 뭉쳐 있는 근육을 풀어주었다.

데미안은 훈련을 시작하고 한동안은 극심한 근육통 때문에 밤에 전혀 잠을 이루지 못했다. 물론 데미안이 편안하게 잠을 잘 수 있도록 조치를 취한 사람은 헥터였지만, 그것도 여러 달 지나면서 처음과 같이 근육통에 시달리는 일은 일어나지 않았다. 그러나 누적된 피로감 때문에 힘들어하기는 마찬가지였다. 그때마다 헥터는 데미안의 피로 회복을 위해 자신의 마나를 이용해서 데미안의 근육을 풀어주었다.

편안한 얼굴로 잠이 든 데미안을 보고는 방을 빠져 나온 헥터는 기숙사 뒤편에 있는 작은 공터로 걸음을 옮겼다. 그곳은 노블 칼리지의 학생들이 휴식을 취할 수 있도록 몇 가지 편의 시설—분수대와 벤치, 그리고 음료수를 준비해 놓은 곳이 있었다—이 수십 그루의 나무들 사이에 있었다. 사방 십여 걸음쯤 되는 공터의 중앙에 선 헥터는 천천히 자신의 바스타드 소드를 꺼내 들고는 지그시 전면을 노려보며 눈을 가늘게 떴다. 그리고는 폭발적인 움직임을 보이며 전면을 향해 바스타드 소드를 휘둘렀다.

대기가 무섭게 파동을 일으켰고, 주위의 나무들이 마치 갈대가 흔들리듯 힘없이 흔들렸다. 헥터의 몸에서 눈에 보이지 않는 무엇인가가 무서운 속도로 뿜어져 나와 주위를 휩쓸어 버린 것 같았다. 긴 호흡과 함께 바스타드 소드를 거두어들이던 헥터의 행동이 갑자기 굳어지며 긴장한 얼굴을 보였다. 그리고는 재빨리 뒤로 돌아섰다.

"누구냐!"

그의 말이 끝나기 무섭게 시커먼 그림자 하나가 헥터에게 달려들었고, 그림자의 손이라고 생각되는 부분에는 날카로워 보이는 롱 소드가 들려 있었다. 새파랗게 빛나는 롱 소드를 발견하는 순간 헥터는 상대가 자신과 비슷한 경지에 도달한 소드 익스퍼트라는 것을 깨달았다. 재빨리 자신의 바스타드 소드에 마나를 주입해서는 그대로 부딪혀 갔다.

쾅!

도저히 검과 검이 부딪쳐서 발생한 소리라고는 믿을 수 없는 소리가 밤하늘에 울려퍼졌고, 깊은 잠속에 빠져들던 기숙사가 깨어나며 주위가 환하게 밝아졌다.

헥터는 뒤로 한걸음 정도 물러선 채 여전히 바스타드 소드를 가슴 앞에 세우고 있었고, 상대 역시 롱 소드를 든 채 뒤로 한걸음 물러서 있었다. 조금의 여유를 찾은 헥터는 상대의 얼굴을 먼저 살폈다. 그런데 뜻밖에 상대는 네오시안 드 보르도 백작이 아닌가?

"저를 공격하신 이유가 뭡니까, 백작님?"

헥터의 무뚝뚝한 음성에는 아랑곳하지 않고 네오시안은 중얼거렸다.

"받아쳤던 자세나 검을 들었을 때 발의 모양을 보면 분명히 어디선가 보기는 본 것 같은데, 내가 어디서 봤더라?"

헥터는 바스타드 소드를 거두어들이고는 몸을 돌려 기숙사로 들어가려 했다. 그때 그들 두 사람을 중무장 한 십여 명의 병사들이 포위를 했다. 병사들을 인솔하고 온 경비대장은 난처한 표정을 지었다.

"무슨 일이 있었습니까, 백작님?"

"별일 아니네. 자네는 가서 자네 일이나 보도록 하게."

"알겠습니다."

경비대장이 병사들과 함께 사라지자 네오시안이 헥터를 쳐다봤다.

"맞아, 이제 생각이 나는군. 그 검술은 틀림없이 멸망해 버린 레토리아 왕국의 근위 기사들만이 익히는 검술이야. 그런데 자네가 어떻게 그 검술을 익힌 것이지?"

그러나 헥터는 묵묵히 서 있을 뿐이었다.

"루벤트 제국의 침략을 받아 8년 전 멸망해 버린 레토리아 왕국의 검술을 익힌 자가 왜 이 왕립 아카데미에 있는지 그 이유를 설명해 주었으면 좋겠어. 그것도 데미안 싸일렉스의 부하로 말이야."

"레토리아 왕국을 아신다면 말씀드리겠습니다. 저는 타울의 이름으로 데미안님께 충성을 맹세했습니다."

헥터의 대답에 네오시안은 다시 그의 얼굴을 보았다.

방금 헥터가 말한 타울은 전쟁과 분쟁의 신으로 레토리아 왕국의 왕가, 아니, 레토리아 왕국 전체가 섬기는 신이다. 그리고 레토리아 왕국에서 타울의 이름으로 맹세를 했다는 것은 무엇보다 신성시되는 것이다.

"타울이라면 그대는 레토리아 왕국의 왕족?"
"아닙니다."
대답을 하는 헥터의 얼굴이 어두워졌다.
"그럼, 그대의 이름은?"
"헥터 티그리스."
"성이 티그리스라면 혹시 그대가 레토리아 왕국의 총사령관이었던 제롬 드 티그리스 후작의 아들인가?"
"그렇습니다."
대답을 하는 헥터의 얼굴에 그늘이 드리워졌다. 더 이상 말하고 싶지 않은 듯 헥터는 기숙사로 들어가 버렸고, 혼자 남은 네오시안은 나름대로 생각을 해보았다.

레토리아 왕국은 전체 인구가 겨우 10만 정도인 소국(小國) 중의 소국이었다. 그러나 갈리온 산맥 중에서 가장 높은 분지에 위치한 탓에 거의 외침을 받지 않고 평화스러움을 지키며 살아갈 수 있었다. 그러던 레토리아 왕국이 8년 전 루벤트 제국의 침공을 받고 단 하루 만에 무너졌던 것이다.

당시 레토리아 왕국의 총사령관인 제롬 드 티그리스 후작은 불과 1만의 병사로 루벤트 제국의 10만 명의 병사를 막아내는 전술적 승리를 거두었다. 그러나 루벤트 제국이 투입한 골리앗에 대한 상대적 열세와 겁을 먹고 루벤트 제국군에게 투항을 한 일부 귀족들 때문에 제대로 겨루어보지도 못하고 결국 무릎을 꿇고 말았다.

루벤트 제국군은 거의 무혈입성에 가까운 형태로 레토리아 왕국에 난입했고, 오랜 역사를 자랑하던 레토리아 왕국은 힘없이 무너지고 말았다. 레토리아 왕국의 왕족들과 귀족들은 모조리 광장 중앙에서 국민들이 보는 앞에서 교수형과 단두대의 이슬로 사라졌다. 귀족들 가운데 목숨을 구한 것은 제롬 드 티그리스 후작과 후작의 큰아들뿐이었다. 그들은 국왕의 항복에 눈물을 흘리며 레토리아 왕국을 떠났다고 하는데, 왕국의 멸망 이후 그들의 모습을 보았다는 사람은 아무도 없었다.

네오시안이 그러한 사실을 기억하는 이유는 간단했다. 지금 트렌실바니아 왕국과 멸망해 버린 레토리아 왕국의 상황이 너무나도 비슷했기 때문이었다. 지형적인 이점 때문에 평화스러움을 유지할 수 있었다는 점이나 레토리아 왕국이 비록 멸망해 버리기는 했지만 루벤트 제국에 대해 원한을 가지고 있다는 점 때문이었다.

다만 네오시안이 이해가 가지 않는 것은 헥터가 데미안에게 충성을 맹세했다는 점이었다. 뭐가 아쉬워서 나이도 어리고, 자신보다 뛰어난 점도 없는 소년에게 충성을 맹세했단 말인가? 그것도 레토리아 왕국 사람에게는 무엇보다 절대적인 전쟁의 신 타울의 이름으로 말이다.

모든 맹세가 신성하고, 절대적이지만 특히 타울에게 한 맹세만큼 절대적인 것도 없다. 누군가 타울의 이름으로 맹세를 했다면 그 맹세의 효력은 그의 자손들에게까지 미친다. 결론적으로 말하자면 싸일렉스 백작가가 이어지고 헥터의 자식들이 태어난다면 헥터의 자식들은 아버지의 맹세로 인해 앞으로 영원히 싸일렉스 백작가에 충성을 맹세해야만 하는 것이다. 바로 그 점을 네오시안은 이해할 수 없었다.

혹시 자렌토 드 싸일렉스의 힘을 이용해 루벤트 제국에 복수하기 위해서? 적어도 표면적으로는 루벤트 제국의 비위를 건드릴 수 없는 것이 트렌실바니아 왕국의 입장이라는 것을 헥터 정도라면 모를 리 없을 것이다.

 검술 실력으로는 트렌실바니아 왕국에서 1, 2위를 달리는—백작 중에서 말이다. 물론 이것은 네오시안만의 생각이었다—자신과 비교해 별 차이 없는 실력을 가진 실력자가 싸일렉스 같은 궁벽한 곳에 있었다는 사실을 그대로 믿기에는 뭔가 미진한 점이 있었다.

 네오시안은 복잡해진 머리 속을 털어버리기라도 하듯 세차게 머리를 흔들었다. 정신을 차린 네오시안의 머리에 얼마 전 7인 위원회의 이름으로 전달된 내용이 떠올랐다. 명목은 귀족들간의 친목을 도모하기 위한 사냥 대회였지만, 그런 단순한 이유에서 사냥 대회를 할 7인 위원회가 아니라는 사실을 알고 있는 네오시안으로서는 그 사안이 보통 심각한 것이 아닐 거라는 예상을 할 수 있었다. 게다가 현재의 국왕이 병으로 앓아 누운 것이 벌써 5년이나 지나 그 후계자를 정해야 하는데, 그 문제 또한 보통 복잡한 것이 아니었다.

 더욱 복잡해진 머리를 잡고 네오시안은 자신의 숙소로 향했다. 7인 위원회는 대체 뭣 때문에 사냥 대회를 하는 것일까?

 데미안이 왕립 아카데미에 들어온 지 1년이 조금 지난 시점. 그의 팔과 다리에 찬 가죽 주머니에는 각각 10개씩의 철추가 들어 있게 되었다. 무게로 따지면 무려 40킬로그램이나 됐지만 차츰 무게를 늘린 탓인지 별 어려움 없이 적응할 수 있었다. 게다가 네오시안에게 배운 검술을 오른손이나 왼손이나 무리 없이 사용할 수 있게 된 것이 가장 커다란 수확 가운데 하나였다. 왼손의 감각을 살리기 위해 거의 모든 일들을 왼손으로 처리했고, 그 덕분에 데미안의 왼손의 감각은 오른손과 비슷한 수준을 유지할 수 있었다

(물론 다른 사람에게는 비밀이었다).

또 하나 특이할 만한 사실은 데미안이 현재 1싸이클의 마법을 완전히 마스터하고 2싸이클의 마법을 배우고 있다는 점이었다. 귀족이 마법을 공부해 1싸이클의 마법을 마스터하는 일은 매직 칼리지가 생기고 난 후 처음 있는 일이었기 때문에 교육을 담당하고 있는 딜케 역시 어떻게 처리해야 좋을지 몰랐다. 그렇다고 데미안 혼자만 1싸이클의 마법을 마스터한 것은 아니었다.

슈벨만 비롯한 10여 명이 데미안보다 빨리 2싸이클의 마법을 배우기 시작했다. 그러나 그들에 대해서는 딜케가 염려할 것이 아무것도 없었다. 그들은 어차피 마법사가 되기 위해 매직 칼리지에 온 것이지만 데미안은 다르지 않는가?

귀족 마법사? 마법사가 그 동안의 공로를 인정받아 작위를 받은 적은 있지만 귀족이 마법사가 된 일은 한번도 없었다. 딜케의 욕심대로라면 데미안이 마법에만 충실해 준다면 빠른 시간 안에 마법에 대한 기초를 만들어줄 수 있을 것 같은데, 현재의 상황은 그렇지 못하니 어떻게 해야 좋을지 판단을 내릴 수 없었다.

그렇게 모든 일이 데미안이 계획한 대로 진행되고 있었지만 단 한 가지만은 그의 예상에서 철저히 어긋나고 있었다. 그것은 아름다운 그의 용모였다. 시간이 지나고, 데미안의 검술 실력이나 체력이 늘어날수록 그에 비례해서 아름다워지는 것 같았다.

데미안이 페인야드에 처음 도착했을 때 어느 병사가 예언(?)한 것처럼 1달에 한 번씩 친구들의 손에 끌려 외출을 할 때마다 데미안은 세인들의 눈길 때문에 제대로 돌아다닐 수 없을 지경이었다. 그뿐만이라면 괜찮겠지만 문제는 페인야드에 사는 수많은 아가씨들로부터 쏟아지는 러브 레터였다.

하루에도 십여 통씩 전달되는 러브 레터 때문에 왕립 아카데미에서는 데미안에게 러브 레터를 전달하는 전담 하인을 두어야 할 정도였다. 물론 데미안은 불같이 화를 내고 단 한 통의 러브 레터도 보지 않았지만, 친구들로부터는 대단한 부러움을 샀다. 개중에는 엔쏘니처럼 러브 레터를 인계(?)받아 아가씨를 만나 사귀고 있는 사람도 있었다.

1년 전만 해도 소년 티를 벗지 못하던 노블 칼리지의 학생들도 이제는 누가 봐도 청년이라고 할 만큼 당당한 체격을 가졌다. 그렇기는 데미안 역시 마찬가지였다. 누구보다 힘든 훈련을 한 탓인지는 몰라도 그의 몸은 조각상을 연상시킬 만큼 균형있게 근육이 발달되어 또 한 번 친구들의 부러움을 샀다. 그리고 데미안은 개인적으로 地獄二刀流의 훈련을 계속하고 있었다. 해석이 된 부분에 있는 '마음을 다스리는 법'에 따라 정신을 집중하면 곧 차분해지며 머리와 몸이 상쾌한 상태를 유지할 수 있다는 것을 알게 되었다. 자신의 몸 속으로 들어온 마나가 지친 근육의 활력을 찾아주었고, 급하기만 했던 본인의 성격도 차분하고 느긋하게 만들어 준 것이다. 그렇지만 처음부터 쉬웠던 것은 아니었다.

처음 지면에 앉아 다리를 꼬고 앉을 땐 단 5분도 앉아 있을 수 없었다. 또 앉아 있다 하더라도 모든 신경이 저린 다리에 쏠려 도저히 정신을 집중할 수 없었다. 그런 행동이 1달 동안 반복되고서야 데미안은 처음으로 '명상'이라는 것을 할 수 있었다. 그리고 다시 1달이 지나서야 '마음을 다스리는 법'에 따라 자신의 몸 주위에 있는 마나라는 것을 확실히 느낄 수 있었다.

데미안이 마나를 느끼기 시작하면서부터 그의 마법 실력이 급속도로 늘기 시작해 곧 1싸이클의 마법을 마스터할 수 있었던 것이다. 또한 검술 실력도 상당히 늘었다.

자신의 육체적인 힘이 아닌 마나를 외부로부터 받아들여 자신의 몸 속으로 흐르게 하는 신비스러운 경험을 하고 난 후 데미안은 마나를 자신의 몸뿐만이 아니라 손을 통해 검에 불어넣는 훈련을 집중적으로 했다. 그리고 불과 며칠 전 처음으로 자신의 검에서 빛이 나는 것을 발견할 수 있었다. 그 시간이라는 것이 불과 눈 몇 번 깜빡일 새에 불과했지만 분명 바스타드 소드는 데미안이 불어넣은 마나로 인해 선명하게 빛이 났다. 다만 과거 한스가 시범을 보여준 것과는 달리 붉그스름한 빛을 띄는 것이 조금 이상하기는 했다. 그렇게 데미안은 명상과 검술 훈련, 마법 공부에 열을 올렸다.

다시 1년이 흘러 데미안이 왕립 아카데미에 온 지 2년이 되었다. 지난 1년 동안 가장 특이할 만한 사실은 데미안이 거의 모든 훈련을 포기한 것처럼 보인다는 점이다. 물론 용병 훈련이나 검술 훈련에 참가하기는 했지만 마치 몸을 아끼는 사람처럼 그저 훈련 받는 시늉만 할 뿐 전처럼 열성적인 모습을 보이진 않았다. 갑작스럽게 변한 데미안의 행동에 모두들 궁금함을 느꼈지만 데미안의 태도는 바뀌지 않았다.

그날도 데미안은 노블 칼리지에 있는 친구들과 검술 훈련을 받고 있었다.

데미안을 제외하고 노블 칼리지에서 가장 뛰어난 검술 실력을 가지고 있는 사람은 엔쏘니였다. 그는 자신의 힘과 신체를 충분히 이용한 투 핸드 소드 검술을 익히고 있었다. 그의 앞에 서 있는 데미안은 언제나처럼 바스타드 소드를 잡았다. 그러나 검을 쥐고 있는 모습이나 서 있는 모습이 대련을 하는 사람이 아니라 휴식을 취하고 있는 사람처럼 보였다. 적어도 엔쏘니가 보기에 데미안의 실력은 지난 1년 사이에 조금도 늘지 않은 것 같았다.

"데미안, 그래갖고 내 공격을 막을 수 있을 것 같아?"

"내 걱정하지 말고 어서 공격해 봐."

데미안이 부드러운 미소를 지으며 대답을 하자 엔쏘니는 어금니를 힘껏 깨물고는 투 핸드 소드의 손잡이를 불끈 움켜쥐고는 데미안을 향해 달려들며 빠르게 내리쳤다. 데미안은 바스타드 소드를 비스듬히 들어 엔쏘니의 공격을 막고는 재빨리 뒤로 물러섰다. 자신의 공격을 너무도 간편하게 막아내자 엔쏘니는 재빨리 몸을 회전시켜 데미안의 옆구리를 공격했다. 엔쏘니의 투 핸드 소드는 데미안의 바스타드 소드에 비해 너무 컸기에 주위 사람들이 보기에는 단숨에 데미안의 검을 부러뜨릴 것처럼 느껴졌다. 그러나 데미안은 의외로 상대의 공격을 잘 막아냈다.

주로 엔쏘니가 공격을 하고, 데미안은 방어에 주력했다. 손에 땀을 쥐고 보고 있는 친구들과는 달리 네오시안은 조금은 느긋한 심정으로 두 사람의 대련을 지켜보고 있었다.

확실히 데미안이 그 동안 훈련에 열의를 보이지 않은 것은 사실이었다. 그렇다고 다른 사람들이 말하는 대로 데미안이 훈련받기를 포기했다거나 건성으로 훈련을 받는다고는 생각하지 않았다. 예전의 데미안에게서 풋내기 검사와 같은 느낌을 받았다면, 지금은 평생을 전쟁터에서 보낸 늙은 병사와 같은 노련함이 느껴졌다. 어떻게 1년 사이 그렇게 갑자기 변했는지 그 이유는 알 수 없었지만, 데미안의 실력이 는 것만은 사실이었다.

두 사람의 대련이 30분에 이르자 엔쏘니는 더 이상 검을 휘두를 힘이 없었다. 엔쏘니의 체력이 보통 사람보다 월등하다고는 하지만 무거운 투 핸드 소드를 30분이나 휘두를 정도는 아니었다. 따스하게 비추는 햇살이 지금 엔쏘니에게는 한여름의 태양보다 뜨겁게 느껴졌다. 그런 반면 데미안은 한 방울의 땀조차 흘러내리지 않았다.

"엔쏘니, 이젠 그만 하자. 난 너무 지쳐서 더 이상 검을 들고 있을 힘도 없어."

데미안의 말에 엔쏘니는 순간적으로 자존심이 상하는 것을 느꼈지만, 화를 낼 힘조차 없었다. 결국 엔쏘니가 검을 내리자 손에 땀을 쥐고 구경하던 노블 칼리지의 학생들은 환호성을 올렸다.

"와! 엔쏘니, 정말 많이 늘었는데? 데미안이 공격할 엄두도 못 내잖아."

"그러게 말이야. 데미안, 연습 좀 해야겠어."

친구들의 말에 얼굴이 붉어진 사람은 엔쏘니였다.

"오늘 연습은 여기까지. 충분한 휴식을 취하도록."

네오시안의 말에 소년들은 삼삼오오 짝을 지어 자신들의 기숙사로 향했다. 네오시안은 다른 소년들과는 달리 할말이 있는 듯 서 있는 데미안을 발견했다.

"할말이 있는가?"

"질문할 것이 있습니다."

"말해 보게."

"제가 듣기로 뛰어난 검술 실력을 가지고 있는 학생은 6개월 정도 일찍 졸업을 시키는 제도가 있는 것으로 알고 있습니다. 그 말이 사실입니까?"

"그런데?"

네오시안은 데미안이 무슨 이유로 조기 졸업의 사실 유무를 자신에게 묻는 것인지 짐작을 할 수 없었다.

"그 제도에 대해 자세히 알고 싶습니다."

"네가 이 왕립 아카데미에 들어와서 익힌 학문적 실력, 검술의 숙련 정도를 객관적인 점수로 환산해 그 점수로 졸업의 유무를 판단하는 것이다. 물론 가장 비중이 큰 과목은 바로 검술이다."

"그렇다면 검술을 어느 정도나 익혀야 졸업이 가능합니까?"

집요한 데미안의 질문에 네오시안은 졸업 시험에 대해 설명을 해주었다.

"먼저 학문에 대한 시험을 거쳐야 한다. 자네의 경우라면 마법과 역사에 대한 평가가 먼저 이루어져야겠지. 그런 후 한 사람의 용병으로서의 능력을 평가받아야 하고, 그런 후에 검술에 관한 시험을 받아야 한다. 용병 시험은 두 가지다. 첫째는 목검으로 목검을 자를 수 있는지, 둘째, 나를 상대로 10분을 견딜 수 있는지, 이 두 가지를 시험받게 된다."

네오시안의 말에 데미안은 즉시 의문스러운 점을 질문했다.

"백작님을 상대해서 10분을 견뎌야 한다는 것은 이해를 하겠습니다. 그런데 목검으로 목검을 자르라는 것은 어떤 이유 때문입니까?"

"목검으로 목검을 자를 수 있으려면 마나의 존재를 느끼고 자신의 목검에 마나를 집어넣을 수 있는 방법을 깨달아야 하네. 만약 검기를 자유자재로 다스릴 수 있다면 소드 익스퍼트의 초급 단계를 벗어나 중급 단계에 들어섰다고 판단할 수 있기 때문이지."

네오시안의 말에 데미안은 고개를 끄덕였다. 그런 데미안에게 물었다.

"자네는 조기 졸업을 원하는가?"

"그렇습니다."

"만약 시험에 통과를 해 졸업을 하게 된다면 자네는 무엇을 할 생각인가?"

"저는 태어나서 쭉 싸일렉스에서 살았고, 유일하게 가본 곳이라고는 이 페인야드가 전부입니다. 전 세상이 얼마나 넓은 곳인가를 직접 제 눈으로 보고 싶습니다."

"세상을 직접 보고 싶다?"

데미안의 말을 곰곰이 생각하던 네오시안이 갑자기 싱긋 미소를 지었다.

"특별한 목적 없이 세상을 구경하는 것도 좋겠지만, 목표를 정해놓고 세상을 구경하는 것도 좋은 일이지. 이 뮤란 대륙에서 가장 강한 검사가 되겠다던가, 그것이 아니면 드래곤 슬레이어 Dragon Slayer가 되겠다던가 하는 목표는 어떤가?"

네오시안의 말에 데미안은 어리둥절한 표정을 지었다.

"만약, 자네가 졸업 시험을 무사히 통과한다면 내가 자네에게 한 가지 임무를 부여하겠네."

"임무라고 하시면?"

"궁금해도 일단 참도록 하게. 앞으로 6개월 후 자네가 졸업 시험을 통과한다면 자연히 알게 될 테니 말이야."

네오시안은 그 말만을 남기고 가버렸고, 데미안은 여전히 어리둥절한 표정을 짓고 서 있었다.

자신의 방으로 들어온 데미안은 언제나처럼 침대에 다리를 꼬고 앉아 눈을 지그시 감고 정신을 집중했다. 잠시의 시간이 지나자 주위의 마나가 자신의 몸으로 흘러 들어오는 것을 느꼈다. 그러자 피로가 쌓였던 근육에 활력이 살아나며 전신에 상쾌한 기분이 들었다. 책에서는 분명 마나를 단순하게 몸을 통과시켜 활력을 찾는 법 이외에도 몸 속에 마나를 저장하는 방법까지 제시되어 있었다. 물론 데미안도 몇 번이나 시도를 해보았지만 끝까지 정신을 집중시키지 못했다.

자신의 몸 주위에 있는 마나에 흐름을 만들고, 자신이 그 흐름의 중앙에 위치하도록 하면 서서히 마나를 몸 속으로 받아들일 수 있고, 흐름이 강하면 강할수록 더욱 막대한 양의 마나를 받아들일 수 있다는 것이다. 마치 수증기가 모여 물방울을 이루듯 그렇게 모여진 마나는 흡사 인간의 혈액처럼 온몸을 돌아다니게 된다는 것이었다. 책에서는 인간의 심장과 같은 작용을 하는 것이 바로 사람 몸의 중심, 그러니까 배꼽 뒤편에 마나 홀Mana Hole이 분명히 존재한다고 밝히고 있었다. 다만 마나가 비정상적, 혹은 비자연적으로 한곳에 모여 있는 것을 거부하는 성질이 있기에 꾸준하게 익히지 않는다면 몸 밖으로 빠져 나가게 된다는 사실 또한 밝히고 있었다.

잠시의 시간이 지나자 데미안은 자신의 마나 홀이 따스해지며 기분이 상쾌해지는 것을 느꼈다. 문제는 이제 이 마나를 혈액처럼 움직여야 하는데, 그게 쉽지 않다는 것이다. 데미안은 길게 호흡을 하고는 마나가 움직여야 할 곳에 모든 신경을 집중시켰다. 얼마나 시간이 지났을까. 데미안은 자신의 마나 홀에 모여 있던 마나가 미약하지만 조금씩 움직이는 것을 분명히 느낄 수 있었다.

마법을 사용할 때 자신의 몸 주위에 있는 마나의 움직임과는 분명히 달랐다. 호흡을 통해 몸 속으로 들어온 마나가 마나 홀에 모였다가 데미안의 의지대로 움직인 것이다. 데미안은 천천히 정신을 집중하며 마나를 자신의 의지대로 움직여 천천히 오른손으로 보냈다. 그러자 뜨거운 물에서 나와 찬물에 들어갔을 때처럼 시원하고, 상쾌한 느낌을 분명히 느낄 수 있었다. 손끝에 짜릿함을 느끼며 데미안은 마나가 손끝까지 전달되었음을 느끼고 천천히 회수해 다시 왼손으로 보냈다. 왼손 역시 짜릿함을 느꼈고, 데미안은 양쪽 다리에서도 마나의 흐름을 느낄 수 있었다.

데미안은 자신의 몸 속으로 흐르는 마나의 느낌에 마치 영혼이 깨어나는 듯한 환희를 느꼈다. 무엇으로도 설명할 수 없는 기분 좋은 느낌, 단순하게 행복하다거나 즐겁다는 말로는 부족한 느낌이었다. 데미안은 천천히 마나를 머리 쪽으로 보냈다. 그저 상쾌한 기분을 오랫동안 만끽하기 위한 단순한 생각에서 한 행동이었는데 결과는 의외였다. 그의 머리 속에 마나의 흐름을 방해하는 뭔가가 있었다. 거대한 방죽에 부딪힌 시냇물처럼 마나는 힘없이 꺾여 다시 마나 홀로 되돌아오려 했고, 데미안은 다시 정신을 집중시켜 흐름을 머리 쪽으로 되돌렸다. 몇 번이나 마나는 퉁겨져 나왔고, 그때마다 데미안은 심한 두통을 느껴야만 했다. 마지막으로 마나의 흐름을 조정해 머리로 보낸 데미안은 머리가 깨져 나가는 듯한 통증과 함께 정신을 잃었다.

그때 데미안의 뇌리 속으로 어떤 여자의 모습이 스치고 지나갔다. 붉은 머리카락을 가진, 너무나 아름답게 생긴 여자가 검은색의 라이트 레더를 걸치고, 150센티미터는 됨직한 바스타드 소드를 지팡이처럼 세운 채 자신을 바라보며 뭐라고 말을 하는데 그 음성은 안타깝게도 들리지 않았다. 분명히 그 여자는 단 한 번도 본

적이 없는 여자였는데, 이상하게도 보는 순간 참을 수 없는 그리움과 반가움을 느꼈고, 그 순간 눈물을 흘리며 데미안은 정신을 잃었다.

데미안이 주문했던 두 자루의 검을 찾아 돌아온 헥터는 침대에서 정신을 잃고 있는 데미안을 발견하고는 크게 놀랐다. 재빨리 데미안의 몸 여기저기를 살펴보았지만 어디에도 상처는 보이지 않았다. 안도의 한숨을 쉰 헥터는 재빨리 의사를 불렀다. 잠시 후 의사가 왔고, 데미안을 진료한 의사는 걱정하지 말라는 듯 손을 내저었다.

"데미안님은 외부에서 충격을 받은 것이 아니니 금방 깨어나실 겁니다. 그러니 큰 걱정은 하지 않으셔도 됩니다."

의사의 말대로 데미안은 얼마 지나지 않아 깨어났다.

"데미안님, 이제 정신이 드십니까?"

"어? 헥터, 언제 돌아왔어?"

대답을 하며 데미안이 일어나려 하자 그를 부축하며 헥터가 대답을 했다.

"조금 전에 들어왔는데 데미안님께서 기절해 계시기에 정말 놀랐습니다."

"내가 기절? ……그랬구나."

대답을 하는 데미안의 머리 속에 다시 붉은 머리를 한 여전사의 모습이 떠올랐다. 그녀의 모습을 생각하자 아련하게 가슴이 아파 왔다. 또 참을 수 없는 분노 또한 함께 느껴졌다. 그러나 아무리 생각을 해봐도 그녀가 누구인지 전혀 기억을 할 수 없었다.

데미안의 모습을 지켜보던 헥터는 데미안의 얼굴에 떠오른 복잠 미묘한 감정을 발견하고는 의문이 일었다. 데미안은 얼굴만 봐도 그가 무슨 생각을 하는지 알 정도로 단순한 인물이었다. 한데 지금은 달랐다. 헥터는 지난 몇 년간 데미안과 함께 생활을 하며 데미안이 지금과 같은 표정을 짓는 것을 단 한 번도 보지 못했다.

"무슨 일이 있었습니까?"

"헥터는 알고 있지?"

난데없는 데미안의 말에 헥터는 그저 눈만 껌뻑일 뿐이었다. 하나 이어진 데미안의 말에 그의 얼굴이 조금씩 굳어져 갔다.

"난 대체 누구지?"

"데미안님, 그게 무슨 말씀이십니까?"

"우리 가족 가운데 아무도 붉은 머리카락을 가진 사람은 단 한 사람도 없어. 오직 나만 붉은색이야. 나 싸일렉스 집안 사람이 아니지? 그렇지? 헥터, 만약 알고 있다면 가르쳐 줘."

고개를 돌린 데미안은 침울한 표정을 짓고 있었다. 데미안의 간절한 표정에 비해 헥터는 여전히 굳은 표정이었다.

"데미안님, 단지 머리색 때문에 그런 판단을 한다는 것은 너무도 어리석은 생각입니다."

"나도 알아. 그렇지만 알고 싶어. 난 왜 어렸을 때의 기억이 없지? 내가 기억하는 것은 열다섯 살 때부터야. 그 이전의 일은 아무리 기억을 하려고 해도 생각나는 것이 아무것도 없어. 왜지?"

"마리안느님께서 항상 말씀하지 않으셨습니까? 그때 데미안님은 자렌토님과 함께 사냥을 갔었고, 맹수에게 쫓기다가 사고를 당해 지난 기억을 모두 잊어버리셨다고 말입니다."

"아니야, 그렇지 않아. 소드 익스퍼트 중에서도 최상급의 실력을 가지신 아버지가 한낱 맹수에게 쫓길 일도 없겠지만, 아무리 기억 상실이라고 하더라도 단 한 가지도 기억나지 않을 순 없어. 나 그 동안 기억 상실에 대한 여러 의술 서적을 보았지만, 나 같은 경우는 너무도 드문 경우라고 적혀 있었어. 게다가 더욱 이해할 수 없는 것은 잃어버린 기억이야. 일반적인 생활 방식이나 말과 글, 행동에 관한 것은 기억이 나지만 그 이외의 것, 특히 사람에 관해서는 아무것도 생각나는 것이 없어."

데미안의 말에 헥터는 가슴이 답답했다.

"제가 싸일렉스 백작가를 찾았을 때 이미 데미안님께서는 그곳에 계셨습니다. 그런데 제가 어떻게 알겠습니까?"

"헥터뿐만이 아니야. 어느 누구도 내게 잃어버린 과거에 대해 말해 준 사람이 없어. 아무리 좋지 않은 과거라고 해도 존재하고 있는 사실을 과연 언제까지 나만 모를 수 있다고 생각해? 그리고 내가 과거를 잊고 사는 것이 진짜 행복할 거라고 누가 장담할 수 있지? 헥터, 그러지 말고 만약 알고 있다면 제발 가르쳐 줘."

간절한 데미안의 눈빛에 헥터는 아무런 말도 할 수 없었다. 한참 동안 침묵을 지키던 헥터는 어금니를 한번 꽉 물고는 천천히 입을 열었다.

"언젠가는 데미안님께서도 아셔야 할 일이기에 그럼 말씀을 드리겠습니다. 지금부터 5년 전의 일이었습니다."

자렌토는 한스와 경비대장인 루안 페이먼과 함께 사냥을 즐기기 위해 싸일렉스 영지를 떠났다. 다른 영지에서는 몬스터들이 출몰해 극성을 부리지만 싸일렉스의 영지 주위에는 몇 번이고 계속된 몬스터 토벌로 인해 몬스터들의 모습은 찾아볼 수도 없었다.

그들 세 사람은 싸일렉스 영지에서도 한참을 벗어난 히그리안

숲으로 사냥을 나섰다. 그러나 도착하던 날부터 시작된 장마 탓인지는 몰라도 단 한 마리의 동물도 발견하지 못하고 버려진 오두막에서 볼케이노만 마시며 시간을 보냈다. 유난히도 천둥번개가 심하게 치던 밤이었다.

"백작님, 벌써 3일째입니다. 내일은 영지로 돌아가시는 것이 어떻습니까?"

루안이 경비대장답게 영지에 대한 걱정을 하자 자렌토는 내키지는 않지만 고개를 끄덕였다. 영지를 떠나 사냥을 나오게 되면 여러 가지 일이 벌어지지만 이번처럼 며칠간 비가 내려 오두막에서 꼼짝도 못 하기는 처음이었다. 자렌토는 한잔의 술을 마시고 자신의 콧수염을 매만지며 한스에게 물었다.

"한스, 비가 이렇게 많이 오는데 영지에 피해는 없을까?"

"걱정하지 마십시오. 싸일렉스 영지는 보통의 지면보다 높으니 비가 이 정도로 온다고 해서 피해를 입지는 않을 겁니다."

쾅! 콰르르르—

요란한 천둥 소리와 함께 몇 초 동안 밤하늘이 대낮처럼 밝아졌다. 그와 동시에 내리던 소나기의 양이 갑자기 늘면서 천장에서 빗방울이 새 바닥에 떨어졌다. 천천히 술잔을 들던 루안의 귀에 희미하게 나뭇가지 부러지는 소리가 들렸다. 재빨리 자리에서 일어나 자신의 바스타드 소드를 든 루안이 창문 밖으로 눈길을 주었다. 거의 동시에 자렌토와 한스 역시 자신의 검을 뽑아 들고 일어서 있었다.

우두두둑—

세찬 비바람이 나뭇잎과 지면을 두들겼지만 그 사이로 분명 무엇인가가 숲을 헤치고 움직이는 소리가 들렸다. 루안은 순간적으로 천둥번개에 놀란 짐승이 움직이는 것이 아닌가 생각을 했지만 곧 자신의 생각이 틀렸다는 것을 깨달았다. 이렇게 심한 천둥번개가 치는 밤에 동물이 돌아다닐 까닭이 없다는 사실을 깨달은 것이다.

그렇다면 몬스터일까? 그렇지만 아무리 머리 속에 든 것이 없는 고블린Goblin이라고 해도 이런 소나기가 치는 밤에는 돌아다니지 않을 것이 확실했다. 게다가 이 히그리안 숲에서 몬스터가 발견된 것이 벌써 몇 년 전의 일이었다. 그럼 대체 좀 전에 움직인 것은 뭐란 말인가?

루안은 긴장을 했는지 마른침을 삼키며 어두운 숲을 바라보았다. 계속 숲을 바라보고 있은 탓인지 어둠이 뭉쳐 마치 유령처럼 일렁이는 듯한 착각이 들었다. 그때였다.

"백작님, 숲의 왼쪽에……"

한스의 말에 나머지 두 사람의 눈은 자연스럽게 숲의 왼쪽으로 시선이 향했고, 그런 그들의 눈에 뭔가 허연 물체가 숲속을 오가는 모습이 보였다. 그 물체는 육안으로 식별하기 힘들 정도로 빠른 속도로 움직였다. 일반적인 몬스터와는 다른 움직임에 세 사람은 궁금함을 참을 수 없었다.

소나기를 맞으며 오두막을 나선 세 사람은 뱅가드Vanguard의 형태로 늘어서며 천천히 숲으로 이동을 했다. 그들이 숲으로 이동을 하는 것을 상대도 눈치를 챘는지 갑자기 움직임이 사라졌다. 잔뜩 긴장을 한 채 걸음을 옮기던 루안은 갑자기 옆에서 무엇인가 허연 물체가 자신에게 달려드는 것을 발견하고는 자신도 모르게 바스타드 소드를 옆으로 내리쳤다.

그런데 그런 루안의 공격을 상대도 예상하고 있었는지 옆으로 피하며 루안의 검을 손으로 움켜잡았다. 그리고는 맹렬한 속도로 루안의 얼굴을 향해 주먹을 날리는 것이었다. 깜짝 놀란 루안은 몸을 뒤로 누이며 검을 잡아채려고 했지만 검은 마치 상대의 손에 달라붙기라도 한 듯 꼼짝도 하지 않았다. 허연 물체가 재차 자신의 옆구리를 공격하는 것을 발견한 루안은 어쩔 수 없이 검을 놓으며 뒤로 물러서야 했다.

허연 물체의 공격에 루안이 검을 빼앗기고 뒤로 물러선 시간은 그야말로 눈 깜짝할 사이였다. 루안이 뒤로 물러서자 자렌토와 한스가 앞으로 나섰고, 그들의 모습에 허연 물체는 긴장을 했는지 그 자리에 멈추어섰다. 그제야 자렌토 일행은 상대의 정체를 확인할 수 있었다.

허리까지 내려오는 붉은 머리를 지닌 아름다운 용모의 소년이었다. 그러나 소년은 훤히 알몸을 드러내고 있었고, 커다란 두 눈에는 강렬한 적개심을 드러내고 있었다. 루안은 자신의 검을 빼앗은 상대가 뜻밖에도 나이 어린 소년이라는 사실에 더 더욱 수치심을 느끼지 않을 수 없었다. 소년의 몸은 숲을 헤치면서 생긴 상처인지는 몰라도 크고 작은 상처가 나 있었는데, 자신이 알몸을 드러내고 있다는 사실조차 깨닫지 못하고 있는 듯했다.

"그대는 누군가?"

자렌토의 물음에도 소년은 손에 들고 있는 바스타드 소드의 끝을 움직여 자렌토의 가슴을 겨눌 뿐 아무런 대답도 하지 않았다. 그 모습을 본 한스가 긴장한 얼굴로 입을 열었다.

"저 자세는 루벤트 제국의 베르라스 가문의 검술입니다."

한스의 말이 끝나자마자 소년은 손에 들고 있던 바스타드 소드를 휘두르며 자렌토에게 덤벼들었고, 자렌토는 소년의 검을 어렵지 않게 막아냈다. 자렌토의 손짓에 한스와 루안은 뒤로 물러섰지만 긴장을 풀지 않고 있었다.

소년의 일방적인 공격은 거의 1시간 동안 이어졌고, 한스나 루안은 소년의 엄청난 체력에 혀를 내둘렀다. 소년은 마나를 사용할 줄은 몰랐지만 그 엄청난 체력만큼은 상상을 초월하는 것이었다. 그러나 소년도 결국 시간이 지날수록 지쳐 갔고, 자렌토는 점점 여유를 찾아가며 상대의 공격을 막아냈다.

소년의 몸에서 펼쳐지는 검술은 그야말로 보는 사람의 눈을 휘둥그렇게 만들기에 충분했다. 루벤트 제국의 검술뿐만이 아니라 바이샤르 제국의 검술과 트렌실바니아 왕국의 검술에, 자렌토로서도 처음 보는 서너 가지의 검술이 섞여 있었다. 그러나 소년은 단순히 육체적인 힘만으로 공격을 했기에 마나를 이용할 줄 아는 자렌토를 이길 수는 없었다.

시간이 지나면 지날수록 소년은 지쳐 갔고, 자렌토는 차분한 마음으로 소년을 상대할 수 있었다. 자렌토는 자신이 검을 익힌 이후로 눈앞의 소년처럼 자신을 당황하게 만든 상대가 없었다는 점만큼은 인정했다. 만약 소년이 자신처럼 마나를 사용할 수 있었다면 자신이 지금처럼 쉽게 상대의 공격을 막아낼 순 없었을 거라는 생각이 들었다.

소년이 거친 숨을 몰아쉬는 순간, 재빨리 소년의 뒤로 돌아간 자렌토는 소년의 뒷덜미를 가볍게 가격해 소년을 기절시키는 데 성공했다. 쓰러진 소년의 모습을 잠시 바라본 자렌토는 직접 소년을 안고 다시 오두막으로 향했다. 놀란 가슴을 진정시킨 한스와 루안은 그의 뒤를 따랐다.

벌거벗은 소년의 몸에 한 장의 담요를 덮어준 세 사람은 소년이 깨기를 기다렸고, 소년은 새벽이 되어서야 깨어났다. 그때 세 사람은 다시 한 번 놀랐다. 정신을 차리고 자리에서 일어선 소년은 초점이 잡히지 않은 멍한 눈으로 세 사람을 바라보았고, 세 사람은 소년이 무엇 때문인지는 지금의 상태가 정상적이지 않은 상태라는 것을 직감할 수 있었다.

"네 이름이 뭔지 기억나느냐?"

자렌토의 부드러운 음성에 소년은 멍한 눈으로 그를 바라보았지만 아무런 대답도 하지 않았다. 소년의 모습에 자렌토는 나직하게 한숨을 쉬었다.

"휴, 그만 쉬도록 해라."

소년은 마치 어린아이처럼 자렌토의 말을 듣고는 다시 담요 속으로 파고들었다. 그리고는 눈을 감고 잠을 청했다. 그 모습을 보고 있던 루안이 자렌토에게 물었다.

"백작님, 이 소년은 대체 어디서 나타난 것일까요?"

루안의 물음에 자렌토는 소년의 얼굴을 바라봤다. 웬만한 계집아이보다 훨씬 귀여운 얼굴이었다. 게다가 조금은 창백해 보이는 피부에 붉은 머리카락이 조화를 이루고 있어 정확한 나이를 확인하기도 힘들 것 같았다.

"자네들이 보기에 이 아이의 상태가 어떤 것 같은가?"

"글쎄요……. 제가 보기에는 정확한 이유는 알 수 없지만 뭔가에 심각한 충격을 받아 기억을 모두 상실한 것으로 보입니다만……."

"제 생각도 루안과 마찬가지입니다. 그러나 그것보다 제가 놀란 것은 이 소년이 펼쳤던 엄청난 검술 때문이었습니다. 대체 어디서 이 소년은 그렇게 많은 검술을 익힌 걸까요? 트렌실바니아 왕국의 검술이나 루벤트 제국의 검술이라면 이해가 가지만 바이샤르 제국의 검술이나 확인할 수도 없는 여러 가지의 검술을 보면 태어나면서부터 검술을 익혔다고 해도 그렇게 다양한 검술을 익히기는 힘들 거라 생각됩니다. 게다가 이 소년은 소드 익스퍼트에서도 중급이 넘는 루안의 손에서 검을 빼앗은 실력을 가졌습니다. 그런 엄청난 검술을 익힌 소년이 이런 밤에 실오라기 하나 걸치지 않고 숲속을 헤매고 다녔다는 사실이 왠지 믿어지지 않는군요."

한스의 대답에 자렌토 역시 고개를 끄덕였다. 게다가 소년은 루안의 검을 맨손으로 움켜잡지 않았던가? 소년의 손을 보니 검을 움켜잡았던 곳에 가느다랗게 붉은 선이 생겼을 뿐, 어디에도 검에 베인 상처는 보이지 않았다.

"일단 이 소년을 영지로 데려가 치료를 하도록 하세."

자렌토의 말에 한스와 루안은 반대를 하지는 않았지만 그렇다고 그렇게 상쾌한 얼굴도 아니었다.

제9장
졸업 시험 신청

헥터의 말에 데미안의 얼굴은 창백하게 변했다. 그런 데미안의 모습에 바라보던 헥터는 가슴이 아팠지만 말을 이었다.

비밀리에 영지로 돌아온 자렌토는 저택의 수없이 많은 방 가운데 하나에 붉은 머리 소년을 눕혔다. 이상하게도 소년은 자렌토에게 맞아 기절했다 깨어난 직후부터 계속 잠에 빠져 있었다. 하얀 침대보에 늘어뜨려진 소년이 붉은 머리카락은 너무도 선명해 마치 소년이 불길 속에 누워 있는 듯 보였다. 자렌토는 자신의 곁에서 소년의 모습을 보고 있는 자신의 아내 마리안느와 딸 제레니를 보며 말했다.

"이 소년의 정체가 뭔지 난 알지 못하오. 그렇지만 처음 본 순간부터 왠지 나와는 영혼으로 연결이 되어 있는 다른 한쪽처럼 느껴져 도저히 그냥 두고 올 수 없었소."

자렌토의 말에 마리안느는 그의 심정을 이해할 수도 있을 것 같았다. 그와 결혼을 하여 세 번의 임신을 했지만 태어난 자식은 오직 제레니뿐이었다. 물론 그녀를 사랑하기는 했지만 그녀는 싸일렉스라는 가문을 이어나가야 할 사내아이가 아니었다. 두 번의 유산을 겪으며 자렌토는 마리안느에게 말을 하지는 않았지만 가슴속으로는 실망을 감추지 못했고, 특히 마리안느는 자렌토에게 미안한 감정을 느끼고 있었다.

"당신만 좋다면 이 아이를 양자로 삼는 것은 어때요? 기억을 상실했다면 우리가 보살펴주어야 하잖아요."

뜻하지 않은 아내의 말에 자렌토는 마리안느의 얼굴을 바라보았다. 그러나 그녀의 얼굴에 떠 있는 표정은 질투를 드러내는 여자의 얼굴이 아니라 모든 것을 포용하는 어머니의 얼굴이었다. 자렌토는 순간 그녀를 자신의 아내로 허락한 신의 섭리에 감사하며 그녀를 부등켜안고 열렬한 키스를 했다.

소년의 얼굴을 쳐다보고 있던 제레니는 보면 볼수록 소년의 얼굴 속으로 빠져드는 것을 느꼈다. 소년은 일반적인 소년들에게서는 볼 수 없는 독특한 아름다움을 가지고 있었다. 마치 아직 활짝 피지 않은 장미의 꽃 봉오리처럼 뭔가 화려한 아름다움을 지니고 있는 듯했다. 소년의 얼굴을 보고 있으면 있을수록 가슴이 두근거리는 것을 느끼는 제레니였다.

"제레니, 이제 너에게도 동생이 생겼으니 잘 보살펴주도록 하거라."

자렌토의 말에 제레니는 고개를 끄덕이면서도 소년의 얼굴에서 눈을 떼지 않았다.

소년이 싸일렉스 백작의 저택에서 생활을 시작한 후 소년에게는 데미안이라는 이름이 주어졌고, 백작 내외와 딸의 극진한 보살핌을 받았다. 소년은 모르고 있었지만 싸일렉스 영지에 소년이 백작의 양자로 받아들여졌다는 사실에 대해 철저히 비밀로 하라는 포고령이 전달되었고, 백작 내외를 사랑하는 싸일렉스 주민들은 기꺼이 포고령을 따랐다. 다만 한 가지 이해하지 못할 일은 데미안이 정신을 차린 후 자렌토를 놀라게 했던 그 기막힌 검술은 몽땅 잊었는지, 데미안은 비슷한 또래의 여느 소년들과 다를 바 없어졌다는 사실이었다. 게다가 틈만 나면 싸일렉스 영지를 벗어나려고 필사의 탈출을 감행하는 통에 자렌토의 머리를 복잡하게 만들었다.

　오랜 시간 동안 이어진 헥터의 말에 데미안의 얼굴은 창백했고, 적지 않은 충격을 받은 모습이었다. 그러나 헥터는 아직 말이 끝나지 않았는지 말을 이었다.
　"데미안님, 저는 데미안님의 과거에 대해서 아무것도 아는 것이 없습니다. 그렇지만 자렌토님이나 마리안느님, 그리고 제레니님께서 얼마나 데미안님을 사랑하는지에 대해서는 잘 알고 있습니다. 누구에게서 태어났는가 하는 것도 중요하지만, 누구에게서 어떻게 자랐는가 하는 것도 중요하다고 생각합니다. 부디 마리안느님을 가슴 아프게 하지는 마십시오."
　헥터의 말에 데미안은 자신을 끔찍하게도 위하는 마리안느의 모습이 떠올랐다. 조금이라도 위험한 것은 시키지 않기 위해 마리안느는 자렌토와 끝없이 말다툼을 했고, 조금이라도 맛있는 것을 먹이기 위해 자신이 직접 주방에 들어갔다. 그녀의 하루 일과는 그야말로 데미안을 위한 하루였다는 것을 데미안도 잘 알고 있었다. 그렇기는 제레니나 자렌토 역시 마찬가지였다. 어쩔 때는 조금 귀찮게 생각했던 세 사람의 사랑이 헥터의 말을 듣고 난 후 가슴 깊이 파고들었다.

"헥터, 미안하지만 지금 혼자 있고 싶으니까 자리 좀 비켜주겠어?"

데미안의 낮은 음성에 헥터는 그의 얼굴을 한번 보고는 침실을 빠져 나갔다. 천천히 뒤로 누운 데미안은 눈을 감고 복잡한 머리 속을 정리하려고 안간힘을 썼다.

이제 자신이 자렌토의 친자식이 아니라는 것은 알았다. 그리고 자신이 기절하기 전에 머리 속에 떠오른 붉은 머리 여전사가 왠지 자신과 무슨 관계에 있을 거라는 막연한 생각이 머리 속을 떠나지 않았다.

데미안은 며칠간 지독한 몸살에 시달렸다. 그를 걱정한 많은 사람들이 그를 찾아왔지만 데미안은 그들의 방문을 거부했다. 갑작스런 데미안의 변화에 많은 사람들이 당황해했다. 헥터는 그런 방문객들에게 정중하게 거절의 말을 전달했다.

5일째 되던 날 저녁 데미안은 갑자기 자리에서 일어나 며칠 전 헥터가 찾아온 두 자루의 검을 살폈다. 하나는 일반적인 바스타드 소드와 모양은 동일했지만 무게는 10킬로그램은 충분히 넘을 듯 보였고, 또 하나는 보기에도 날렵한 모양의 레이피어Rapier였다. 칼날의 길이만 120센티미터의 달했고, 손가락 한 마디 정도의 폭을 가진 레이피어는 일반적인 레이피어보다 2배 가까이 무거웠다.

두 자루의 검을 양손에 나누어 쥔 데미안은 헥터를 불렀다.

"헥터, 지금 시간이 있으면 나와 대련을 해주겠어?"

"데미안님, 지금 데미안님의 몸은……."

"내 걱정할 필요는 없어."

데미안의 눈에서는 평소 그의 눈에서는 볼 수 없는 이상한 기운이 돌고 있었다. 왠지 거역할 수 없는 분위기를 가진 눈빛에 헥터는 결국 고개를 끄덕일 수밖에 없었다.

사람들의 눈을 피해 훈련장으로 간 데미안과 헥터는 곧 바스타드 소드를 꺼내 들고 마주섰다. 데미안은 왼쪽 옆구리에 레이피어를 꽂고, 두 손으로 바스타드 소드를 쳐들었다.

"그 동안에 이스턴 대륙의 문자로 기록된 책의 내용대로 훈련을 했는데, 내가 제대로 익히고 있는지 확인을 하려고 하니까 헥터도 사정을 봐주지 말고 공격을 했으면 좋겠어."

데미안의 말에 헥터는 고개를 끄덕였다.

잠시의 시간이 지난 뒤 데미안은 기이한 자세로 달려들었다. 그의 두 발은 지면을 스치듯 내딛고 있었고, 바스타드 소드는 옆을 향한 채 마치 몽둥이를 든 것과 같은 모습이었다. 상체, 특히 머리 부분의 방어를 잊은 것인지 수비는 전혀 생각하지 않은 채 데미안은 거침없이 헥터를 공격했다.

헥터는 가볍게 검을 움직여 자신의 측면을 공격하는 데미안의 공격을 막아내고는 검의 옆면으로 데미안의 머리를 공격했다. 바로 그때 데미안의 왼손이 내려가더니 레이피어의 손잡이를 잡고는 무서운 속도로 검을 뽑아 헥터를 공격했다.

헥터는 그야말로 영혼이 달아날 정도로 깜짝 놀랐다. 헥터도 상당히 많은 대전 경험을 가지고 있었지만 단 한 번도 왼쪽 허리에 찬 검을 왼손으로 뽑는 상대는 보지 못했다. 데미안의 상상을 초월하는 공격은 그야말로 눈이 튀어나올 정도로 빨랐지만 헥터는 가까스로 피할 수 있었다. 헥터가 재빨리 뒤로 물러났을 때는 어느샌가 레이피어는 거두어진 상태였고, 헥터의 머리 부분을 향해 바스타드 소드가 떨어지고 있었다.

계속되는 데미안의 공격에 헥터는 그저 방어에 치중을 한 채 뒷걸음질을 쳐야 했다. 바스타드 소드가 날아오는 것을 방어할라 치면 어느샌가 레이피어가 헥터의 방어를 뚫고 날아들었고, 몸을 움직여 레이피어의 공격에서 벗어나면 다시 바스타드 소드가 몸통을 향해 날아들었다.

데미안의 공격은 너무나 불규칙해 언제 어느 검이 공격할지 전혀 예상을 할 수 없었다. 물론 헥터가 마나를 이용해 검기를 사용한다면 단숨에 상황을 역전시킬 수 있겠지만 그것은 그의 자존심이 허락하지 않았다. 검술의 초보자인 데미안이 바스타드 소드와 레이피어가 가진 장점을 최대한 끌어낸 검술을 사용하는데, 자신이 마나를 이용한 검기를 사용한다는 것은 한 사람의 검사로서 자존심이 상하는 일이었다.

그들의 공격과 방어는 거의 30분 동안 이어졌고, 데미안은 건강이 회복되지 않은 탓인지 금세 땀으로 범벅이 되었다.

"데미안님, 오늘은 이만하도록 하시지요."

"헉헉헉! 어때? 실력이 좀 는 것 같아?"

가쁜 숨을 어깨로 몰아쉬는 데미안의 모습에 헥터는 다가와 그를 부축했다.

"물론입니다. 만약 데미안님께서 자유롭게 검기를 사용하실 수만 있다면 아마 저는 상대도 안 될 것 같습니다."

"헥터는 너무 듣기 좋은 말만 한다니까."

데미안은 희미한 미소를 짓고는 그대로 정신을 잃었다. 쓰러지는 데미안을 부축해 기숙사로 향하던 헥터는 초췌한 그의 얼굴을 보며 지난 며칠간 데미안이 얼마나 고심을 했는지 짐작할 수 있었다.

네오시안에게 검술 훈련을 받던 노블 칼리지의 학생들은 본격적으로 마나에 대한 훈련을 받았다. 대부분의 학생들이 눈에 보이지도 않는 마나를 느끼기 위해 안간힘을 쓰는 동안 데미안은 그저 희한한 자세로 지면에 다리를 포개고 앉아 지그시 눈을 감고 시간을 보낼 뿐이었다. 당연히 네오시안에게 질책을 받을 것이라고 생각을 했던 학생들의 예상과는 달리 네오시안은 본 척도 하지 않았다.

11월이 가까워질수록 데미안의 명상 시간은 점점 길어져 갔고, 해마다 돌변하는 데미안의 행동에 그의 친구들은 그저 지켜볼 뿐이었다. 그리고 드디어 문제의 11월이 되었고, 데미안은 드디어 원스턴에게 조기 졸업 시험을 신청했다. 그 문제로 노블 칼리지와 매직 칼리지에서 데미안을 가르치고 있거나 가르친 적이 있는 교수들은 모두 모여 심각한 논의를 거친 뒤 그의 졸업 시험 신청을 받아들였다. 그런 제도가 있었다는 것조차 모르고 있다가 소문을 듣고야 알게 된 학생들이 상당수였다.

시험 일자는 11월 10일, 시험 과목은 역사와 마법, 용병 훈련과 검술 훈련에 대한 측정이었다. 한 사람이 네 과목에 대해 시험을 치른 적은 왕립 아카데미가 세워진 후 한번도 없었기에 교수들이나 학생들의 관심이 보통이 아니었다. 모든 사람의 이목이 집중된 것을 아는지 모르는지 데미안은 주로 명상을 하면서 시간을 보냈다. 그리고 드디어 시험의 날이 밝았다.

명상을 끝내고 가벼운 식사를 마친 데미안은 가볍게 몸을 움직이며 긴장을 풀고 있었다. 또 근육을 발달시키기 위해 지난 2년 3개월 동안 줄곧 차고 있던 가죽 보호대를 풀었다. 바닥에 커다란 소리를 내며 떨어지는 가죽 보호대를 보며 헥터는 데미안이 사용할 바스타드 소드와 레이피어를 준비해 침대 위에 나란히 놓았다.

"몸은 괜찮으십니까?"

"응, 상당히 좋아."

데미안은 가죽끈으로 자신의 긴 머리를 질끈 동여매고는 레이피어와 바스타드 소드를 헥터에게 건네주고는 가볍게 싱긋 미소를 지었다.

"준비 끝났어."

"제가 앞장을 서겠습니다."

시험을 치르는 당사자인 데미안보다 헥터가 오히려 더 긴장한 모습을 보였다. 헥터의 뒤를 따라 데미안은 경쾌한 발걸음을 옮겼다. 그들이 처음 들른 곳은 지난 2년 6개월 동안 데미안이 다녔던 붉은 건물에 있는 강의실이었다.

헥터에게 강의실 밖에서 기다리라고 말한 후 데미안은 깊게 숨을 들어마시고는 강의실의 문을 열고 들어갔다. 강의실에 있던 의자들은 모두 치워져 있었고, 십여 개의 의자가 반달 모양으로 놓여져 있었다. 그리고 딱딱한 얼굴을 한 십여 명의 교수들이 근엄한 모습으로 앉아 있었고, 그들의 뒤편에 데미안과 같이 공부했던 그의 친구들이 늘어서 있었다.

천천히 걸음을 옮겨 중앙에 선 데미안은 자신을 심사하기 위해 모인 사람들을 향해 가볍게 고개를 숙였다. 데미안의 인사를 받은 교수들 가운데 가장 좌측에 앉아 있던 윈스턴이 자리에서 일어나며 엄숙한 음성으로 입을 열었다.

"오늘 이 자리는 왕립 아카데미에 입학한 데미안 싸일렉스의 조기 졸업에 대한 심사를 하는 날입니다. 검증을 받아야 할 과목은 역사와 마법, 용병 훈련과 검술 훈련입니다. 구술 시험으로 치뤄지는 역사를 제외한 나머지 과목은 노블 칼리지의 검술 훈련장에서 거행된다는 것을 미리 알려드립니다. 특별히 오늘 이 자리를 빛내주시기 위해 넬슨 드 그라시아스 후작 각하께서 자리해 주셨습니다."

윈스턴의 말에 중앙에 앉아 있던 50대 초반으로 보이는 사내가 가볍게 손을 들었다. 전체적으로 말라 보이는 것이 상당히 차갑고, 신경질적인 성격의 소유자로 보였다. 넬슨이 손을 들어 답례를 하자 윈스턴이 말을 이었다.

"그럼 지금부터 시험을 시작하겠습니다. 저부터 시작해 옆으로 질문하는 순서가 옮겨지고 데미안 싸일렉스는 자신이 평소 생각했던 바를 될 수 있으면 짧고, 간결하게 대답을 하도록 하시오."

엄숙한 분위기에 뒤쪽에 서 있던 데미안의 친구들은 자신들도 모르게 침을 삼켰다.

"귀하는 지난 2년 6개월 동안 역사를 배우며 느꼈던 점을 간결하게 대답하도록 하시오."

"'어제로부터 배워 오늘을 살고, 내일을 예측한다' 는 말의 뜻을 깨달았습니다."

데미안의 답변에 윈스턴의 옆자리에 앉아 있던 브랜드가 다시 질문을 던졌다.

"그렇다면 귀하는 무엇을 배웠고 무엇을 예측했습니까?"

"무능과 나태가 얼마나 무서운 것인가를 배웠고, 트렌실바니아 왕국이 과거 트레디날 제국의 영광을 되찾기 위해서는 과감한 조치가 뒤따라야 한다는 것을 예측할 수 있었습니다."

데미안의 대답에 가장 우측에 앉아 있던 피에르의 표정이 조금은 걱정스럽게 변했다. 그러나 데미안은 엷은 미소를 지은 처음 표정 그대로 당당히 서 있었다.

"그렇다면 자네가 생각하는 트렌실바니아 왕국의 영광된 미래를 위해서는 어떻게 해야 한다고 생각하는가?"

갑작스런 넬슨의 질문에 데미안은 고개를 돌려 그의 얼굴을 바라보며 천천히, 그러나 확실하게 대답했다.

"왕권의 안정, 귀족원의 합심, 군의 육성, 국민들의 호응이 집약된다면 트렌실바니아 왕국은 곧 트레디날 제국이란 이름을 되찾을 수 있을 거라 생각합니다."

데미안의 거침없는 대답에 누구의 입에서 흘러나왔는지 모르나 긴 한숨이 흘러나왔다. 설사 데미안이 그런 생각을 가지고 있다고 하더라도 지금 이 자리에서 그런 발언을 한다는 것은 분명 위험 수위를 넘은 발언이었다. 게다가 지금 이 자리에는 7인 위원회의 한 명인 넬슨이 배석한 자리가 아닌가?

데미안의 대답을 들은 윈스턴이나 다른 사람의 등에서는 식은땀이 쭉 흘러내렸다. 그러나 그런 말을 한 데미안도, 그 말을 들은 넬슨도 여전히 태연한 표정을 짓고 있었다.

"후후후, 재미난 말이군. 만약 귀족원에서 자네의 그 생각을 반대한다면 어쩌겠는가?"

"만약 그런 일이 발생한다면 저는 몇 되지 않는 귀족들보다는 보다 다수인 국민들을 택하겠습니다. 국민이 믿고 따를 수 있는 귀족원이라면 아무리 부당한 명령을 내린다고 하더라도 따르겠지만, 만약 그렇지 못하다면 국민들을 위해 일시적으로 그들이 지닌 힘을 제한시킬 수밖에 없습니다."

데미안의 거침없는 대답에 원스턴의 얼굴은 종이를 대신 사용해도 좋을 만큼 창백하게 변했다. 만약 넬슨의 기분을 거슬리게 된다면 오늘 당장 수십 명에 달하는 왕립 아카데미의 교수들은 밥줄뿐만 아니라 목줄까지 끊어질 외로운 신세가 될 것이 뻔하기 때문이다. 물론 평소에도 좋고 싫은 것이 분명한 데미안이었지만 왜 하필 오늘따라 뭔가에 도전이라도 하듯 저런 답변을 한단 말인가?

"자네의 논리대로라면 국왕이 무능하면 국왕조차 바꾸어야 한다는 말인가?"

넬슨은 데미안의 답변이 흥미로운 듯 엷은 미소를 띠고 있었다.

"과거 무능한 황제 때문에 멸망한 전력이 있는 트레디날 제국의 역사를 누구보다 잘 알고 있는 사람으로서 그와 같은 전철을 다시 밟을 수는 없지 않겠습니까?"

"후후후, 아주 재미있는 대답이야. 나로서는 이 어린 청년이 역사 과목을 충실하게 이수했다고 합격점을 주고 싶은데, 자네들의 생각은 어떤가?"

"후작 각하께서 그렇게 말씀을 하신다면 저희들도 따르겠습니다."

원스턴의 대답에 넬슨은 자리에서 일어나며 원스턴에게 물었다.

"다음은 마법 시험이라고 했던가?"

"그렇습니다."

"싸일렉스 백작은 재미난 아들을 두었군. 검술에 마법까지 익혔다니. 그의 솜씨를 좀더 보고 싶군."

"그러시다면 제가 안내를 하겠습니다."

원스턴의 안내를 받으며 넬슨이 나가자 교수들 뒤에 서 있던 데미안의 친구들이 우르르 다가왔다.

졸업 시험 신청 269

"야 임마, 저분이 누군데 함부로 그런 소릴 한 거야?"

"그렇다고 틀린 말은 아니잖아."

"누가 틀린 말이라고 했냐? 분위기를 좀 봐가면서 말을 하던가 아니면 슬쩍 돌려서 말해야지 그렇게 함부로 말하다가 너희 집안에까지 피해가 미치면 어쩌려고 그래?"

소년들의 떠드는 소리에 데미안은 그저 미소만 지었다.

"데미안, 후작님께서 기다리시잖아. 어서 가자."

율리앙의 말에 데미안은 강의실을 빠져 나갔고, 그의 친구들도 우르르 강의실을 빠져 나갔다. 뒤에 남아 있던 교수들은 강의실에 자신들만 남은 것을 확인하고는 깊고 깊은 안도의 한숨을 쉬었다.

"대체 피에르 교수는 뭘 가르쳤기에 우리를 이렇게 공포에 떨게 만든단 말이오?"

"브랜드 교수의 말이 옳소. 다행히 후작 각하의 기분이 좋아서 무사히 지나갈 수 있었지, 만약 그분께서 조금이라도 기분이 나쁘셨다면 우린 당장 단두대의 이슬로 사라졌을 거요."

자신을 향해 목에 핏줄까지 세워가며 성토하는 모습을 보고도 피에르는 아랑곳하지 않았다. 그 모습에 다른 교수들이 더욱 화가 치미는 것은 당연한 일이었다.

"피에르 교수, 당신은 자신이 학생을 잘못 가르쳤다는 것을 인정하지 못하겠다는 말이오?"

"하하하! 여러분께서는 '얼음 칼날(Ice Blade)'이란 별명을 가진 넬슨 그라시아스 후작 각하께서 오늘 두 번이나 웃으셨다는 사실을 알고 계십니까? 여러분께서 뭘 걱정하시는지는 잘 알고 있지만, 그라시아스 후작 각하께서는 데미안님의 답변에 대해 만족을 느끼지 않으셨습니까? 그럼 그것으로 된 것이지요. 그것보다, 데미안님의 마법 시험을 보러 가지 않으시겠습니까? 노블 칼리지에서 마법 시험을 치르기는 이번이 처음인데, 어떤 시험인지 무척 궁금하군요."

피에르는 미소 띤 얼굴로 강의실을 나갔고, 강의실에 남아 있던 교수들은 그제야 넬슨이 데미안의 대답을 듣고 미소와 가벼운 웃음을 터뜨린 사실을 기억할 수 있었다.

언제나 차갑고 신경질적인 표정 때문에 넬슨 그라시아스 후작은 태어나서 단 한 번도 웃어본 적이 없을 거란 소문의 주인공이었다. 그런 사람이 아직 나이도 어린 데미안과 대화를 나누다 웃음을 터뜨렸다는 말을 한다면 보나마나 비 오는 날 먼지 나도록 두들겨 맞은 후 지하 감옥에 갇힐 것은 불을 보듯 뻔한 일이었다.

"우리도 구경이나 해봅시다."

어느 교수의 말에 나머지 교수들도 곧 강의실을 빠져 나갔다. 남은 사람은 브랜드 힐뿐이었다. 그는 신경질적으로 머리를 긁으며 중얼거렸다.

"대체 뭐가 특별하다고 그를 본 사람들은 모두 그를 좋아하는 거지? 그런 예의도 모르는 인간을……."

넓은 훈련장에는 급하게 세운 듯 보이는 서너 개의 굵은 나무 기둥이 보였고, 데미안은 그 중앙에 서 있었다. 다시 외곽으로 넬슨과 윈스턴, 그리고 노블 칼리지와 매직 칼리지의 선생들이 쭉 앉아 있었고, 노블 칼리지와 매직 칼리지의 학생들이 둘러서 구경을 하고 있었다.

장내의 정리가 끝나자 그들을 지휘하던 딜케가 옷차림을 바로 하고는 넬슨에게 오른팔을 가슴에 붙인 채 인사를 했다.

"그라시아스 후작 각하, 저는 매직 칼리지에서 마법을 가르치고 있는 딜케 이온이라고 합니다. 지금 데미안 싸일렉스에게 베풀어지는 마법 시험은 매직 칼리지의 마법 과정을 졸업할 수 있는 한계인 3싸이클의 마법을 익혔는가를 시험하는 과정입니다. 만약 시험을 통과한다면 수련 마법사의 칭호를 받을 수 있지만, 그렇지 못하다면 교육은 다시 시작하게 됩니다."

"그렇다면 졸업을 할 수 없단 말인가?"

넬슨의 질문에 대답한 것은 윈스턴이었다.

"그라시아스 후작 각하, 데미안 싸일렉스는 현재 노블 칼리지의 학생이기에 설사 마법 시험에 실패를 한다고 하더라도 검술 시험만 통과를 한다면 졸업에는 큰 상관이 없습니다."

윈스턴의 설명에 넬슨이 고개를 끄덕이자 딜케가 다시 말을 이었다.

"그렇다면 지금부터 마법 시험을 시작하겠습니다."

천천히 돌아선 딜케는 데미안을 향해 말했다.

"본인이 가르쳐 준 것은 2싸이클의 마법까지였습니다. 3싸이클의 마법은 가르쳐 준 것이 없는데 어떤 마법을 보일지 저도 궁금하군요. 첫째 시험은 3싸이클의 공격 마법 가운데 하나를 시범을 보여야 합니다. 대상은 그대의 주위에 세워져 있는 나무 기둥이고, 위력은 그 나무가 완전히 파괴가 될 정도라야 됩니다. 둘째 시험은 치유 마법에 관한 시험입니다. 그리고 마지막 세 번째는 한 번도 다른 사람이 보지 못한 새로운 마법을 선보여야 합니다. 이것은 단순히 마법에 대한 지식을 얼마나 익혔는가를 보는 것보다는 그것을 얼마나 활용하고 응용할 수 있느냐를 확인하기 위한 시험입니다. 준비가 되었으면 시작해 주십시오."

딜케의 말에 데미안은 자신이 알고 있는 공격 마법 가운데 가장 강한 위력을 가진 마법을 생각했다. 무엇보다 먼저 깨달았고, 가장 익숙한 마법은 역시 파이어 볼이었다. 천천히 파이어 볼을 사용할 수 있는 룬어를 캐스팅했다.

"파이어 볼!"

데미안의 외침과 함께 데미안의 오른손에는 그의 얼굴 만한 크기를 가진 불덩이가 생겼다. 그리고 그의 손짓에 의해 허공으로 치솟았다. 데미안이 정면에 있는 나무를 향해 파이어 볼을 던지지 않자 딜케는 당황했고, 주위에서 구경을 하던 사람들도 궁금해했다.

"세퍼레이션(Separation : 분리)!"

그러자 데미안의 머리 위로 약 5미터 정도를 치솟은 파이어 볼이 네 개로 나뉘어지며 데미안의 주위에 박혀 있던 네 개의 나무 기둥으로 날아갔다.

펑! 하는 소리와 함께 나무 기둥은 거세게 타올랐고 그 모습에 사람들은 감탄을 금치 못했다. 파이어 볼이 네 개로 나뉘어 날아가는 광경은 단 한 번도 본 적이 없었다. 게다가 그 위력 또한 원래 파이어 볼이 가진 위력에서 조금도 떨어지지 않았다.

그런 모습을 처음 본 노블 칼리지의 학생들은 감탄을 금치 못했고, 딜케 역시 안도의 한숨을 내쉬었다. 그러는 동안 순식간에 다 타버린 나무 기둥에서 하얀 연기가 피어올랐다. 그 모습을 본 딜케가 자신의 제자들을 향해 손짓을 했다. 그러자 로브를 걸친 두 명의 청년이 한 명의 부상자를 데리고 왔다.

뭔가 무거운 물체에 짓눌렸는지 왼쪽 다리가 부러져 뼈가 살가죽을 뚫고 튀어나와 있었다. 그 끔찍한 모습에 사람들의 얼굴이 일제히 찌푸려졌다.

"두 번째 시험은 그 부상자를 치료하는 것입니다. 참고적으로 말하자면 그 사람은 조금 전 마차에 깔려 다리뼈가 부러지는 부상을 입었습니다. 자신이 없으면 말씀을 하십시오."

데미안은 딜케의 말이 미처 끝나기도 전에 부상자에게 다가갔다. 60이 넘어 보이는 노인은 이를 악물며 고통을 참고 있었다. 상처를 확인한 데미안은 불행중다행으로 뼈가 깨끗하게 부러진 것을 확인할 수 있었다. 만약 뼈가 조각조각 난 상태라면 그의 마법 실력으로는 어쩔 수 없었을 것이다. 근육에도 별다른 상처가 없는 것을 확인한 데미안은 노인에게 부드러운 음성으로 입을 열었다.

"집이 어딥니까?"

"예? 집은 이 페인야드의 서쪽에 있는데요?"

"그렇다면 집에는 누가 있습니까?"

"늙은 마누라와 아들 둘에……."

노인은 데미안의 질문에 대답을 하느라고 데미안의 양손에 붉은색의 아지랑이가 이는 것을 발견하지 못했다. 그러나 주위에 있던 사람들은 그 모습을 발견하고는 일제히 숨을 죽이고 지켜봤다.

"그랬군요. 이제 편안히 쉴 나이도 된 것 같은데 아직까지 일을 해야 된다니 고생이 많겠습니다."

"아닙니다. 고생이라고 할 것도 없지요. 더 열심히……."

"그만 일어나 보십시오."

"예?"

데미안의 말에 노인은 눈이 동그랗게 뜨고 데미안의 얼굴을 한번 봤다가 자신의 다리를 보았다. 왼쪽 정강이 주위에 피가 묻어 있기는 했지만 조금 전까지 살가죽을 뚫고 튀어나와왔던 뼛조각은 어디에도 보이지 않았다. 만약 정강이 주위에 묻은 피만 아니라면 자신이 다쳤었다는 사실조차 믿지 못할 지경이었다. 뼈가 튀어나왔던 부분에 가느다랗게 살이 봉합된 흔적이 보여 자신이 조금 전 분명 다쳤었다는 것이 꿈이 아니었음을 증명하고 있었다.
 노인은 천천히 자리에서 일어나 걸음을 옮겨보았다. 조금 다리가 당기는 듯한 느낌이 들기는 했지만 고통은 느껴지지 않았다.
 "아직 완전히 낫은 것은 아니니 몇 번 더 치료를 받도록 해야 합니다."
 "고맙습니다, 마법사님. 정말 고맙습니다."
 노인은 데미안의 손을 잡고 몇 번이나 고개를 숙여 감사의 인사를 했고, 데미안은 쑥스러운 듯 얼굴을 붉혔다. 노인이 딜케의 제자들과 함께 훈련장을 떠나자 딜케가 고개를 끄덕이며 입을 열었다.
 "훌륭한 치유 마법이었습니다. 그러나 그보다 노인을 안심시켜 치료하려는 마음에 감탄했습니다. 이제 마지막 시험입니다. 가지고 있는 응용력과 창의력을 최대한 발휘해 주십시오."
 딜케의 말에 데미안은 천천히 눈을 감고 자신의 몸 주위에 있는 마나의 기운을 느끼기 위해 집중했다. 잠시 후 잔잔한 마나의 흐름을 느끼고 룬어로 된 스펠(Spell : 마법)을 케스팅해 자신의 주위의 마나를 서서히 회전을 시켰다. 눈 깜빡할 사이에 마나의 흐름을 거세졌고, 자신 안에 들어온 마나의 양이 충분한 것을 깨달은 데미안은 두 손을 그대로 뻗었다.
 "미티어 레인(Meteor Rain : 유성우)!"
 순간 데미안의 양손에서 십여 줄기의 붉은빛이 터져 나오며 허공으로 치솟았다가 빠른 속도로 지면을 향해 떨어졌다. 붉은빛은 데미안 주위에 있는 성한 나무 기둥과 타버린 나무 기둥으로 떨어졌고, 성한 기둥에는 서너 개의 구멍을, 타버린 기둥은 그야말로 가루로 만들었다.

순간적으로 너무 급격하게 마법을 사용한 탓인지 데미안의 얼굴은 창백해졌다. 넬슨은 자신의 자리에서 턱을 고인 채 데미안의 모습을 지켜보다가 그의 마법 시연이 끝날 때마다 딜케에게 뭔가를 묻고는 고개를 끄덕이기를 반복했다.

잠시의 시간이 지나고 딜케가 조금은 큰 소리로 외쳤다.

"오늘 데미안 싸일렉스의 마법 시험에 대한 결과를 발표하겠습니다. 결론을 먼저 말씀드리면 졸업 시험에 모두 통과했음을 인정합니다."

"와!"

딜케의 말이 끝나기 무섭게 노블 칼리지나 매직 칼리지의 학생들이 일제히 환호성을 질렀다. 그런 모습이 조금은 이상하게 느껴졌는지 넬슨의 입꼬리가 조금 올라갔고, 옆에 있던 원스턴이 그에 대해 설명을 했다. 흥분한 학생들을 진정시킨 딜케가 시험 결과에 대한 설명을 했다.

"그럼 설명하겠습니다. 먼저 3싸이클의 마법을 사용하라는 과제에 데미안 싸일렉스는 훌륭하게 성공을 했습니다. 그가 사용한 파이어 볼은 1싸이클에 불과한 마법이지만 매 싸이클이 올라갈 때마다 그 위력은 점점 강해지게 됩니다. 1싸이클의 수련생이 만들어낸 파이어 볼이나 5싸이클인 제가 만들어낸 파이어 볼이나 만드는 방법이나 형식은 같지만 움직일 수 있는 마나의 양이 다르니 그 위력은 같을 수 없습니다. 데미안 싸일렉스가 시범 보인 파이어 볼은 충분히 3싸이클의 마나에 해당되었고, 게다가 더욱 발전시켜 네 개의 조각으로 나누는 창의력까지 보여주었습니다. 물론 5싸이클의 마법에 그와 유사한 마법이 있기는 하지만 데미안 싸일렉스가 그 룬어를 알고 있다고는 볼 수 없기 때문에 첫 번째 시험을 통과했다고 인정할 수밖에 없습니다."

잠시 목을 가다듬은 딜케가 말을 이었다.

"그리고 치유 마법에 대해서는 여러분도 보았다시피 성공을 했습니다. 다리가 부러진 노인이 자신의 다리가 다시 맞춰지고 있다는 사실조차 깨닫지 못할 정도로 조심스럽고, 세심한 움직임을 보여주었습니다. 저는 치유 마법이 성공한 것보다 최대한 환자를 위하려는 마음에 더 감동을 받았습니다. 그리고 마지막으로 창의력을 시험하는 과제 역시 훌륭하게 성공했습니다. 6싸이클의 마법 가운데 미티어 스웜Meteor Swarm과 상당히 비슷했지만 엄청난 마나가 소모되는 미티어 스웜에 비해 유사한 위력을 가지고 있으면서도 마법사의 의도에 따라 상대를 공격할 수 있다는 것이 상당히 독창적이었습니다. 방금 설명드린 것을 전부 종합해 볼 때 데미안 싸일렉스에 대한 졸업 마법 시험은 모두 통과한 것이 인정되기에 그 결과를 원장님께 통보합니다."

딜케의 말에 워스턴은 천천히 자리에서 일어나며 고개를 끄덕였다.

"딜케 교수님의 말씀대로 데미안 싸일렉스가 졸업 마법 시험을 통과했음을 승인합니다. 데미안 싸일렉스는 오늘부터 수련 마법사가 되었고, 4싸이클의 정식 마법사가 될 때까지 부단히 노력해 주기를 바랍니다. 그럼 다음은 용병 졸업 시험을 치르도록 하겠습니다."

워스턴의 말에 매직 칼리지의 학생들이 신속하게 훈련장을 치웠다. 잠시 후 훈련장은 깨끗하게 정리가 되었고, 넬슨 앞에 네오시안이 부동 자세로 섰다.

"현재 용병 교육을 맡고 있는 네오시안입니다."

"오! 보르도 백작. 그러고 보니 오랜만에 만나는구려. 그 동안 잘 있었소?"

"후작 각하께서 염려해 주신 덕에 잘 있었습니다. 용병 교육은 후작 각하께서도 잘 알고 계시다시피 한 사람의 용병으로서 알아야 할 기본적인 지식과 격투 훈련에 중점을 둔 것입니다. 간단하게 몇 가지의 테스트를 하고 두 가지의 과제를 통과해야 합니다. 첫 번째는 목검으로 목검을 자를 것, 두 번째는 저를 상대로 10분을 견딜 수 있는가 하는 것입니다."

"자네를 상대로 10분을 견디란 말인가?"

넬슨은 자신의 턱을 쓰다듬더니 곧 자신의 생각을 말했다.

'내 생각에 자네와 차이가 너무 나는 것 같은데 그보다 그를 가르쳤던 교관 가운데 한 명과 대결을 하도록 하는 것은 어떤가? 내 생각에는 그 방법이 더 좋을 듯한데."

"교관과 말씀입니까?"

"그래. 이왕이면 교관들 가운데에서 가장 강한 사람과 겨루는 것을 보면 그의 실력을 알 수 있지 않겠나?"

"알겠습니다. 그럼 시험을 곧 시작하겠습니다."

말을 마친 네오시안은 곧 데미안에 대한 시험을 시작했다. 먼저 갖가지 무기에 대한 사용법을 물었고, 데미안은 자신이 알고 있는 각 무기들에 대해 자세한 설명과 간단한 시범을 보여야 했다. 그 모습을 지켜보고 있던 소년들은 데미안이 각 무기에 대한 설명과 능숙한 솜씨로 시범을 보이는 모습에 벌린 입을 다물지 못했다. 또 데미안과 함께 용병 훈련을 받던 동료들은 그의 시범을 손에 땀을 쥐고 지켜보았다. 개중에는 파이야와 슈벨만도 끼여 있었다.

용병으로서 숙지해야 될 사항까지 끝나자 데미안에게 한 자루의 목검이 전달되었고, 그의 정면에는 훈련용 목검 한 자루가 땅에 박혀 있었다. 목검을 머리 위로 쳐든 데미안은 지그시 눈을 감고 길게 숨을 들이마셨다. 그리고는 정신을 집중해 뱃속에서 요동치는 마나를 두 손을 통해 검으로 밀어넣었다. 그러자 데미안의 목검에서 뭔가 불그스름한 아지랑이 같은 것이 피어오르는 듯했다. 순간 데미안은 눈을 떴고, 눈앞의 목검을 향해 목검을 내리쳤다.

분명 목검과 목검이 부딪치는 소리가 들렸어야 함에도 불구하고 아무런 소리도 들리지 않았다. 성공인지 실팬지 몰라하는 학생들과는 달리 넬슨과 네오시안의 얼굴에는 만족스럽다는 듯 희미한 미소가 떠올랐다.

"첫 번째 시험을 통과했다. 그럼 두 번째 시험을 치르겠다. 원래는 나와 대결을 해야 하지만 차이가 너무 난다는 후작 각하의 말씀에 따라 교육을 담당했던 교관 가운데 한 사람과 대련을 하도록 한다. 맥켄리, 자네가 데미안을 상대하도록."

"예, 알겠습니다."

네오시안의 지명에 한걸음 앞으로 나선 사람은 2미터 20센티미터가 넘는 키에 나무 기둥에 가까운 목검을 든 우락부락한 인상의 사내였다. 꽤나 험한 삶을 살았는지 옷 밖으로 드러난 얼굴과 팔에는 크고 작은 상처들로 덮여 있었다. 보기만 해도 질리는 인상을 가진 맥켄리가 데미안 앞에 섰다. 그때 땅에 박혀 있던 목검이 잘려나갔고, 그 모습을 발견한 사람들은 눈을 커다랗게 떴다.

"준비가 됐으면 공격을 하십시오."

데미안은 신중한 표정으로 목검을 양손으로 잡고는 비스듬히 들었다. 독특한 데미안의 자세에 넬슨은 눈을 가늘게 뜨고 검술의 내력을 생각하려 했지만 잘 생각이 나질 않았다.

"보르도 백작, 지금 저 어린 청년의 자세가 어떤 검술의 자세인가? 어디서 본 듯도 하고, 난생처음 보는 자세 같기도 한데 말이야."

"제가 알기로는 옛 이스턴 대륙의 검술로 알고 있습니다."

"뭐? 이스턴의 검술?"

"예, 데미안이 도서관에서 찾은 책인데, 혼자서 번역하고 독학으로 깨우친 것 같습니다. 처음에는 말릴까 생각도 했지만 어떤 것일까 하는 궁금한 생각에 말리지 않았습니다."

"이스턴의 검술이란 말이지?"

넬슨은 어느 책에선가 과거 이스턴 대륙의 검술에 관해 설명한 내용이 뇌리를 스쳤다. 이스턴 대륙의 검술은 검을 휘두르며 익히는 뮤란 대륙의 검술과는 달리 명상과 검술을 조화시킨 검술이라는 것이었다. 넬슨이 처음 검술을 익히면서 대체 검술과 명상을 조화시킨다는 말의 의미를 잘 이해할 수 없었다. 그런데 지금 눈앞에 그 이스턴 대륙의 검술을 익힌 검사가 있다는 말에 흥미진진한 대결을 보는 구경꾼과 같은 가벼운 흥분을 느꼈다.

검을 치켜든 데미안은 천천히 지면을 스치듯 발걸음을 떼더니 어느 순간 폭발적인 움직임을 보였다. 거목과 같은 모습으로 서 있는 맥켄리를 향해 지그재그로 스텝을 밟으며 달려들었다. 갑작스럽게 달려드는 데미안을 발견한 맥켄리는 반사적으로 검을 내밀었지만 이미 데미안은 그의 목검을 피해 옆으로 돌아갔다. 그리고는 맥켄리의 옆구리를 향해 힘껏 목검을 휘둘렀다.

자신의 옆에서 허공을 가르며 뭔가가 날아오는 것을 느낀 맥켄리는 덩치에 어울리지 않게 재빠른 동작으로 허리를 숙였다. 동시에 수중의 목검을 아래에서 위로 휘둘렀다. 그러나 목검은 헛되이 허공을 가로질렀고, 뒤로 피했던 데미안은 재차 달려들며 맥켄리의 머리를 향해 목검을 휘둘렀다.

너무도 재빠른 데미안의 공격에 맥켄리는 제대로 공격다운 공격 한번 해보지 못하고 계속 뒤로 물러섰다. 그런 자신의 모습에 수치심을 느꼈는지 맥켄리는 조금씩 자신의 목검에 마나를 주입하며 목검을 휘둘러 데미안의 공격을 막아냈다.

'사각' 하는 소리와 함께 목검의 끝이 날아가는 모습을 발견한 데미안 역시 목검에 마나를 주입해 맥켄리를 공격했다.

체격적으로는 도저히 상대도 될 것 같지 않았던 데미안이 맥켄리를 상대로 일방적인 공격이 이어지자 구경하던 학생들의 입에서는 일제히 함성이 터졌다.

"와와—!"

데미안의 빠른 몸놀림과 끊임없이 이어지는 공격을 맥켄리는 용병 생활을 통해 쌓았던 노련한 경험으로 버티고 있었다. 물론 맥켄리도 마나를 이용한 검기를 사용할 줄 안다. 그리고 지금 사용하고 있었다. 그럼에도 불구하고 데미안에게 밀리고 있다는 황당한 사실을 자신은 도저히 믿을 수 없었다. 자신의 검기에 싸인 목검이 데미안의 목검과 부딪칠 때마다 몇 번이나 팔목이 꺾이려는 것을 그야말로 입술을 깨물며 참아내고 있었던 것이다. 그렇다면 데미안 역시 검기를 사용하고 있다는 것은 충분히 짐작할 수 있는 일이었다. 그렇지만 자신에게는 누구와의 힘겨루기에서도 지지 않을 오거Ogre만큼 강한 힘이 있는데, 이렇게 견디기 힘든 데미안의 공격은 대체 뭐란 말인가?

금방 끝날 것 같았던 두 사람의 대련은 의외로 시간이 걸렸다. 물론 대부분의 사람들이 오랜 세월 동안 용병 생활을 한 맥켄리의 승리를 점찍고 있었는데, 막상 두 사람이 대결을 시작하고 보니 그들로서도 미처 예상하지 못한 의외의 상황이 벌어진 것이다.

맥켄리는 젖 먹던 힘까지 끌어올려 수중의 목검을 힘껏 내리쳤다. 데미안 역시 목검을 들어 맥켄리의 공격을 막았다. 허공에서 두 목검이 부딪치며 그 움직임이 멎자 맥켄리는 재빨리 수중의 목검을 빼내 반대로 휘둘렀다. 데미안은 황급히 자신의 오른쪽 옆구리로 날아온 맥켄리의 목검을 막아내기는 했지만 그 기세를 이기지 못하고 오른발을 앞으로 내디디며 상체가 앞으로 숙여지고 말았다. 그 순간을 이용해 맥켄리의 목검은 훤하게 드러난 데미안의 등을 향해 힘껏 찔렀다.

누가 보아도 데미안의 패배가 확실했다. 데미안과 같이 용병 훈련을 받은 파이야조차 데미안의 패배를 인정하고 있었다. 그러나 몸이 앞으로 쏠리는 순간, 데미안은 내디딘 오른발을 축으로 지면에 몸이 닿을 정도로 바싹 숙이고는 그대로 회전을 했다. 그러면서 수중의 목검을 왼손으로 옮겨 쥐고는 그대로 쭉 뻗었다. 그리고 잠시 정적이 흘렀다.

"와! 데미안이 이겼다."

"세 번째 시험도 통과했다! 와~"

맥켄리의 목검은 주저앉은 듯 보이는 데미안의 머리 위로 지나친 모습이었고, 데미안의 목검은 앞으로 쭉 뻗어진 그의 왼손에 쥐어진 채 맥켄리의 목젖에 닿아 있었다.

"그만!"

네오시안의 말에 데미안과 맥켄리는 서로의 목검을 회수하고는 넬슨이 앉아 있는 곳을 향해 섰다.

"그라시아스 후작 각하, 데미안 싸일렉스가 용병 시험을 모두 통과하였기에 그에게 용병으로서의 자격을 주려합니다. 인정해 주시겠습니까?"

"나로서는 이의가 없네."

네오시안은 돌아서서 근엄한 얼굴로 선언했다.

"그럼 데미안 싸일렉스가 한 사람의 용병으로써 자격이 있다는 것을 승인한다. 시험을 통과한 그대에게는 한 자루의 검이 주어질 것이고, 만약 그대에게 가문의 문장이 없다면 소속되었던 용병조의 문장을 사용하는 것을 허락하겠다."

"와! 라이언조의 데미안 만세!"

"라이언조 만세!"

체격은 이미 성숙한 청년이면서도 마음은 아직 그렇지 못한지 학생들의 환호성에 하늘이 금방이라도 무너져 내릴 것 같았다. 그 모습을 보던 넬슨이 네오시안에게 뭔가 귓속말을 했고, 그의 말을 들은 네오시안은 조금은 어색한 미소를 지었다. 학생들의 환호성은 네오시안이 손을 들자 금방 멈춰졌다.

"이제 데미안 싸일렉스에게 남은 시험은 검술 시험뿐이다. 영광스럽게도 넬슨 드 그라시아스 후작 각하께서 직접 데미안 싸일렉스의 검술 실력을 테스트해 주시겠다고 방금 말씀하셨다. 데미안 싸일렉스는 지금 즉시 진검을 가지고 준비를 하도록 해라."

네오시안의 말에 그 자리에 모여 있던 사람들은 모두 깜짝 놀랐다. 비록 귀족가의 자식이라고는 하지만 한낱 졸업 시험에 소드 마스터에 이른 후작이 직접 그 실력을 테스트한 예는 단 한 번도 없었기에 놀라움은 더욱 컸다.

"그라시아스 후작 각하, 이런 시험에 후작 각하께서 직접 나서신다는 것은……."

"그만두게. 나는 지금 데미안 싸일렉스라는 저 나이 어린 검사에게 흥미를 느꼈고, 그의 검술이 궁금하기에 직접 실력을 테스트

하려는 것뿐일세."

"그래도……"

"자네는 설마 내가 질 것 같아 걱정을 하는 것인가?"

"아닙니다. 제가 어찌 그런 생각을……"

"그렇다면 조용히 보도록 하게."

윈스턴에게 싸늘한 음성을 내뱉은 넬슨은 천천히 검술 훈련장의 중앙에 섰다. 그러는 동안 데미안은 헥터에게서 두 자루의 검과 검대(劍帶)를 받아 들었다. 그가 검대를 차려는 순간 그에게 다가온 파이야와 슈벨만이 데미안에게 다가와 그가 검을 차는 것을 도와주었다.

바스타드 소드는 등에, 레이피어는 왼쪽 허리에 채워주면서 파이야는 두 검의 무게가 보통이 아님을 깨달았다. 단단히 검대를 조여주며 심각한 어조로 소곤거렸다.

"검술 실력으로만 따진다면 다섯 분의 후작님들 가운데 가장 날카로운 검술을 지니고 계신 분이라고 들었습니다. 부디 조심하도록 하십시오."

"걱정하지 마. 어차피 내 실력을 테스트하는 시험인데 위험한 일이야 있겠어?"

파이야의 걱정이 깃든 말에 데미안은 가볍게 웃어주고는 걸음을 옮겨 넬슨을 마주보고 섰다. 그리고는 주먹 쥔 오른손을 가볍게 왼쪽 가슴에 대며 인사를 했다.

"싸일렉스 백작가의 데미안이 넬슨 드 그라시아스 후작 각하께 검술 실력을 테스트 받길 청합니다."

제10장
地獄二刀流의 첫 선

"호오~ 자네는 두 자루의 검을 사용하는가?"

"그렇습니다."

"난 준비됐네. 자네가 먼저 공격을 하도록 하게."

넬슨의 말에 데미안은 천천히 양발을 어깨 넓이로 벌리고, 등에 메고 있던 바스타드 소드를 뽑아 양손으로 움켜쥔 채 천천히 오른쪽 가슴 앞에 세웠다.

데미안이 두 자루의 검을 이용한 검술을 익혔다는 말을 들은 넬슨은 데미안이 바스타드 소드만 뽑아 들자 과연 언제 레이피어를 뽑을 것인지 궁금해했다. 천천히 숨을 고른 데미안은 맥켄리를 공격할 때처럼 지그재그로 움직이며 넬슨에게 다가와 수중의 바스타드 소드를 휘둘렀다.

챙!

귓전을 울리는 맑은 쇳소리와 함께 데미안의 바스타드 소드는 넬슨의 롱 소드에 가로막혔다. 그러자 데미안은 지체없이 몸을 회전시키며 넬슨의 옆구리를 노렸다. 넬슨은 데미안의 행동이 좀 전과는 달리 보통 빠른 것이 아니라는 것을 깨닫고 롱 소드에 조금의 마나를 집어넣었다.

데미안의 체격은 보통의 청년들과 다를 바가 없어 보였는데 막상 검을 부딪치고 보니 그 충격이 보통이 아니었다. 마나를 이용한 공격이 아닌 것이 확실하고 보면 데미안의 힘이나 그가 들고 있는 바스타드 소드의 무게가 보통이 아니라는 것을 쉽게 짐작할 수 있었다.

넬슨의 검에서 푸른 기운이 도는 것을 재빨리 눈치챈 데미안은 황급히 바스타드 소드를 회수하고는 뒤로 물러섰다. 평소에 보아왔던 행동과는 판이하게 다른 데미안의 행동에 그를 알고 있던 사람들은 놀라지 않을 수 없었다. 마치 무게가 전혀 없는 깃털처럼 가볍게 움직이면서도 엄청나게 빨랐다.

데미안은 심호흡을 하고는 자신의 검에 마나를 불어넣었다. 그러자 데미안의 바스타드 소드에서도 불그스름한 아지랑이 같은 것이 생겨났다. 데미안은 지체없이 넬슨에게 달려들어 수중의 바스타드 소드를 휘둘렀다. 데미안이 공격하는 것에만 주력한 나머지 방어가 허술한 것을 깨달은 넬슨은 바스타드 소드를 막으며 그런 사실을 지적하려고 했다. 바로 그때 바스타드 소드를 잡은 양손 가운데 왼손이 밑으로 내려가더니 레이피어의 손잡이를 잡고는 최단거리로 뽑아 올려 넬슨의 턱을 공격했다.

비록 소드 마스터의 경지에 오른 넬슨이지만 이때만큼은 놀라지 않을 수 없었다. 재빨리 롱 소드를 들었던 손에 힘을 주어 왼발을 축으로 몸을 회전시켰다. 레이피어는 허무하게 허공을 갈랐고, 넬슨의 롱 소드에 밀린 데미안의 바스타드 소드가 레이피어와 부딪쳤다. 재빨리 레이피어를 회수하고는 다시 두 손으로 바스타드 소드를 잡고 넬슨의 힘에 대항했다.

머리를 묶었던 가죽끈이 언제 풀어졌는지 데미안이 움직일 때마다 마치 불덩이가 움직이는 듯했다. 잠시 넬슨과 맞서던 데미안은 재빨리 뒤로 물러섰고, 이번에는 넬슨이 다가서며 롱 소드를 휘둘렀다. 데미안은 바스타드 소드를 왼손에 들고는 넬슨의 검을 막아 그 궤도를 틀어지게 했고, 오히려 넬슨의 품으로 뛰어들며 오른손으로 레이피어를 빼 들고 넬슨의 어깨를 노렸다.

좀 전에 레이피어를 분명 왼손으로 사용했는데 지금은 오른손으로 사용하다니 직접 눈으로 보고도 믿을 수 없었다. 넬슨은 설마 데미안이 손과 상관없이 레이피어를 사용할 수 있을 줄은 상상도 못 했기에 일단 뒤로 물러섰다.

소드 마스터인 넬슨이 뒤로 물러서는 모습에 그들의 대결을 지켜보던 사람들은 영문을 몰라 어리둥절한 표정을 감추지 못했다. 넬슨이 물러나는 모습에 네오시안은 만약 자신이라면 어떻게 했을까를 생각하기 시작했다.

넬슨은 자신이 이제 검을 배운 지 2년밖에 안 되는 데미안을 상대로 자신이 뒤로 물러섰다는 사실을 믿을 수 없었다. 데미안의 검술은 철저히 상식이라는 것을 깨뜨리고 있었다.

처음 데미안이 왼쪽에 레이피어를 차고 있는 모습에 당연히 그가 오른손으로 사용할 것이라고 생각을 했었다. 그런데 왼손으로 레이피어를 뽑았을 때 얼마나 놀랐는지 모른다. 그런데 이제는 오른손으로 레이피어를 사용하다니. 직접 자신의 눈으로 보고도 좀처럼 믿기 힘들었다.

물론 양손으로 검을 쓰는 자들과 대결하는 것이 이번이 처음은 아니었다. 그러나 그들의 경우에는 오른손이나 왼손 가운데 하나가 주로 움직였고, 나머지 손은 그 손을 거드는 정도에 불과했다. 그러나 데미안의 공격은 상식을 거부함과 동시에 예측을 불허하는 검술이었다.

데미안은 어느샌가 레이피어를 회수하고, 바스타드 소드를 휘두르며 달려들었다. 빠른 몸놀림과 바스타드 소드의 육중함, 그리고 레이피어의 날카로움, 어느것 하나 무시할 것이 없었다. 만약 데미안이 좀더 경험을 쌓게 된다면 그의 상대가 될 수 있는 사람은 거의 없을 거라는 것이 넬슨이 내린 평가였다.

그러는 사이에도 데미안은 베기용인 바스타드 소드로 찌르기 공격을 시도했고, 찌르기용으로 사용하는 레이피어로 베기 공격을 했다. 잠시도 쉴 틈을 주지 않는 공격이었다.

그들의 검이 부딪칠 때마다 훈련장에 울려퍼지는 금속음에 구경하던 사람들은 청각에 이상을 일으킬 정도였다. 그러던 중 갑자기 넬슨이 갑자기 롱 소드를 거두며 뒤로 물러섰다. 데미안 역시 두 자루의 검을 회수하고는 땀투성이가 된 얼굴에 달라붙은 붉은 머리칼을 떼며 가쁜 숨을 몰아쉬었다. 그 모습에 구경을 하던 학생들과 교수들은 긴장된 눈으로 넬슨의 얼굴을 바라보았다.

테스트에 들어가기 전 데미안은 분명 몇 번 정도는 자신의 공격이 성공할 수 있을 거라고 생각을 했었다. 그러나 소드 마스터라는 벽이 얼마나 높은 것인가를 다시 한 번 느끼게 하는 대결이었음을 스스로 인정해야만 했다. 게다가 넬슨이 자신과 비슷한 수준의 마나를 사용해 상대해 주었다는 사실을 데미안도 이미 깨닫고 있었다. 만약 그렇지 않다면 자신이 이렇게 서 있을 수 없다는 것을 모를 데미안은 아니었다.

　데미안이 가쁜 숨을 몰아쉬는 사이 넬슨이 자신의 자리로 돌아갔다.

　"그럼 검술 시험 결과를 발표하겠다. 데미안 싸일렉스는 검술 시험을 통과했기에 국왕 폐하의 이름으로 수련 기사가 되었음을 인정한다. 그대는 지금부터 2년 동안 수행을 하게 된다. 데미안 싸일렉스는 그라시아스 후작 각하 앞으로 나와 무릎을 꿇어라."

　네오시안의 말에 데미안은 천천히 걸음을 옮겨 넬슨 앞에 두 무릎을 꿇고 머리를 숙였다. 자리에서 일어선 넬슨은 자신의 롱 소드를 뽑아 자신의 얼굴 앞에 세우며 큰 소리로 엄숙하게 외쳤다.

　"나 넬슨 그라시아스는 국왕 폐하께서 나에게 내린 권한으로 데미안 싸일렉스를 수련 기사에 봉한다."

　넬슨은 천천히 롱 소드를 내려 데미안의 머리에 살짝 갖다 대었다.

　"그대는 선더버드의 정의를 따르겠는가?"

　"따르겠습니다."

　데미안의 대답에 넬슨은 다시 롱 소드를 그의 오른쪽 어깨로 내렸다.

　"그대는 국왕 폐하께 충성을 다하겠는가?"

　"다하겠습니다."

　롱 소드는 다시 데미안의 왼쪽 어깨로 옮겨졌다.

　"그대는 약자를 보호하며, 기사로서의 명예를 지키겠는가?"

　"지키겠습니다."

　"이제 데미안 싸일렉스가 수련 기사가 되었음을 국왕 폐하의 이름으로 선언한다. 일어나라."

데미안이 일어서자 그 모습을 본 학생들은 일제히 환호성을 터뜨렸고, 끝까지 시험을 지켜보던 노블 칼리지와 매직 칼리지의 교수들 역시 그에게 열렬한 박수를 보냈다.

"나는 그대가 무사히 수련 기사를 마치고 훌륭한 기사가 될 것이라고 믿는다."

"감사합니다, 후작 각하."

데미안은 계속된 시험으로 조금은 지쳤지만 무사히 네 개의 시험을 통과했다는 사실에 만족스러운 미소를 지었다. 데미안의 미소를 본 넬슨의 입꼬리가 슬쩍 올라갔다.

"자네에게 충고를 하나 하지."

"가슴 깊이 새겨듣겠습니다."

"수련 기사로서 수행을 하면서 여자를 만나게 되면 절대 웃지 말게."

넬슨의 말에 데미안은 어리둥절한 표정을 지었다. 그 멍청한 모습을 본 넬슨은 결국 웃음을 터뜨리고 말았다.

"하하하! 자넨 검술 실력을 쌓는 것보다 표정 관리하는 것을 먼저 배웠어야 했어."

넬슨은 유쾌한 듯 큰 소리로 웃으며 네오시안과 원스턴을 대동한 채 훈련장을 떠났고, 데미안은 자신을 축하해 주는 사람들에게 휩싸이면서 자신이 오늘 확실히 졸업 시험에 통과했다는 사실을 재차 깨달았다.

노블 칼리지와 매직 칼리지의 학생들이 환호하는 사이 데미안의 시험 통과를 축하해 주라는 넬슨의 명령에 따라 요리사들이 음식을 만들고, 술이 창고에서 꺼내졌다. 파티는 밤늦게까지 이어졌고, 데미안도 모든 긴장을 풀고 실로 오랜만에 술을 마실 수 있었다.

새벽까지 친구들과 어울려 술을 마신 데미안은 아침에 잠에서 깨며 상당히 피곤한 것을 느꼈다. 〈地獄二刀流〉란 책에 있는 '마음을 다스리는 법' 대로 마나를 받아들여 온몸으로 보낸 데미안은 전신의 세포 하나하나가 모두 활짝 깨어나는 듯한 상쾌한 기분을 느꼈다. 간밤의 숙취와 피곤함이 사라지자 어제 자신이 시험에 통과했다는 사실이 다시 떠올랐다. 싱긋 미소를 짓고는 침실을 나서자 헥터가 창 밖을 보고 있는 모습이 보였다.

"헥터, 잘 잤어?"

"몸은 괜찮으십니까? 어제 보통 술에 취한 것이 아닌 것 같았는데."

"괜찮아. 사실 어제는 상당히 피곤했는데 자고 났더니 개운해졌어. 어제 나와 친구들 때문에 고생 많았지?"

"아닙니다. 그보다 어제 졸업 시험을 무사히 통과하신 것을 진심으로 축하드립니다."

"고마워."

"참, 보르도 백작님께서 아침 식사가 끝나는 대로 만났으면 좋겠다는 소식을 전해왔습니다."

"보르도 백작님이? 무슨 일이지?"

반문을 하던 데미안은 문득 몇 개월 전 네오시안이 자신에게 시험에 통과하면 어떤 임무를 맡기겠다고 한 말이 갑자기 생각났다.

"데미안님이 다녀오시는 동안 전 떠날 준비를 하겠습니다."

헥터의 말에 데미안은 자신이 드디어 이곳을 떠날 때가 되었다는 것을 실감했다. 처음 이곳에 올 때만 하더라도 그 긴 시간이 언제 가느냐고 투덜댔던 기억이 나 쑥스러운 생각이 들었다.

대꾸도 하지 않고 기숙사를 빠져 나온 데미안은 네오시안이 있을 교관실을 향해 걸음을 옮겼다. 교관실에 도착해 자신의 옷을 살핀 후 조용히 문을 두들겼다.

"데미안입니다."

"들어오게."

데미안이 조심스럽게 안으로 들어가자 뜻밖에 넬슨이 네오시안과 함께 있었다. 데미안의 모습을 발견한 넬슨은 데미안의 모습이 자신의 예상과 다른지 그의 모습을 유심히 살폈다. 그리고는 고개를 끄덕였다.

"내 짐작대로 데미안은 마나를 단순히 검기로만 사용하는 것이 아니라 다른 방법으로도 사용할 수 있다는 것을 확실히 깨우친 것 같군."

"예, 후작 각하의 말씀대로 그런 것 같습니다."

네오시안이 손짓으로 데미안에게 자신들 앞에 있는 의자에 앉도록 지시했다. 대체 무슨 일이기에 애송이에 불과한 자신을 부른 것인지 짐작조차 할 수 없었다.

"자네는 수련 기사에 대해 알고 있는가?"

"아버님께 기사도를 지키며, 선행을 쌓아 그 공로를 국왕 폐하께 인정받아야 한다는 말씀을 들은 적이 있습니다."

"잘 알고 있군. 그런데 난 지금 자네에게 비밀스런 임무를 내릴까 하네."

"비밀스런 임무라면?"

데미안이 묻자 넬슨은 천천히 자리에서 일어나 창가로 다가갔다. 그리고는 뒷짐을 진 채 말을 이었다.

"자네는 모르겠지만 우리 트렌실바니아 왕국은 철저히 루벤트 제국의 통제를 받고 있다네. 자네가 말했던 것처럼 과거 무능했던 국왕과 부패한 귀족들 때문에 트레디날 제국이 무너졌고, 불쌍한 국민들만 억울한 피해와 견디기 힘든 핍박을 받는다고 하는 편이 옳겠지."

넬슨의 음성은 무서울 정도로 가라앉았다.

"트레디날 제국이 무너지며 국민들은 루벤트의 제국군들에게 유린당하고 착취를 당하고 있는데 무능한 국왕이나 귀족들은 그저 구경만 하고 있었다는 말이네."

그 말과 함께 넬슨은 주먹을 불끈 쥐었고, 동시에 그의 손에서는 뼈마디가 부딪치는 소리가 섬뜩하게 들렸다.

"내가 소드 마스터가 되어 후작의 작위를 받고서야 알게 된 사실이 하나 있네. 자네는 100년 전 루벤트와의 전쟁에서 패한 후 해마다 루벤트 제국에게 100명의 처녀를 공녀로 비밀리에 바치고 있다는 사실을 아는가?"

넬슨의 말에 데미안은 자신도 모르게 고개를 쳐들고 그의 얼굴을 쳐다보았다. 게다가 네오시안도 그런 사실을 몰랐었는지 어이없다는 표정을 짓고 있었다.

"후작 각하, 그게 무슨 말씀입니까?"

"일단 자네들만 알고 있도록 하게. 왕궁에서 파견된 루벤트의 사신들이 지명한 여자들을 은밀하게 납치해 해마다 100명씩 비밀리에 루벤트 제국으로 보내고 있다네. 그것도 우리 손으로."

넬슨의 말에 데미안은 처음 그가 농담을 하고 있다고 생각을 했다. 그러나 벌겋게 달아오른 네오시안의 얼굴을 발견하고는 자신이 들은 말이 사실이라는 것을 깨달았다. 가슴속에서 분노가 치미는 것을 느끼며 넬슨의 말에 귀를 기울였다.

"아직까지는 평민 신분을 가진 여자들만 보내고 있지만 금년에 온 사신의 입에서 묘한 소리가 나왔다네. 그 사신의 말로는 싸일렉스 백작가의 딸인 제레니 싸일렉스가 대단한 미인이라는 소문을 들었다고 그녀를 공녀에 포함시켜 달라고 요구를 한 것이었네."

데미안은 그 말을 듣는 순간 격렬한 분노를 느끼며 자신도 모르게 자리를 박차고 일어섰다. 서슬이 퍼런 데미안의 모습에 네오시안은 그의 어깨를 가볍게 두들겨주었다.

처음 데미안이 느꼈던 감정은 격렬한 분노였다. 그러나 그 다음 그의 머리 속에 든 생각은 '감히 내 허락도 없이 누가 그녀를 데려간단 말인가' 하는 것이었다. 격렬한 분노를 억누르는 데미안의 가슴속에 혹시 자신이 이렇게 생각을 하는 것이 가족으로서 그녀를 누구에게도 빼앗기기 싫다는 생각보다 남자로서 빼앗기기 싫다고 생각한 것은 아닐까 하는 생각이 들었다. 만약 그렇다면…….

비록 이제는 그녀가 자신의 친누나가 아니라는 것을 알았지만 그렇다고 제니를 단 한 번도 여자로 생각해 본 적도 없었다. 그런데 왜 넬슨의 말을 듣는 순간 가슴이 온통 타버릴 듯한 분노와 함께 자존심이 상하는 것이란 말인가? 데미안의 그런 모습에 넬슨과 네오시안은 단순히 가족의 일원이기 때문에 그가 분노한다고 판단했다.

"너무 걱정하지 말게. 싸일렉스 백작은 비록 소드 마스터의 경지에는 이르지 못했지만 트렌실바니아 왕국의 살아 있는 영웅이 아닌가? 루벤트 제국으로서도 트렌실바니아의 귀족들을 자극시켜 좋을 일은 없다고 판단했는지 곧 자신들의 요구를 철회했네. 그리고 만약 제레니 싸일렉스를 공녀로 보내게 된다면 모든 귀족가의 딸들을 루벤트 제국에 공녀로 보내야만 할 걸세."

"말도 안 되는 소립니다."

데미안은 격렬한 분노가 섞인 음성으로 외쳤다.

"그래, 말도 안 되는 소리지. 그렇지만 지금 우리에게는 루벤트 제국의 그런 부당한 처사를 저지할 아무런 힘이 없다네."

"만약 누나에게 조금이라도 문제가 발생한다면 루벤트 제국에 사는 모든 사람들을 단 한 사람도 살려두지 않을 겁니다. 내 영혼을 악마에게 파는 한이 있더라도 반드시 그렇게 만들고야 말 겁니다."

데미안은 난생처음 누군가를 죽이고 싶다는 생각을 가졌다. 그와 동시에 그의 몸에서는 불그스름한 아지랑이 같은 것이 조금씩 뿜어져 나왔다.

왠지 불길하게 느껴지는 붉은 마나에 싸인 데미안의 모습에 넬슨은 자신이 데미안에게 쓸데없는 소리를 한 건 아닌가 하는 생각이 뇌리를 스쳤다.

잠시의 시간이 흐른 뒤에 흥분한 마음을 겨우 진정시킨 데미안은 자리에 앉았고, 넬슨은 데미안을 부른 이유를 천천히 설명했다.

"이야기가 잠시 딴 곳으로 흘러갔지만 어차피 자네가 알아야 할 사항이었기에 말을 해준 것이네. 자네가 해주어야 할 비밀 임무는 신인들의 던전Dungeon을 발굴하는 일이네."

"신인들이라면 그 옛날 드래곤들과 전쟁을 벌였다던 신의 대리인을 말씀하시는 겁니까?"

"자네가 알고 있다니 설명하기가 쉽군. 맞네, 던전은 바로 그들이 비밀리에 연구와 마법 실험을 했던 비밀 실험실을 말하는 것이고, 그것을 찾아내는 것이 바로 자네가 할 일이네."

넬슨의 말에 데미안은 뭔가 이상함을 느꼈다.

"신인들이 거주했던 던전이라면 중요한 물건이 많을 텐데 왜 하필이면 저같이 경험도 없는 풋내기에게 그렇게 중요한 임무를 맡기십니까?"

데미안의 질문에 넬슨의 얼굴이 다시 어두워졌다.

"일단 내 말을 들어보게. 트레디날 제국이 트렌실바니아 왕국이란 이름으로 불리고 상당한 시간이 지났지. 그 동안 국왕과 귀족, 국민들은 하나로 뭉쳐 과거의 영광을 찾기 위해 부단히 노력을 했다네. 그러나 그런 노력을 기울여도 루벤트 제국과의 격차가 줄어들지 않자 많은 사람들이 실망을 금치 못하고 다시 과거의 생활로 돌아가 버렸네. 그러던 가운데 샤드 공작 각하께서 뜻밖의 의견을 내신 것이네. 바로 전설로만 전해지는 신인들의 던전을 발굴하자는 것이었지. 신인들이 사용하던 던전이라면 뭔가 우리에게 막강한 힘이 될 수 있는 특별한 물건들이 있을 거라는 판단에서였다네. 처음 그 계획을 들었을 때 우리는 당장이라도 루벤트 제국의 속박에서 벗어날 것이라는 환상에 빠져 있었지."

넬슨은 꼼짝도 하지 않은 채 말을 이었다.

"우리는 고대부터 전해지는 전설을 하나하나 조사해 던전이 있을 만한 곳을 예측했고, 그런 우리의 희망이 신들에게 전해졌는지 우리는 몇 개의 던전을 찾을 수 있었네. 발굴한 던전은 모두 여덟 개. 그러나 트레디날 제국의 시련은 끝나지 않았지. 뭣 때문인지 아는가?"

넬슨의 질문에 데미안은 그저 묵묵히 듣고만 있었다.

"수치스러운 일이지만 100년이란 세월이 흐르는 동안 이 트렌실바니아 왕국 전역에 루벤트의 스파이들이 잠입해 있다는 사실을 잊고 있었던 것이지. 애써 발굴한 여덟 개의 던전 가운데 두 개를 백작 신분으로 있던 루벤트의 스파이에게 그만 빼앗기고 말았네. 그리고 그중 하나에 40여 대의 골리앗이 있었지."

 넬슨의 말에 데미안은 과거 신인들의 던전을 발굴하는 것이 얼마나 중요한 일인지 알게 되었다. 믿을 수 없게도 하나의 던전에서 나온 것이 40여 대의 골리앗이라니…….

 아니, 루벤트 제국의 스파이가 그것도 트렌실바니아 왕국의 백작으로 있을 수 있었다는 사실을 더 믿을 수 없었다. 대체 스파이가 그렇게 날뛸 동안 다른 사람들은 뭘 하고 있었는지. 너무도 화가 나는 일이었다.

 "게다가 더욱 문제가 된 것은 우리들의 내분일세."

 넬슨의 힘없는 말에 네오시안의 얼굴도 어두워졌다.

 "왕위 계승권을 가지고 있는 분은 제1왕자이신 제로미스 폰 트레디날 왕자님이시지. 게다가 귀족원의 원로들도 그분을 지지하고 있고."

 "그렇다면 아무런 문제도 없지 않습니까?"

 "그렇지 않다는 것이 바로 문제일세. 그분의 성격은 너무 과격해 만약 그분이 왕위를 계승하신다면 바로 그 즉시 루벤트 제국과 전쟁을 벌이실 것이 틀림없다는 주위 사람들의 평가네. 게다가 귀족원의 원로들이 뒤를 받쳐 주고 있으니 그분의 뜻을 거역하기는 더욱 쉽지 않은 일이지."

 데미안의 얼굴을 보며 넬슨이 말을 이었다.

 "게다가 지금 그분에게는 던전을 발굴해 획득한 80여 대의 골리앗이 있다네. 만약 그분의 뜻대로 무모한 전쟁이 일어나게 된다면 국민들의 피해는 이루 말할 수 없을 것이네. 어쩌면 명맥이라도 유지하고 있던 트렌실바니아 왕국마저 지도상에서 사라질지 모르는 일이지."

그제야 데미안도 사태의 심각성을 깨달을 수 있었다.

"그런 반면 신흥 귀족들이나 젊은 기사들은 비교적 냉정하고, 명석하신 제3왕자이신 알렉스 폰 트레디날 왕자님을 따르고 있는 실정이네. 제로미스 왕자님에 비교하면 가지고 계신 세력이 형편없다 할 수 있지만, 시간이 지날수록 조금씩 늘어가고 있는 실정이라네."

"그렇다면 알렉스 왕자님께서 가지고 계신 생각은 지금의 휴전 상태를 유지하자는 것입니까?"

"꼭 그렇지는 않네. 알렉스 왕자님께서도 루벤트 제국에게 복수를 하실 생각은 갖고 계시지. 다만 좀더 확실하게 준비를 한 후에 루벤트 제국을 공격해 잃었던 영토를 수복하자는 생각을 가지고 계신다네."

"그렇지만 그사이 루벤트 제국이 가지고 있는 힘이 더욱 커질 수도 있지 않습니까?"

"휴우, 많은 사람들이 제로미스 왕자님을 따르는 이유가 바로 그런 문제 때문이라네."

넬슨은 한숨과 함께 그 말을 했다.

"실은 나도 알렉스 왕자님의 생각에 동조하지만 7인 위원회의 의장인 에이라 폰 샤드 공작 각하께서 귀족원과 신흥 귀족의 일에 절대 간섭하지 말고 엄정하게 중립을 지키라는 명령 때문에 꼼짝도 하지 못한다네. 이제 내가 자네에게 비밀 임무라고 한 까닭을 알겠나?"

"후작 각하의 뜻은 알겠습니다만 저에게는 그렇게 중요한 일을 처리할 능력이 없습니다."

"물론 단순히 검술 실력이 뛰어나다고 해서 자네를 선택한 것은 아닐세. 지난 2년 동안 자네를 지켜봤고, 또 정치적으로 중립을 지키고 있는 싸일렉스 백작이 자네 아버지라는 점이 크게 작용했다는 사실을 굳이 숨기지는 않겠네. 그러나 이 일을 하려면 누구보다 굳센 의지와 상황에 대처하는 능력, 외부에 잘 알려지지 않은 인물이어야 하고, 또 비밀을 지킬 수 있는가 하는 것도 중요한 문제라네. 그리고 임무의 특성상 스파이 때문에 많은 사람들이 움직일 수 없다는 단점이 있다네. 그 동안 나와 보르도 백작은 그 임무를 맡을 사람을 찾고 있었고, 자네가 누구보다 그 임무에 적합한 사람이라고 결정을 내린 것이네."

넬슨의 말에 데미안은 자신이 다른 사람에게 인정을 받았다는 사실은 반가웠지만 자신이 무엇을 해야 하는지 궁금했다.

"그럼 정확히 제가 해야 할 일이 뭡니까? 던전을 찾아 후작 각하께 보고를 드리면 되는 겁니까?"

데미안의 말에 넬슨은 뜻밖에도 고개를 저었다.

"아니네. 일단 자네만 알고 있도록 하게."

"안 됩니다, 후작 각하. 그런 중요한 일을 맡기에는 데미안의 나이가 너무 어리고, 경험도 너무 없습니다."

"백작님의 말씀이 맞습니다. 그리고 제가 남은 던전을 모두 찾고 난 후 만약 제로미스 왕자님께 투항을 한다면 그때는 어쩌실 겁니까?"

데미안의 말에 넬슨은 자신의 자리에 털썩 앉았다.

"만약 그런 일이 발생한다면 트렌실바니아 왕국의 운명은 그것으로 끝이지. 아마 나라는 망하고, 국민들은 루벤트 제국의 노예가 되어 지옥 같은 생활을 하게 될 것이네."

"후작 각하, 그렇게 중요한 일을 제가 맡을 수는 없습니다. 제발 그 말씀을 거두어주십시오."

그러나 넬슨은 데미안의 말을 들은 척도 하지 않았다.

"현재 우리가 파악한 루벤트 제국의 군사력은 실로 막강하네. 600여 대에 이르는 골리앗과 7싸이클을 마스터한 마법사, 게다가 400만 명이 넘는 군대를 거느리고 있다네. 그런 반면 트렌실바니아 왕국에 있는 골리앗은 겨우 100여 대, 6싸이클의 마법사 한 명에 군대도 겨우 80만 명에 불과하네. 과거 100년 전 비슷한 전력을 가지고도 루벤트 제국과의 전쟁에서 승리하지 못한 우리가 그들과 다시 전쟁을 한다면 이길 수 있을 거라고 생각하는가?"

데미안은 넬슨이 지금 무슨 말을 하는지 하나도 귓가에 와닿지 않았다.

"내가 자네에게 그 일을 맡기는 가장 큰 이유는 만약 트렌실바니아 왕국의 운명이 좌우되는 일이 발생한다면 마지막 희망을 걸기 위해서라네."

"후, 후작 각하, 저는 그렇게 중대한 일을 맡을 능력이 없습니다."

트렌실바니아 왕국의 운명을 맡긴다는 넬슨의 말에 데미안의 음성은 저절로 떨렸다. 그 모습을 본 넬슨은 자신의 허리에 차고 있던 롱 소드를 뽑아 검의 손잡이를 잡고 비틀었다. 그러자 롱 소드의 손잡이가 뽑히며 그 안에서 얇은 종이가 하나 떨어졌다. 넬슨은 그 종이를 데미안에게 넘겨주었다.

"우리가 알아낸 던전의 위치는 모두 열두 곳. 그 가운데 여섯 개를 우리가, 두 개를 루벤트 제국이 차지했네. 이제 남은 것은 네 곳. 과연 그것이 우리의 트렌실바니아 왕국의 앞날에 마지막 희망이 될 수 있을지는 오직 신만이 알고 계시겠지. 정의와 번개의 신 선더버드시여! 우리 트렌실바니아 왕국을 돌보소서."

넬슨의 음성은 깊숙하게 잠겨 있었다. 그 모습에 데미안은 던전의 위치를 나타내는 지도를 받아 들고 아무런 말도 할 수 없었다.
　"데미안, 후작 각하의 말씀을 명심하게. 이미 우리에겐 더 이상 물러설 자리가 없다네. 그럼, 자네의 무운을 빌겠네."
　네오시안은 가라앉은 음성을 들으며 데미안은 교관실을 빠져나올 수밖에 없었다. 데미안이 심각한 얼굴로 붉은 건물을 빠져나와 훈련장을 가로질러 기숙사로 향했다. 그때 데미안의 눈에 파이야와 슈벨만이 기숙사 입구에서 자신을 기다리고 있는 모습이 보였다.
　그들이 왜 그곳에 서 있는지 그 이유를 알 수는 없었지만 데미안은 망설이지 않고 발걸음을 옮겼다. 그들과의 사이가 점점 가까워졌지만 데미안은 여전히 걸음을 옮겼고, 그들 역시 서 있던 자리에서 조금도 움직이지 않았다. 데미안이 그들에게 막 입을 열려 했다.
　"파이야와 슈벨만, 저희 두 사람, 데미안 싸일렉스님께 충성을 맹세합니다."
　파이야와 슈벨만은 왼쪽 무릎을 꿇고, 오른손을 왼쪽 가슴에 대며 머리를 숙였다.
　"뭐? 지금 뭐라고 했어?"
　뜻밖의 말에 데미안은 말을 더듬거렸지만 두 사람은 조금도 움직이지 않았다.
　"저는 용병 훈련을 받은 용병이고, 슈벨만은 주인을 선택해 충성을 할 수 있는 마법사가 될 겁니다. 저희 두 사람은 데미안님을 저희들의 주군으로 삼아 충성을 바치려고 합니다. 저희들을 받아주십시오."
　"그, 그렇지만 너희들 두 사람은……."

더듬거리는 데미안의 말에 슈벨만이 여전히 고개를 숙인 채 파이야의 말을 이었다.

"물론 이 왕립 아카데미 담 안에서는 신분의 차이가 없다는 것을 모르는 것은 아닙니다. 그러나 지금부터 데미안님이나 저희들이 활동할 세계에서는 그런 규칙이 성립하지 않는 곳입니다. 어차피 그럴 바에는 저희들의 입장을 잘 이해하시는 데미안님께 충성을 바치는 것이 더 좋을 거란 판단을 내렸기에 이렇게 기다리고 있었습니다. 부디 저희들을 부하들로 거두어주십시오."

"그, 그래도……."

"데미안님, 데미안님에게 닥친 일을 거부하지 마십시오. 데미안님도 잘 아시겠지만 어차피 세상은 정해진 규칙대로 움직이는 것이 아닙니까? 아무런 부담 갖지 마시고 저희들을 부하로 맞이해 주십시오."

갑작스러운 두 사람의 행동에 데미안은 그렇지 않아도 복잡했던 머리가 더욱 복잡해지는 것을 느꼈다. 정확하게 뭐라 꼬집을 순 없었지만, 확실히 어딘가부터 잘못되었다는 느낌이 들었다.

단 한 번도 자신은 파이야나 슈벨만을 부하로 생각해 본 적이 없었다. 파이야는 용병 훈련을, 슈벨만은 마법을 같이 공부하는 동료로 생각을 했는데 졸업 시험을 치른 지 불과 하루 만에 왜 이런 관계가 되었는지 아무리 생각을 해도 영문을 알 수 없었다.

답답한 생각이 들었지만 그렇다고 파이야와 슈벨만이 언제까지 무릎을 꿇고 있는 모습을 볼 수는 없는 일이었다. 그들의 손을 잡고 일으켜 세우는 데미안의 눈에 조금은 안타까운 빛이 흘렀다.

'데미안님, 저는 데미안님께 충성을 바치게 되어 지금 너무도 기쁩니다. 변치 않을 영광이 당신과 함께 하시길…….'

파이야는 데미안의 오른손에 입맞춤을 하며 그런 생각을 했다. 또한 슈벨만 역시 파이야와 같이 데미안의 오른손에 입맞춤을 하며 충성을 맹세했다. 어색해하던 데미안은 갑자기 무슨 생각이 들었는지 두 사람에게 작은 음성으로 말했다.

"두 사람이 졸업을 하게 되면 싸일렉스 영지로 가서 내 이름을 대고 그곳에 있도록 해. 내 예상이 틀렸으면 좋겠는데, 만약 그렇지 않다면 앞으로 두 사람의 도움을 많이 필요로 할 것 같아. 그리고 앞으로는 너희가 세상을 재는 자로 나를 재지 않았으면 좋겠어."

두 사람은 데미안의 마지막 말을 이해할 수는 없었지만 일단 자신들을 받아들인다는 뜻으로 이해했다.

"명심하겠습니다. 그럼 저희들은 왕립 아카데미를 졸업하는 즉시 싸일렉스 영지에서 데미안님을 기다리겠습니다."

"그럼 그때 봐."

데미안의 말에 두 사람은 가볍게 목례를 하고는 매직 칼리지로 향했다. 두 사람의 모습이 노블 칼리지와 매직 칼리지 사이에 있는 숲에 가려 보이지 않을 때까지 바라보던 데미안은 조금은 힘이 빠진 모습으로 기숙사로 돌아왔다.

이미 헥터는 기숙사를 떠날 준비를 다 해놓고 데미안을 기다리고 있었다.

"데미안님, 모든 준비가 끝났습니다."

"어, 그래."

힘없는 데미안의 대답에 헥터는 그의 심정을 이해할 수는 있었지만 애써 모른 척했다.

"미련을 두지 마십시오. 길은 걷는 자만이 좁힐 수 있다고 했습니다."

힐끔 헥터의 모습을 본 데미안은 어색한 표정으로 미소를 지으려고 했다.
"알았어, 가자고."
데미안은 지난 세월 동안 자신이 지냈던 방의 모습을 한번 보고는 그대로 돌아서 뒤도 돌아보지 않고 기숙사를 빠져 나왔다. 이미 기숙사의 현관에는 두 필의 말이 준비되어 있었고, 그중의 검은 말에 헥터가 올라타 있었다.
데미안은 미련이 남은 듯 기숙사의 건물과 자신이 교육을 받았던 붉은 건물, 그리고 가장 땀을 많이 흘렸던 검술 훈련장을 차례로 바라보고는 천천히 말에 올랐다. 그리고는 말에 채찍질을 가해 검술 훈련장을 가로질러 왕립 아카데미의 정문을 향해 말을 몰았다.
"데미안, 잘 가!"
"조심해!"
"곧 다시 만나게 될 거야, 데미안!"
붉은 건물의 창문을 통해 갑자기 터져 나온 함성에 데미안은 고개도 돌리지 않고 그저 주먹을 쥔 오른손만을 번쩍 들어 답례를 하고는 정문으로 향해 말을 달렸다. 이미 정문은 활짝 열려 있었고, 데미안과 헥터는 단 한 번의 멈춤도 없이 그 정문을 통과해 왕립 아카데미를 떠났다.

왕립 아카데미를 빠져 나온 데미안과 헥터는 천천히 페인야드의 서쪽 성문을 향해 말을 몰았다. 출발하면서부터 한마디의 말도 꺼내지 않던 데미안이 갑자기 말을 멈추더니 다른 곳으로 향했다. 처음 어디 가느냐고 물으려던 헥터는 곧 자신의 생각을 접고 데미안의 뒤를 따랐다.

얼마의 시간이 지난 뒤 데미안이 멈춘 곳은 각종 초상화들이 진열되어 있는 가게였다. 잠시 가게의 외경을 바라본 데미안은 말에서 내려 옆의 나무에 묶고는 가게 안으로 들어갔다.
과히 크지 않은 체격을 가진 주인이 웃는 얼굴로 손을 비비며 데미안을 반겼다.
"어서 오십시오, 손님. 무슨 일로 오셨습니까?"
"초상화를 한 장 그리려고 왔는데."
"손님의 초상화이십니까?"
"아니, 내 것이 아니고 내가 어떤 여자의 특징을 이야기해 줄 테니 그 여자를 그려줬으면 좋겠어."
데미안의 설명을 들으면서도 주인은 데미안의 아름다움에 정신을 차리지 못하고 있었다. 데미안은 굳어진 얼굴로 생각에 빠져 있었기에 주인이 멍청한 표정을 짓고 있는 것을 전혀 알아차리지 못했다.
"할 수 있겠어?"
"예? 예, 걱정하지 마십시오. 그 여자 분의 특징을 말씀해 주시면 제가 알아서 그려드리겠습니다."
"그래? 흐음, 먼저 그 여자는 근육이 적당히 발달되어 있는 여전사야. 나처럼 붉은 머리를 가지고 있고. 바스타드 소드를 땅에 세워 그것에 기대어 있는 모습이야. 나이는 20대 중반이나 후반쯤 되었을 거야."
"얼굴은 갸름한 편입니까? 그렇지 않으면 둥근 편입니까?"
"갸름한 편이야."
"그럼 그 여자 분의 머리가 긴 편입니까?"
"응, 나 정도 되는데 묶지 않아 조금은 헝클어진 모습이야."

"그럼 눈썹은 어떻습니까?"

"조금은 가늘고 긴 편이야. 정확하지는 않지만 검은색과 붉은색이 섞여 있는 것 같았어."

"그럼 눈은 어떻게 생겼습니까?"

"눈은…… 음, 조금은 큰 편인데 상당히 도전적인 눈빛을 가지고 있어."

데미안의 말을 들으며 가게의 주인은 열심히 스케치를 했다. 지우고 다시 그리기를 몇 번이고 반복했다. 그리고는 곧바로 채색에 들어갔다. 그리고는 몇 번이나 데미안의 얼굴을 힐끔거렸다.

"내 얼굴에 뭐 묻었어?"

"예? 아, 아닙니다. 좀 이상한 것이 있어서 그렇습니다."

"뭐가 이상해?"

"손님의 말대로 그림을 그리고 보니……."

주인은 채색이 절반 정도 된 그림을 데미안에게 보여주었다. 그 그림을 본 데미안과 헥터는 어이가 없었다. 주인이 열심히 고쳐가며 그린 그림은 데미안이 여전사의 옷을 입고 있는 모습이었던 것이다. 데미안은 조금 화가 난 음성으로 주인에게 따졌다.

"이게 뭐지? 지금 장난하는 거야?"

데미안의 그런 태도에 주인은 난처한 듯 쩔쩔매며 황급히 손을 흔들었다.

"제가 감히 손님에게 그럴 리가 있겠습니까? 그렇지만 손님께서 말씀해 주신 특징대로 그림을 그리다 보니 이런 그림이 나온 것입니다. 손님께서도 그림을 다시 보시지요. 손님께서 말씀해 주신 특징이 모두 들어가 있지 않습니까?"

주인의 말을 듣고 그림을 보니 확실히 그의 말대로 자신이 말한 특징이 그대로 드러나 있었다.

눈앞에 적이라도 있는 듯 조금은 거칠고 도전적인 눈빛을 한 20대 중반이나 후반의 아름다워 보이는 여전사가 바스타드 소드에 기대어 잠시 휴식을 취하고 있는 모습이었다. 곰곰이 생각해 보니 자신이 기절하기 전 보았던 여인의 모습이 틀림없었다. 그리고 자신과 너무도 흡사하게 닮았다. 아니, 틀 속에서 뽑혀져 나온 한쌍의 검처럼 너무도 똑같았다.

뚫어져라 그림을 쳐다본 데미안은 틀림없이 그녀가 자신이 기절하기 전 보았던 여자가 틀림없다는 것을 확인하고는 헥터에게 물었다.

"헥터가 보기에도 이 그림의 여자와 내가 많이 닮았지?"

"그, 그렇군요. 생김새뿐만 아니라 왠지 분위기까지 닮은 것 같습니다, 데미안님."

헥터의 말에 데미안은 그림을 다시 주인에게 넘겼다.

"채색이나 마저 해줘."

주인이 받아 채색을 하는 동안 헥터가 물었다.

"데미안님, 이제 어디로 가실 겁니까?"

"먼저 '안개의 골짜기'란 이름을 가진 곳으로 가야 해."

곰곰이 뭔가를 생각한 헥터가 물었다.

"안개의 골짜기라면 트렌실바니아 왕국의 동쪽 켈른 산맥에 있는 골짜기가 아닙니까?"

"맞아."

"그곳에는 무슨 이유로 가시려는 겁니까?"

헥터의 질문에 데미안은 싱긋 웃으며 대답했다.

"응, 그곳에서 뭔가를 찾을 것이 있거든."

"찾을 것?"

데미안의 말에 헥터는 더 더욱 이해를 할 수 없었다.

"자세히 좀 말씀을 해주십시오, 데미안님."

"그곳에서 가서 뭔가를 찾아, 무엇이 있는지 조사해서 누군가에게 보고를 하면 되는 일이야."

"예?"

처음 가겠다고 한 안개의 골짜기만 제외하고는 자신에게 알려 준 것이 하나도 없지 않은가? 대체 뭘 찾고, 뭘 조사해, 누구에게 보고한다는 것인지 들어도 알 수 없는 말만 했다. 그러나 단순히 데미안이 자신에게 장난을 하는 게 아니란 생각이 들자 헥터는 더 이상 묻지 않았다.

조금의 시간이 흐른 뒤 주인은 완성된 그림을 데미안에게 주었고, 데미안은 그 그림을 찬찬히 훑어보았다. 여전사의 모습을 보면서 데미안은 약간의 흥분과 두려움, 그리움과 증오를 느꼈다. 대체 이 엘프만큼 아름다운 여전사가 자신과 어떤 관계이기에 이토록 두려움을 느낀단 말인가? 그리고 왜 두려움과 함께 그리움이 느껴지는 이유는 뭐란 말인가?

처음 데미안은 여전사가 자신의 친어머니는 아닐까 하는 생각을 했었다. 그러나 그렇기에는 여전사의 나이가 너무 어렸다. 자신이 자렌토에게 발견되었을 때의 나이가 열다섯 살 정도였다고 했는데 여전사의 나이는 겨우 20대 중반 정도이니, 자신을 10살 때 낳았다는 말이 되지 않는가?

그렇다고 생각을 하면서도 미련을 버리지 못하는 것은 헥터가 말해 준 이야기 때문이었다. 자신을 처음 발견했을 때 자신이 여러 나라의 복잡 다난한 검술을 사용했다는 것을 보면 혹시 자신이 이 여전사에게 검술을 배우지 않았을까 하는 생각이 들기도 했다. 그렇다면 이 여전사는 자신의 스승이었을까? 그렇다면 왜 그녀에게 이렇게 가슴속까지 답답해질 정도로 격렬한 분노를 느낀단 말인가?

어느것 한 가지도 확실한 것이 없었다. 오히려 머리 속만 더욱 복잡해질 뿐이었다. 데미안은 신경질적으로 머리를 긁고는 품에서 꺼낸 가죽끈으로 머리를 질끈 묶었다.

"얼마지?"

"예, 5골드 되겠습니다."

데미안은 주인에게 돈을 지불하고 헥터와 함께 말에 올라 가게를 떠났다. 그 모습을 끝까지 지켜본 주인의 입가에 의미 심장한 미소가 떠올랐다.

"호호호, 데미안 싸일렉스가 드디어 왕립 아카데미를 떠났단 말이지? 그것도 무엇인가를 찾기 위해서 말이야. 혹시 모린트 남작님이 찾으시던 정보가 아닐까?"

가만히 까칠까칠한 자신의 턱을 쓰다듬으며 중얼거린 주인은 황급히 안으로 들어갔다.

"만약 모린트 남작님이 찾던 정보라면 후한 상금을 기대해도 되겠군. 그런 일에는 돈을 아끼지 않는 분이시니까."

헥터는 데미안이 안개의 골짜기가 있는 켈른 산맥으로 간다고 하고도 서쪽 성문을 빠져 나가려 하자 데미안에게 물었다.

"데미안님, 켈른 산맥은 트렌실바니아 왕국의 동쪽에 있습니다."

"나도 알고 있어."

"알고 계신다면서 왜 이쪽 성문으로 나오신 겁니까?"

헥터의 말에 데미안은 주위를 둘러보며 조용한 음성으로 헥터에게 말했다.

"이건 비밀 임무거든. 딴 사람이 알면 안 되기 때문에 이런 행동을 하는 거야."

데미안의 말이 무슨 뜻인지는 알겠지만 그의 행동은 도저히 이해할 수 없었다. 비밀 임무라며 초상화 가게에서 그렇게 떠벌리고, 게다가 남에 눈에 쉽게 띄는 얼굴로 주위를 두리번거리는 행동을 하다니. 어이가 없었다.

"데미안님, 제 생각에는 누가 봐도 데미안님의 행동을 의심할 겁니다."

"내 행동?"

"데미안님의 말씀대로 비밀 임무이고, 또 누군가를 경계한다면 당연히 남의 눈에 띄는 행동은 피해야 하지 않겠습니까?"

"그거야 헥터의 말이 맞지. 그렇지만 내 행동도 그리 틀리진 않아. 내가 이렇게 해야 적들이 날 따라올 수 있지."

도저히 뭘 생각하고 있는 것인지 모를 미소를 지으며 데미안은 성문을 통과했다. 헥터는 데미안의 아리송한 말을 생각하며 뒤를 따랐다.

데미안이 헥터와 페인야드를 떠난 것은 11월 11일이었다.

〈 2권에 계속 〉

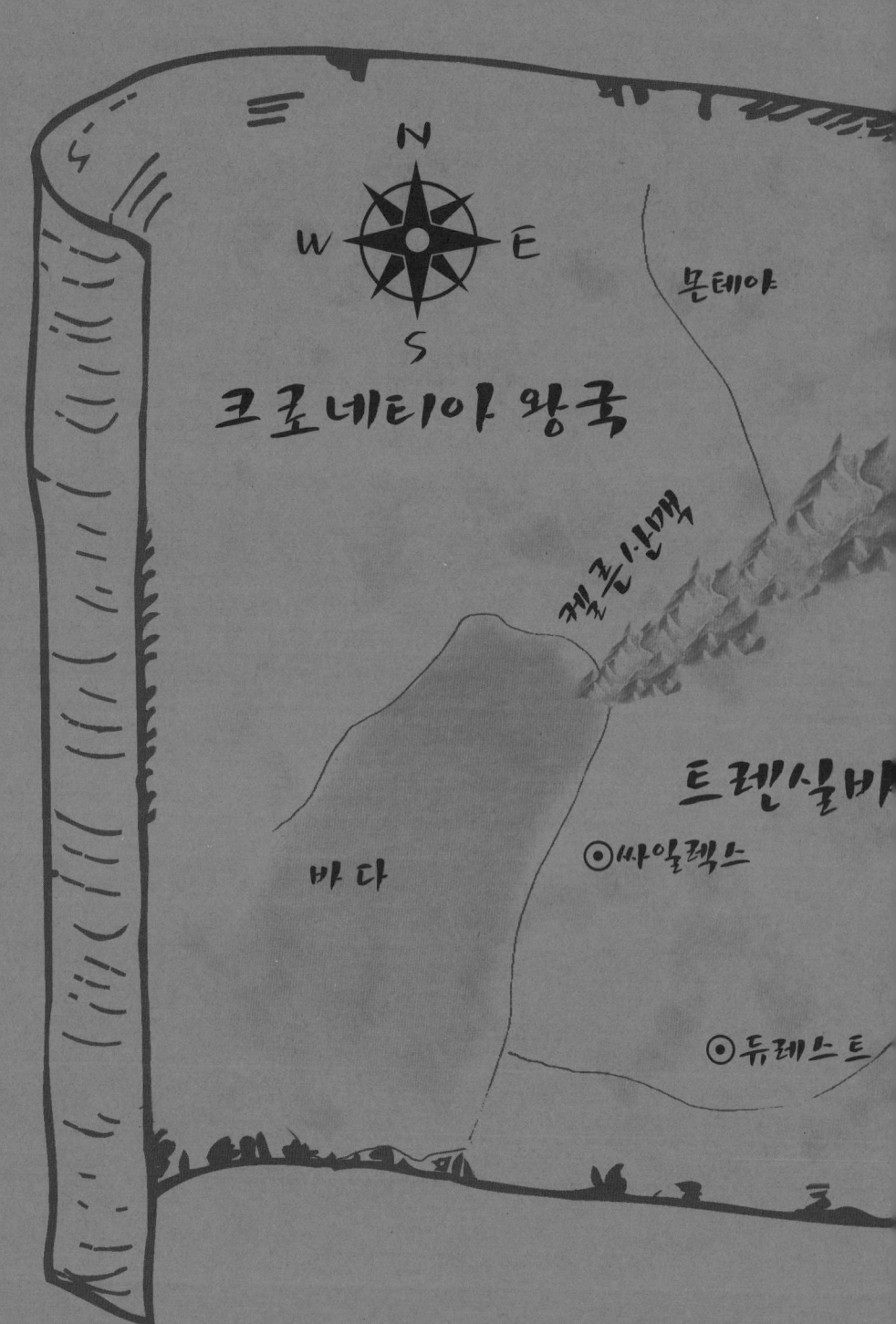